ESTRADA DOS REFÚGIOS

ESTRADA DOS REFÚGIOS

BETTINA WINKLER

1ª Edição

Santa Catarina - 2023

Qualis

Editora Responsável — Simone Fraga
Assistente Editorial — Bianca Jung
Projeto Gráfico, produção editorial e Preparação de texto — Setor Editorial
Leitura Sensível — Nanna Penalva
Revisão Ortográfica — Elaise Lima
Ilustradora — Ana Araújo
Design de Capa — Ana Araújo
Diagramação — Marcos Jundurian
Imagens Internas — Shutterstock

DADOS INTERNACIONAIS PARA CATALOGAÇÃO NA PUBLICAÇÃO (CIP)

W775

Winkler, Bettina - 1996 -
Estradas dos refúgios / Bettina Winkler. — [1. ed.] —
Florianópolis, SC: Qualis Editora, 2023.
226 p. : il. ; 23 cm.

ISBN Impresso 978-85-7027-094-8
ISBN Digital 978-85-7027-093-1

1. Literatura 2. Romance Brasileiro 3. Suspense
4. Ficção I. Título

CDD – B869.3
CDU – 821.134.3(81)

1ª edição – 2023 | +16

Qualis

Qualis Editora e Comércio de Livros Ltda
Caixa Postal 6540
Florianópolis - Santa Catarina - SC -
Cep.88036-972

www.qualiseditora.com
www.facebook.com/qualiseditora
@qualiseditora
@qualiseditora
contato@qualiseditora.com

Fiat justitia, et pereat mundu. Faça-se justiça ainda que pereça o mundo. Quando você não recebe justiça, você a faz.

— O jardim das borboletas - Dot Hutchison

Para todas as pessoas que encontraram seu refúgio nos livros.

PRÓLOGO

Começou com uma troca de olhares, mas não imaginei que terminaria em sangue.

A ansiedade borbulhava em meu estômago, mas era uma sensação boa, eletrizante. Joguei um cacho para trás, olhei de relance para o homem encostado na parede perto do bar e sorri ao ver que ainda me observava.

De mãos dadas com Dandara, uma das minhas amigas mais próximas, rebolei ao seu lado, rindo quando não consegui chegar tão próximo do chão quanto ela. A garota arrasava na pista de dança.

Ela se esticou e me girou, enrolando meus dedos acima da minha cabeça.

Não tirei os olhos dele.

O rapaz levou a garrafa de cerveja aos lábios e deu um sorriso antes de tomar um gole.

Soltei minha amiga e caminhei até o bar, chamando a atenção imediata do barman.

— O que vai ser, *Karminha*?

Lutei contra o impulso de fazer uma careta. Odiava aquele apelido, mas manter a amizade com ele era garantir que minha bebida chegaria mais rápido do que das outras pessoas, não só naquela festa, mas em todas que ele trabalhava. E não só isso, também garantia que ele nunca questionasse a minha idade. Sendo assim, sorri a contragosto.

— Um lagoa azul, pode ser?

— Você que manda.

Ele se afastou para pegar o curaçau na prateleira e me recostei no balcão, dando as costas para o rapaz que me observava, ainda sentindo seu olhar sobre mim.

Observei minhas amigas dançando na pista e sorri. Dandara encontrou o meu olhar e sinalizou com um aceno para algo atrás de mim.

— Por minha conta — uma voz grave disse e me virei a tempo de ver o rapaz de cabelos castanho-claros colocando uma nota de vinte em cima do balcão ao mesmo tempo em que o barman servia o drink azul, que exalava fumaça de tão gelado.

Sorri, notando que o meu novo crush tinha olhos azuis e seu sorriso era ainda mais bonito de perto.

— Obrigada — disse, tomando um gole da bebida.

— Não por isso. — Ele ergueu sua garrafa de cerveja e sinalizou com um dedo para que o barman trouxesse outra.

— Então, pelo quê?

— Como assim?

— Se não por isso, pelo que mais posso te agradecer? — provoquei, ciente da reação que causaria.

O homem sorriu, surpreso. *Bingo!*

Ele pegou a nova garrafa de cerveja disposta no balcão e me ofereceu a mão livre. Eu aceitei.

Guiando-me para o corredor escuro dos banheiros, longe do grupo de pessoas na pista de dança, ele me conduziu como se estivéssemos na nossa própria dança. Ao nos afastarmos, ele me puxou, me imprensando devagar contra a parede.

— Posso te dar outros motivos para você agradecer e ainda pedir por mais — sussurrou em meu ouvido, fazendo meu coração acelerar com adrenalina.

Ele encostou os lábios quentes em meu pescoço, causando um arrepio em minha espinha, e depois se afastou analisando o meu rosto.

Mordi o lábio, ansiosa.

Se eu achava que sabia o que estava fazendo, aquele homem tinha total e completa certeza.

Ele tirou os olhos de mim para se voltar para a cerveja, virando todo o conteúdo de garrafa na boca de uma vez.

Apesar da luz parca, notei sua barba clara por fazer e traços leves ao redor dos olhos. Só então me perguntei o quão mais velho ele deveria ser... talvez vinte e tantos ou trinta e poucos anos. Não tinha certeza, mas ele não me deu muito mais tempo para ponderar.

Tirou o copo da minha mão, encostou a borda em minha boca, forçando o álcool para dentro. Após meu longo gole, ele mesmo experimentou a bebida e em seguida colocou o recipiente quase vazio no chão ao lado do meu pé. Encostou os lábios nos meus devagar, deslizando a mão para minha nuca, por debaixo dos cabelos cacheados e saboreando o gosto da minha bebida.

— Você dança muito bem, sabia? — disse e o cheiro de álcool formigou meu nariz. Por um instante quis me afastar, mas me repreendi mentalmente. Era normal ficar com bafo de cerveja quando se estava bebendo... bem, cerveja.

— Eu sei — respondi, tentando soar convencida, mas minha voz tremeu.

Ele deu uma pequena risada, me relembrando o quanto estava atraída por ele.

— Estava tentando me impressionar? — perguntou, mas sem esperar por uma resposta, voltou a colar os lábios nos meus e deslizou a outra mão pelo meu braço até encontrar a minha cintura e apertá-la.

— Pelo visto consegui, não? — respondi a sua pergunta quando consegui recuperar o fôlego.

Abri os olhos, de repente muito ciente de que estávamos no corredor do bar, onde pessoas circulavam indo em direção ao banheiro. Um grupinho de garotos passou, dando gritinhos de incentivos e proferindo provocações.

O rapaz se afastou de mim e respirou fundo, irritado. Apoiou o punho fechado na parede, esperando pacientemente que os garotos sumissem de vista.

— Ignora — eu disse, envolvendo seu pescoço com minhas mãos, tentando trazê-lo de volta para o beijo.

Ele apenas encostou os lábios nos meus, como se não quisesse me rejeitar, mas a situação parecia ter alterado o seu humor.

— Esses moleques…

— Podemos nos esconder, ter mais privacidade — sugeri. Minha boca estava seca e minhas mãos suavam.

— Onde? — A sombra do seu sorriso de antes voltou para o rosto.

Olhei em volta sem encontrar opções e então apontei para a porta do banheiro feminino atrás dele.

— Você é uma garota muito ousada… Como é seu nome mesmo?

Ri, nervosa.

— Karma.

— Uau.

— O que?

— Nome lindo…como você.

Sorri, acompanhando-o enquanto ele me puxava para o banheiro, entrando de costas no espaço fedido com cabines dispostas em fila.

Queria perguntar seu nome também, mas ele grudou os lábios nos meus e seguiu me guiando para dentro da última cabine.

De início, minha ideia era ficar na parte comum do banheiro onde ficavam as torneiras e os espelhos, mas pensando bem ele tinha razão, uma cabine era mais reservado. Sem ninguém por perto a não ser que alguma garota precisasse entrar.

Assim que ele fechou a porta, ainda sem parar de me beijar, suas mãos passaram a deslizar por minhas pernas, sem se importar em suspender a barra do meu vestido, que a todo tempo eu esticava de volta para o lugar.

— Você é linda — sussurrou com o bafo quente, mordiscando minha orelha.

Minha cabeça lutava pelas palavras certas para que sugerisse que voltássemos para a festa, mas por alguns minutos não consegui dizer nada até que a respiração dele foi ficando mais alta e ofegante e a fivela do seu cinto cintilou ao se abrir e em seguida o zíper das calças.

— O que...? — comecei, alarmada.

— É isso que você quer, não é?

Soltei uma risada nervosa, sentindo a umidade do calor molhar minha nuca.

— Acho que você me entendeu mal. Não foi o que quis dizer quando...

— Shhh! — pediu colocando a mão suja e ressecada em minha boca, pressionando minha cabeça contra a parede. A repulsa invadiu meu corpo e num piscar de olhos o desespero travou minha garganta, transbordando com a ansiedade de sair dos braços daquele homem.

Ele me pressionou ainda mais contra a parede e me esforcei para empurrá-lo, mas ele mal se mexeu. Parecia interpretar qualquer movimento meu como um incentivo.

Passando a mão pelo meu corpo, ele puxou a alça fina do meu vestido rasgando o tecido e trilhando um caminho de beijos por minha pele, me causando um arrepio de nojo.

Tentei empurrá-lo mais uma vez, mas o homem apenas sorriu e seguiu beijando meu pescoço, sussurrando frases que ficavam cada vez mais obscenas.

Alguém se movimentava numa cabine próxima a nossa, uma descarga, uma torneira ligada, a porta principal sendo aberta com irritação. Antes que eu pudesse falar ou gritar, ele me beijou de forma agressiva ignorando meus protestos contra seus lábios.

— Arranjem um quarto de motel! — uma voz gritou, abafada pela música que tocava ao longe.

— Seria uma boa ideia, não? — Ele ri em meu ouvido.

— Não, por favor... — finalmente consegui dizer, o pânico transformando a minha voz em apenas um fiapo ao imaginar que ele poderia me levar dali, ao perceber que não conseguia me desvencilhar dele, que mal conseguia respirar dentro do meu próprio corpo. O frio na barriga, que antes era bom, se tornou um gelo amargo; a excitação pela aventura de estar com um homem bonito se transformou em um arrepio na espinha, em um medo que cresceu em meu estômago, me paralisando por completo.

— Não se preocupe, não vamos a lugar nenhum até eu terminar.

Estava petrificada, com as mãos largadas ao lado do corpo, imóvel. Meus olhos arderam com as lágrimas que brotaram e o único pensamento que me veio à cabeça foi o de que gostaria de estar segura ao lado da minha irmã, que estava em algum lugar daquela festa provavelmente procurando por mim.

1
MENS REA

O silêncio dentro dela era um reflexo reverso e imediato do barulho que vinha da festa.

Era estranho estar ali.

O cheiro das amendoeiras da praça se espalhava pela noite úmida e fria. As noites eram *sempre frias,* os dias é que eram quentes. A praça, movimentada. A rua, mal iluminada. Através da porta de vidro dava para ver as pessoas se movimentando fora de sincronia, grudadas umas nas outras, com sorrisos dúbios estampados nos rostos constantemente bronzeados.

Bárbara lutou contra o impulso de dar meia-volta e ir embora. Estava tentando se convencer de que não havia nada de errado em se divertir um pouco. Fincou as botas no chão, obrigando-se a ficar. Olhou para o lado, incerta, em busca de encorajamento e o recebeu em forma de um sorriso.

— Não dê para trás agora. Já estamos aqui! — sua irmã disse. A pele negra clara brilhava com o iluminador da maquiagem quase tão forte quanto a confiança que ela desejava passar.

Bárbara respirou fundo e voltou a observar a festa quando uma garota da sua idade, com vestido escuro e tênis de cano alto, passou pelas portas, fazendo o ar-condicionado dar um sopro rápido em seu rosto.

O som que vinha do Lua Morena Bar soava alto, mesmo através das paredes. Bárbara tinha a impressão de reconhecer a música ainda que não conseguisse distinguir sua letra. Poderia ser qualquer uma, afinal, a maioria das batidas de *funk* era parecida. O estilo não era o seu favorito, tinha que admitir, mas uma festa em Estrada dos Refúgios sem *funk* não era uma festa. Ir em festas também não era o seu passatempo favorito, mas, por algum motivo, naquele dia ela pensou que poderia se distrair um pouco. O motivo se chamava Karma, não o termo religioso e espiritual que dizia que toda ação tinha uma consequência, mas sim a sua irmã do meio, Karma Gastrell.

A adolescente ajeitava os cachos do cabelo volumoso, encarando-se com dificuldade na câmera frontal do celular. Bárbara pegou sua mão com um puxão mais forte do que pretendia.

— Ai! — Karma reclamou, tentando puxar a mão de volta.

Bárbara afrouxou o aperto, mas não largou a irmã. Deu um passo em sua direção e aproximou os lábios da orelha de Karma.

— Não vá para muito longe e fique de olho no celular. No minuto que eu disser vamos, nós vamos — decretou com firmeza.

— *Tá* bom, *mainha* — ironizou Karma, se afastando da irmã e revirando os olhos.

— É sério, Karma — avisou Bárbara, erguendo uma sobrancelha. — A gente nunca sabe o que pode acontecer.

Karma ficou séria e, finalmente, baixou o celular.

— Tudo bem. De qualquer jeito, não tem como eu me perder de você. Seu cabelo fica neon na luz negra da boate.

Bárbara sorriu, ela amava seus cabelos longos platinados. Eles faziam contraste com sua pele negra retinta e, debaixo de luzes fluorescentes, chamavam ainda mais atenção do que na luz do dia.

Karma era sociável, tinha muitas "amigas" e *likes* no *Instagram*. Naquele momento, estava tirando uma *selfie* para os *stories*. A seriedade de antes tinha sumido. Ela era assim, nunca ficava taciturna por muito tempo.

Bárbara balançou a cabeça em reprovação.

— Tira uma comigo, Justice. Se não for assim, ninguém nunca vai acreditar que você veio numa festa comigo.

— Vai se ferrar — Bárbara respondeu, mas passou um braço sobre o ombro da irmã para tirar a foto.

Justice era o seu segundo nome: Bárbara Justice. B. Justice. *Be Justice*. Que em português significava "seja justiça", a origem do seu nome, ao menos era o que Papa dizia. Bárbara era o seu nome antes da adoção. Ele acrescentou o Justice, que além de descrever a justiça como bárbara, mantinha o trocadilho em inglês, língua nativa de Papa.

Ele adotou as três filhas em épocas diferentes. Fugiu da Inglaterra há anos e encontrou aquelas meninas no interior da Bahia. Num lugar que nem existia no mapa 20 anos atrás.

— Vamos logo! *Tá* muito frio aqui. — Karma apertou os braços por cima da jaqueta jeans e uma névoa escapou dos seus lábios enquanto ela falava.

Por baixo da jaqueta, usava um vestido preto frente única que, com certeza, não esquentava, mas era lindo e estiloso.

Bárbara, apesar de vestida mais apropriadamente para o frio, com uma calça jeans preta e uma jaqueta de couro falso no mesmo tom. , passou os dedos pela blusa listrada de gola alta e concordou, puxando Karma pelo braço para subir as escadinhas da entrada do Lua Morena.

Empurrou as pesadas portas de vidro e mergulhou com os cinco sentidos no ambiente escuro e abafado. A entrada estava um pouco mais quente que o lado de fora, mas conforme se dirigiam para os fundos do salão, o calor aumentava e elas deslizavam entre corpos cobertos de suor, com copos estendidos despreocupadamente que derramavam gotas de bebidas em seus pés.

Não demorou para Karma se desgrudar de Bárbara ao avistar algumas amigas da escola.

Bárbara se aproveitou de sua altura para acompanhar a cabeça cacheada da irmã até que ela fosse engolida pela multidão. Ela suspirou e pensou mais uma vez na possibilidade de ir para casa até que alguém tocou seu ombro e ela se virou armada de uma cara feia.

— Você é inconfundível em uma multidão, mas eu precisava me certificar de que era você mesma! Bárbara Justice em uma festa da cidade. *Uau*!

Bárbara revirou os olhos, mas sua careta diminuiu ao reconhecer Henrique. O rapaz era um de seus colegas de classe e eles já tinham trocado uma ou duas palavras na escola. Ele era cerca de dois dedos mais baixo que ela e usava uma camisa de botão com listras verticais que o faziam parecer um árbitro de futebol.

— Eu vim com Karma — elucidou ela.

Henrique olhou ao redor como se procurasse a outra menina, as luzes da boate iluminando sua pele marrom e evidenciando o nariz salpicado por sardas. Ainda estava com o resquício de um sorriso branco e incrédulo no rosto. A expressão dele mudou de repente e Bárbara podia jurar que ele havia ajeitado a postura, diminuindo um pouco a diferença de altura entre os dois.

— Ela sumiu com algumas amigas — Bárbara explicou diante da confusão dele.

O rapaz balançou a cabeça, compreendendo. Sua decepção era evidente.

— Quer beber alguma coisa? — Henrique ofereceu, erguendo seu próprio copo para ela.

— Não é todo mundo de menor aqui? — questionou.

A resposta dele se resumiu a um barulho de desdém expelido por entre os dentes.

— Nada de álcool para mim hoje — ela completou.

Ele ergueu a sobrancelha na palavra "hoje", mas não insistiu.

— Tem *refri*.

— Não bebo *refri* — rebateu.

— Roska sem álcool?

— Que é praticamente um suco...

— Pode chamar do que quiser. — Henrique deu de ombros.

— Ok, aceito.

Ele sorriu, satisfeito e mostrou o caminho até o bar. Teve que repetir o pedido umas cinco vezes até o bartender entender que a roska era *sem* álcool. O rapaz lançou um olhar esquisito para os dois, o que só fez Bárbara cheirar a bebida com desconfiança antes de ingeri-la.

Ela gostava de um bom vinho de vez em quando, mas não confiava em ninguém, além da irmã, naquele lugar e não bebia perto de quem não confiava. Era uma regra, um acordo que tinha consigo mesma.

— Você dança? — quis saber Henrique. Ele estava ignorando os olhares incrédulos na direção deles e, mais importante, queria ajudar Bárbara a ignorá-los também.

Ela o olhou de esguelha, observou a forma como um dos cantos da sua boca formava um sorriso torto e como seus corpos estavam muito próximos. Ficou na dúvida se ele estava tentando dar em cima dela ou se só estava tentando ser legal – o que seria um comportamento raro para as pessoas, especialmente os homens. Bárbara era extremamente cética quando o assunto era a bondade humana.

Entretanto, resolveu dar o benefício da dúvida a Henrique.

Deu as costas, passou os dedos com as unhas compridas pintadas de vermelho em seu longo cabelo e caminhou balançando os quadris discretamente até a pista de dança com a certeza de que ele a seguiria.

Ainda estava tocando funk quando ela começou a dançar. Não sabia bem o que estava fazendo, decidiu que se mover mais ou menos no ritmo bastaria.

Henrique parou por uma fração de segundo, com as sobrancelhas erguidas e os olhos percorrendo o corpo de Bárbara até que se recuperou da visão inesperada e passou a acompanhá-la. Dançou na sua frente, tão afastado quanto podia numa pista de dança entupida de gente. Se ele não era um cara respeitoso, sabia fingir muito bem.

Bárbara curtiu uma música inteira e acabou com seu copo de roska de limão.

— Foi divertido — ela gritou para Henrique por cima da música que começou quase atropelando a anterior. Ele pareceu surpreso uma terceira vez naquela noite. — Mas tenho que achar a minha irmã.

— Eu ajudo — ofereceu.

Ela pensou em recusar a oferta, mas sabia que seria mais difícil sozinha, por isso, se limitou a agradecer.

Não demorou para que Bárbara avistasse uma cabeleira cacheada repousada no abraço de uma garota com tranças compridas e coloridas. Bárbara se apressou até a irmã com o alívio inundando seus ossos, mas, ao se aproximar, o sentimento foi substituído pela ansiedade que brotou na boca do estômago quando percebeu a diferença nas roupas, na estatura e até mesmo na textura dos cachos. Ainda assim, cutucou o ombro da garota.

— Desculpe, te confundi com outra pessoa — disse Bárbara acima da música quando a garota se virou, desvencilhando-se da outra, incomodada.

Passaram mais de vinte minutos procurando. Suas entranhas estavam congelando de preocupação. Não deveria ter se distraído tanto... Karma parecia perder a noção do que era juízo quando estava com outras pessoas. Era uma coisa que irritava Bárbara. Karma fingia demais. O tempo todo, para todo mundo.

— E aí? Algum sinal dela? — Henrique perguntou.

Bárbara negou apenas com um sinal, temendo demonstrar seu desespero. Estava exagerando. A irmã provavelmente a estava evitando de propósito, temerosa que ela fosse uma estraga prazeres. Não poderia culpá-la por isso.

De repente, uma mão quente e pequena se encostou ao seu braço e, mesmo sua pele tendo reconhecido o toque, o seu primeiro impulso foi afastar-se bruscamente.

— Justice! — Ira choramingou, alarmada.

Ira? Bárbara demorou dois segundos para reconhecê-la. A menina estava usando um conjunto de blusa e saia justa – roubadas do armário de Karma – que ficavam grandes demais nela, maquiagem forte, principalmente ao redor dos olhos verdes, batom vermelho e bota de salto alto. Ira tinha se esforçado para aparentar ter no mínimo uns dezesseis anos.

— O que você tá fazendo aqui?!

— Oi, sou Henrique. — O garoto se apressou em se apresentar, ganhando uma olhada feia de Bárbara.

— Essa é a minha irmã mais nova — disse ela, tirando a jaqueta e colocando ao redor dos ombros de Ira.

Ira era só uma criança pequena e adorável, para quem não a conhecia, claro. Tinha 13 anos, cabelos longos e loiros que usava sempre em tranças ou em um redemoinho bagunçado. A menina fazia perguntas como se tivesse apenas 8 anos, brincava na lama e vivia nadando no lago perto de casa. Papa adorava isso nela. Mesmo estando na irritante pré-adolescência, Ira se agarrava ao final da infância com todas as forças que podia antes que fosse tarde demais. Bárbara admirava isso nela também, uma vez que, com 13 anos, tornou-se adulta demais por escolhas que fugiram do seu controle.

— Eu tava curiosa. Queria saber como era. Karma fala tanto que... sei lá. E até você veio! E eu... queria vir — explicou Ira, abraçando os próprios braços e observando ao redor com os olhos arregalados. — Mas não fazia ideia de que era tão cheio. Pode me levar para casa, na moral? Eu aceito o castigo que Papa vai me dar. Eu quero muito ir embora e preciso fazer xixi.

Bárbara, ao se dar conta do que a irmã acabara de dizer, sacudiu as mãos, exasperada.

— É isso! Vou procurar no banheiro!

Henrique ajudou a abrir caminho por meio dos corpos pulsantes com Ira se encolhendo a todo instante ao seu lado.

Uma menina baixa, de cabelo curto e piercing no nariz, empurrou a pesada porta principal do banheiro e quase trombou com Bárbara, que estava entrando no banheiro. Ela estava com uma careta estampada no rosto.

— Qual o problema? — Bárbara perguntou à menina, com a certeza repentina de que Karma estava lá.

— Tem um casal *se pegando* lá dentro. Arranjem um quarto de motel! — a garota gritou a última frase, escancarando a porta para que ouvissem lá de dentro.

Bárbara hesitou, segurando um suspiro incomodado.

— Fique aqui — disse à irmã menor e trocou um olhar com Henrique que exigia que o rapaz tomasse conta de Ira.

Ela, finalmente, empurrou a porta e abriu cada cabine fedida pelo caminho até a última. Podia ouvir o som de dois corpos se encostando e, em vez de ficar enojada, ficou alarmada ao reconhecer a voz de repúdio de Karma choramingando.

— *Por favor, me solte. Eu quero sair...*

Bárbara engoliu em seco, se afastou da porta o máximo que pôde e em seguida tomou um impulso para frente, jogando todo o peso do seu corpo em cima da porta de madeira velha e pichada. Fez-se um estrondo, mas ela não abriu.

— Vá embora, estamos ocupados! — uma voz grossa gritou de lá de dentro e o choro de Karma pareceu ter sido abafado por uma mão.

— Deixa ela em paz! — Bárbara gritou e se jogou com mais determinação contra a porta, sentindo a dor dançar em seu ombro direito.

Ouviu dois gritos quando a porta cedeu violentamente para dentro e voltou para fora com uma lasca de madeira exposta. Cada grito veio de uma irmã diferente.

Bárbara olhou para o lado e encontrou Ira na porta do banheiro com olhos grandes e braços esticados com as palmas para frente, como se tentasse se defender.

Karma correu para fora da cabine com a alça do vestido rasgada e os olhos borrados de maquiagem. Tentou chegar até Bárbara, mas o homem que estava com ela a interceptou. Ele era alto e levemente musculoso, tinha barba por fazer e parecia velho demais para estar com uma garota de dezesseis anos. Além disso, estava com o cinto e o zíper da calça abertos.

Bárbara cerrou os dentes.

— Solta ela!

Karma chorava e se debatia nos braços do homem que a pressionava junto à parede, perto da pia de porcelana. Ele, então, encostou o queixo na bochecha dela.

— Oxe, por quê? Vir pro banheiro foi ideia dela. Né, lindeza? — Sua voz se embolava enquanto falava e Karma apertou os olhos como se fizesse esforço para acordar de um pesadelo.

— Eu não pensei que... — balbuciou.

Bárbara estava prestes a pular nele, mas notou um canivete pendurado no passante da calça, brilhando com o reflexo da luz fraca do banheiro.

— O que tá acontecendo? — Ira choramingou atrás de Bárbara. — Não dava para ouvir nada lá de fora, eu... — ela começou a se justificar, mas Bárbara ignorou, gesticulando para que saísse dali.

Maldito Henrique que não soube segurá-la.

— Solta ela. Nós vamos embora — pediu Bárbara, com a voz calma, mas suas mãos tremiam de raiva e seus ouvidos estavam tampados tanto pela música alta quanto pelo ódio que sentia daquele homem.

Ela flexionou os dedos duas vezes em busca de controle, como se pudesse agarrá-lo com as mãos.

— Não, eu sei muito bem onde isso vai dar! — o homem gritou. Carregava uma expressão ensandecida no rosto, consumido por uma raiva inexplicável. — Vocês vão querer jogar essa *merda feminista* para cima de mim. Eu não fiz nada! Ela começou e eu só quero terminar.

Ele beijou o pescoço de Karma e ela o empurrou com força, tentando correr na direção da irmã outra vez, mas ele foi mais rápido e a jogou contra o espelho da parede. O objeto se estilhaçou e Karma caiu no chão, por cima do vidro.

— Opa! — Ele riu e depois franziu o cenho. — Machucou? Foi sem querer. É que você tava indo embora, mas eu sei que você também quer ir até o fim comigo, só ficou tímida por causa dessa garota que entrou.

Bárbara se apressou e chutou a canela do homem, que instantaneamente se abaixou, curvado, urrando de dor. Ira veio correndo por trás e o chutou também, acertando suas costelas. Ele rapidamente se recuperou e desferiu um tapa na menina que voou para o lado oposto.

Karma tentava se levantar, tremendo sobre os cacos.

O homem voou com as mãos ao redor do pescoço de Bárbara e a pressionou contra a porta lascada da cabine. Ela sentiu farpas de madeira atravessando a sua blusa e arranhando suas costas.

— Você é bonita também, viu? Não precisa brigar, tem um pouquinho de mim pra todas. — Ele tirou uma das mãos do seu pescoço para acariciar sua cintura. Sem pensar, Bárbara cuspiu no seu rosto e tentou afastá-lo com todas as forças que tinha. Ele soltou uma baforada em forma de riso que cheirava a cerveja.

— Você é mais violenta que sua amiga, né? Podemos fazer do seu jeito, linda.

Karma, já de pé, gritou um palavrão atrás dele, já de pé, e Bárbara arregalou os olhos ao ver um enorme pedaço de vidro em sua mão. Ela apertava com força fazendo a própria pele sangrar.

O homem se distraiu e olhou para trás por apenas um segundo, dando espaço para Bárbara dar uma joelhada em suas partes íntimas. Ele se curvou, soltando a garota.

Bárbara lhe deu um empurrão e ele cambaleou de costas, tropeçando e indo de encontro a Karma. O homem se chocou com ela que, com um grito, colidiu contra a parede.

Lá fora houve apenas um segundo de silêncio entre o final de uma música e o começo de outra. Ali dentro, um barulho terrível de engasgo tomou conta do lugar.

O homem se apoiou na parede e, gorgolejando, deslizou para o chão. Karma, com os olhos arregalados e lábios trêmulos, pulou por cima dele e correu para os braços de Bárbara.

Ira olhava de longe, paralisada, com o rosto pálido e as costas grudadas na parede mais afastada, perto da primeira cabine.

No chão, o rapaz emitia um som líquido terrível e ninguém ousou se mexer até que ele ficasse finalmente em silêncio.

— O que houve? — Ira perguntou, hesitante.

Bárbara afastou Karma de seu corpo, segurando-a pelos ombros, e observou suas mãos vazias e ensanguentadas com os olhos arregalados.

— Karma...

— Eu não... — ela repetiu.

Bárbara a soltou e caminhou, hesitante, esmagando pedaços do espelho debaixo de suas botas coturno, até o homem caído no chão e a poça de sangue que se formava ao seu redor.

Ela se abaixou e virou o corpo inerte com dificuldade, soltando a respiração pela boca. Das costas do homem se projetava o enorme pedaço de vidro que, há alguns minutos, estava na mão da sua irmã.

Ira se aproximou e falou em voz alta, em um tom mais infantil que o seu habitual:

— Ele tá morto.

2

OXÍMORO

Enquanto o sangue do homem formava uma poça na mesa, Bernard Gastrell avaliou as três meninas diante dele e então deu um tapa na parede mais próxima.

Nenhuma das três se mexeu.

Ele não estava bravo pelo que fizeram, mas sim pelo desleixo com que as coisas foram feitas. Sem planejamento, sem precauções.

Bernard Gastrell, o nome que adotou nos últimos vinte e poucos anos, era um sujeito alto e robusto com a pele branca avermelhada, queimada pelo sol da Bahia. Ele tinha cabelos ralos e brancos misturados a resquícios de cabelos loiros claros e sustentava óculos quadrados na careta descontente.

— Vocês *quebrar* regras — ele falou baixo, com seu português trôpego. — O que foi que eu disse? Nunca conecte *o vítima* ao lugar que mora.

Silêncio.

— Quem é ele? O que fez? — exigiu saber, o sotaque britânico pesando em suas palavras.

— Eu não sei — Ira disse temerosa, mas sem pestanejar.

Karma não queria que ele soubesse dos eventos que levaram aquele homem a sangrar, moribundo, em sua mesa de jantar. Não queria que ninguém soubesse.

— Matando sem informações? — Papa se aproximou. Karma apertou o pulso de Bárbara com medo de que ele adivinhasse que a culpa era dela, que estragou tudo. — Resolveram ignorar todas as coisas que ensinei?

Essa última frase foi mais direcionada à Bárbara do que às outras. Ela se sentiu impelida a falar pela primeira vez:

— Não, Papa. — Ela piscou lentamente.

A unha comprida de Karma se afundou na pele de Bárbara.

— Você nos ensinou que matar alguém inocente é nossa última opção. Essa foi a nossa última opção — esclareceu, armando uma fachada de tranquilidade.

— *Oxymoron* — ele replicou. Oxímoro: um conjunto de palavras com significados que se opõem. Se é a última, não é uma opção.

— Ele me mataria — explicou Karma com o olhar baixo, finalmente soltando Bárbara. O corte em sua mão ainda sangrava e deixou uma marca pintada no braço da irmã. — Ou faria pior.

Papa sorriu, o que poderia parecer uma atitude controversa de um pai ao ouvir algo assim de sua filha, mas no caso de Gastrell, não era.

— Então ele não era tão inocente — concluiu, satisfeito.

As meninas esperaram. Ele passou a mão pela cabeça, imerso em pensamentos. Parecia calmo agora. A sua fúria inicial havia se dissolvido com a informação de que o homem morto na cozinha não era uma vítima inofensiva.

— Vai dormir — ordenou Papa, analisando o corpo estirado sobre a mesa.

— Mas, Papa... — começou Ira. Ele a ignorou.

— Vocês *vai* acordar cedo e ir para escola, como se nada tivesse acontecido — decretou.

Ira e Karma resmungaram em resposta. Bárbara imaginava que ele diria aquilo. Agir de forma não usual só atrairia a atenção para elas.

— Os uniformes estão passados e estendidos atrás *do* porta — Gastrell continuou, como se não tivesse ouvido os protestos das garotas. Ele seguia olhando o corpo do homem em uma hipnose inquebrantável.

Bárbara sabia o que ele estava fazendo: estudando a melhor maneira de se livrar dele sem deixar rastros.

Não era a primeira vez que Gastrell se livrava de um corpo por causa da filha.

— Alguém mais sabe? — disse apontando para a mesa.

— Não — Bárbara se apressou em dizer. Era mentira. Henrique tinha entrado no banheiro logo depois e presenciado a catástrofe. O garoto estava prestes a se desculpar por não ter cuidado de Ira quando seu rosto se petrificou diante da cena. Depois de ficar em um silêncio chocado, ele tentou chamar a segurança da boate, uma ambulância e até mesmo a polícia, mas foi interceptado pelas orientações de Bárbara, que lutou para controlar o pânico que parecia tomar conta dele.

A mais velha podia sentir os olhos avaliadores de Karma em cima dela, mas, quem era ela para julgá-la?

— E como chegaram até aqui? — quis saber, desconfiado.

— Peguei o carro emprestado com um amigo. Disse a ele que Karma tinha bebido demais e precisava ir para casa.

Gastrell, finalmente, desviou o olhar do corpo e encontrou os olhos castanho-escuros de Bárbara. Ela sustentou seu olhar.

— Onde está o carro?

— Escondido. Amanhã levo para a escola com o porta-malas limpinho.

— Vai limpar com álcool? — provocou ele, testando-a.

— Ácido Muriático — rebateu Bárbara.

Gastrell sorriu de lado para a filha.

— Muito bem. *Now*, pra cama.

Karma e Ira foram na frente. Bárbara ficou por mais alguns segundos e trocou mais um olhar cúmplice com o pai. Depois, seguiu suas irmãs para o quarto que dividiam.

Ira sequer perguntou se podia, desviou do caminho do beliche e se aconchegou na cama estreita de Bárbara, que também não questionou, sabendo que a menina estava amedrontada, apesar de que jamais admitiria isso em voz alta. Aquilo era o mais perto que chegaria de pedir consolo.

Já Karma não chegaria assim tão perto.

— Durma com a gente — pediu Bárbara. Karma estava sentada na cama de baixo do beliche, tirando os sapatos de salto manchados com sangue seco. — Mas antes vamos dar uma olhada nesses ferimentos.

A voz de Bárbara estava suave. Desejava confortar o coração de Karma, que transbordava pelos olhos castanhos em uma mistura de medo, culpa e desespero.

Karma tirou o vestido rasgado e se sentou ao pé da cama, vestindo apenas sutiã e calcinha brancos. Bárbara se sentou atrás dela com o kit de primeiros socorros e limpou os ferimentos, tirando os cacos de vidro e aplicando remédio. Eventualmente, Ira pegou no sono, encolhida perto da parede.

— Você tá bem? — sussurrou Bárbara.

— Claro que não — Karma se limitou a responder sem se virar para ela.

— Ele chegou a...? — Ela não prosseguiu.

— Não. Você chegou antes.

— Eu sinto muito, Karma — disse Bárbara e a puxou pelo ombro onde não estava machucado, obrigando Karma a se virar para ela.

Seus olhos estavam cheios de lágrimas e ela engoliu em seco.

— Quero vomitar — disse.

Bárbara procurou pelo antiácido na bolsinha e ofereceu a ela.

— Obrigada — Karma respondeu e Bárbara soube que ela não estava agradecendo apenas pelo remédio.

Logo as três estavam espremidas na cama de Bárbara, porém só Ira dormia profundamente.

Bárbara se virou de lado na beira da cama e encarou a escuridão parcial do cômodo. Uma luz insistente ainda vinha do lado de fora da casa e as bordas dos desenhos pendurados de Ira faziam sombras na parede. Bárbara permaneceu fitando o breu por um longo tempo.

Era difícil dormir quando os acontecimentos da vida real assombravam mais do que os pesadelos.

Após passar horas acordada com o choramingar baixinho de Karma, Bárbara estava quase adormecendo quando o alarme tocou. Ela estendeu a mão para a cabeceira, meio confusa e desorientada, mas não era o seu despertador que apitava incessantemente.

Ela olhou a hora na tela do celular – quatro da manhã –, suspirou, tirou as cobertas do caminho e se levantou em busca do causador do som enquanto as irmãs grunhiam e esfregavam os olhos.

A garota se arrastou pelo corredor, fazendo barulho com as sandálias roxas, e encontrou o *reloginho* ressoando pela cozinha. Franziu o cenho ao ver a mesa ensanguentada vazia a não ser pelo pequeno aparelho.

Apertou o botão em cima do dispositivo e girou nos próprios pés como se, de repente, algo tivesse mudado.

— Papa? — gritou e não obteve resposta.

— Qual foi? — Karma saiu do quarto vestindo um casaco preto por cima das roupas íntimas.

Bárbara esfregou seus braços nus, tentando espantar o ar gelado da madrugada.

— Papa não tá aqui... nem o corpo — informou com um tom de voz neutro, indo em direção ao quarto do pai só para encontrá-lo vazio.

Observou que a cama estava arrumada, o porta-retratos com a foto das três estava na mesa de cabeceira, transmitindo um ar fantasmagórico ao cômodo como se a imagem fosse de pessoas que não existiam mais. Talvez elas realmente não existissem.

— Ele quer que a gente faça o trabalho de limpeza — a voz sonolenta de Ira ecoou, vinda da cozinha.

— Como você sabe? — questionou Karma, retornando ao cômodo. Bárbara a seguiu, deixando a porta do quarto de Gastrell aberta.

— Tem uma lista na geladeira. — Apontou para o papel amarelo preso por um ímã.

— Oxímoro — Bárbara disse ao avistar o pedaço de papel com apenas uma coisa escrita logo abaixo do título "afazeres":

1. limpar a sujeira.

As garotas pegaram baldes, esponjas e todo tipo de sabão, mas Bárbara sabia que nada daquilo era suficiente para limpar sangue. Não de verdade.

— Já volto — ela disse, esgueirando-se até o quarto de Gastrell.

— Não vai fugir não, hein, mocinha? — Ira gritou de longe.

Bárbara abafou a voz dela ao fechar a porta do quarto atrás de si no meio da frase da irmã.

Ela observou ao redor, deu mais uma olhada para a foto fantasma antes de ir até o banheiro da suíte e encarar seu reflexo descabelado no espelho. Aquele não era só um gabinete. Atrás do espelho havia um armário com fundo falso que dava para um compartimento onde Bernard Gastrell guardava os seus apetrechos particulares. Bárbara tentou ignorar as pinças de diferentes tamanhos e componentes químicos que não conhecia e foi em busca do ácido muriático.

Depois, fechou tudo e se apressou de volta para a cozinha, quase atropelando Ira no caminho. Ela mostrou o frasco à menina como que para confirmar que não estava fugindo do trabalho pesado.

Munidas de luvas e máscaras, as três esfregaram e limparam tudo até o sangue desaparecer completamente e, em seguida, prosseguiram para a limpeza das unhas. Cortaram no toco e as substituíram por unhas postiças pintadas em cores diferentes. Pretas para Bárbara, vermelhas para Karma e verdes neon para Ira.

Dentro de um balde de metal, queimaram as roupas atrás da casa, no quintal de terra batida. Elas se enrolaram em toalhas brancas e tremeram de frio enquanto observavam as roupas se desintegrarem. Era um quadro inusitado a se pintar: três garotas seminuas encarando as chamas, desejando que a noite anterior pudesse se transformar em cinzas, assim como aquelas peças de roupa.

Bárbara se sentiu triste pela jaqueta preta que era uma de suas favoritas e se amaldiçoou em silêncio por ter escolhido usá-la numa noite tão trágica. Sentiu-se boba por estar pensando nas roupas depois de tudo que havia acontecido, mas era o seu jeito de lidar com aquilo.

Quando tudo virou cinzas, Ira misturou o pó com a terra úmida mais adentro da mata, atrás da mangueira, que ainda fazia parte dos limites da casa. Voltou com uma folha seca agarrada no cabelo, as novas unhas cheias de terra e um pequeno sorriso triste no rosto.

Bárbara empurrou a porta de madeira dos fundos, e foi para o banheiro no corredor, desejando um banho quente. Queria um banho longo, mas se contentou com um rápido, sendo apressada constantemente pelas irmãs que se alternavam para bater na porta. Se demorassem muito mais, perderiam o ônibus escolar.

— *Vamo* logo, Bárbara! — Ira bateu na porta.

— Oxe, se pique, eu que sou a próxima! — proclamou Karma, e Bárbara quase podia enxergá-la empurrando Ira da frente da porta.

Bárbara não parava de pensar em Henrique. Ele poderia ter ido à polícia, apesar de ter prometido que não o faria. Alguém poderia ter visto o seu carro ensanguentado, apesar de ele ter prometido tomar cuidado. Muitas coisas poderiam dar errado. Ela não deveria ter confiado nele ou o envolvido naquela bagunça. Tinha mentido para Gastrell sobre Henrique e sobre o carro estar escondido, e não tem ditado mais certeiro do que "mentira tem perna curta", bem, na maioria dos casos. Restava torcer para que fosse parte da minoria e que ainda houvesse tempo de consertar aquela bagunça.

Assim como a jaqueta, agora não adiantava lamentar. Ela também fez promessas que não sabia se cumpriria. "Vai dar tudo certo" fora uma delas.

Bárbara saiu do banheiro e deixou que as irmãs batalhassem pelo chuveiro.

Ela se arrumou, apressada, tentando não amarrotar o uniforme, e depois foi até a cozinha.

Não dava tempo de tomar café da manhã. Pegou um biscoito de maisena no armário e enfiou na mochila azul-escura. Criou uma barreira de livros e cadernos, mantendo o alimento o mais longe possível do frasco de ácido que havia surrupiado.

— Levem lanche! — ordenou às irmãs, oferecendo outro pacote à Ira.

— A gente não pode comprar hoje? — pediu, fazendo careta para o biscoito doce na mão de Bárbara.

— Papa não deixou dinheiro, Ira.

— Ele tá *retado* com a gente, né? — Seu rosto se transformou em uma careta triste. A última coisa que Ira desejava na vida era decepcionar Papa.

— Não, não. Ele só tá preocupado — esclareceu Bárbara com sinceridade.

Ira olhou para os sapatos sociais bem engraxados e os cabelos escorridos e embaraçados deslizaram para o seu rosto. Bárbara desejou ter tempo para pentear os fios loiros da pequena.

— Vai ficar tudo bem — Bárbara disse e soou mais confiante do que realmente se sentia. Quanto mais repetia a promessa, mais se sentia na obrigação de fazer o possível para cumpri-la.

— O ônibus *tá* vindo... — Karma cantarolou tristemente, terminando de aplicar maquiagem nos hematomas, e as outras duas se apressaram para fora, deixando a casa em um silêncio melancólico interrompido apenas pelo farfalhar das árvores no quintal.

Era só colocar os pés para fora de casa que a poeira dançava no brilho dos sapatos e no branco das meias compridas do uniforme.

A casa não era muito grande – o quintal tomava grande parte do terreno –, era pintada de amarelo e possuía telhas avermelhadas e escurecidas. Suas cores vivas, mesmo envelhecidas pelo tempo, pareciam destoar da sensação de frio que ela trazia mesmo do lado de fora.

Elas andaram para o ponto de ônibus, e dois vizinhos, talvez um pouco mais novos que Bárbara e um pouco mais velhos que Ira, já esperavam no lugar com as camisas brancas sociais amassadas. Pedro e Cássio.

As meninas sussurraram um "bom dia" de má vontade e eles murmuraram de volta com desânimo similar. Ir à escola de manhã cedo era algo que ninguém ali gostava. E a companhia também não era muito apreciada.

Tanto Cássio quanto Pedro tinham apenas um assunto: os seus próprios umbigos. Os dois eram criaturas extremamente entediantes.

Logo o ônibus amarelo chegou, com o brasão azul da Escola Santa Sofia das Américas estampado em ambas as laterais do veículo. Aquele tipo de instituição era incomum na Bahia, especialmente no interior. A escola era reconhecida por suas tradições e educação de alto nível no Brasil inteiro e contava com alunos de vários cantos do país. Apesar de ser direcionada para os mais afortunados, havia oportunidades de bolsa de estudos para os locais. Bárbara era uma das bolsistas, diferente de suas irmãs.

Quando ela foi adotada por Gastrell, ele não contava com as mesmas condições financeiras que possuía agora. Ele costumava dizer que tinha muito dinheiro preso no Reino Unido, de onde ele veio, mas que havia burocracia demais para trazê-lo para cá. Quando ele adotou Karma, o dinheiro estava em sua mão outra vez. Nenhuma burocracia era impossível de resolver.

Gastrell contou que a adoção de Karma foi influenciada por seu nome peculiar. Já Ira, fora um nome escolhido por ele, que dizia que as três se completavam.

— O carma é a ira da justiça — ele dizia com um sorriso satisfeito ao ver as três juntas. Karma. Ira. Justice.

Ao adentrar o transporte exclusivo para estudantes, Karma trocou um longo olhar com Bárbara e depois se afastou para se sentar com suas amigas, que fofocavam sobre a festa da noite anterior.

Bárbara varreu o ônibus com o olhar em busca de Henrique, mas ele não estava à vista. Ela não se lembrava de já tê-lo visto no ônibus antes. Talvez o carro que ele usou na noite passada fosse seu transporte do dia a dia. Era muito comum em Estrada dos Refúgios que jovens dirigissem mesmo não tendo idade para tirar a carteira de motorista.

Ela só esperava que Henrique não levasse o carro para a escola. O porta-malas estava ensopado de sangue, assim como as roupas do menino, já que ele teve que carregar o corpo do homem e erguê-lo pela janelinha do banheiro que dava para o lado de fora do prédio.

Bárbara tinha planos de entrar de novo no banheiro da boate para limpar o local com ácido muriático. Tudo naquele mesmo dia. Seria difícil não ser notada em plena luz, mas ela tinha uma desculpa em mente. Uma desculpa não muito boa, mas cada um joga com o que tem. Gastrell não aprovaria.

Ela se sentou ao lado de Ira e as duas foram caladas durante todo o caminho.

A escola Santa Sofia das Américas ficava em um prédio largo semelhante a uma catedral, com as paredes amareladas pelo tempo e detalhes demais em dourado com algumas partes descascadas. O prédio principal tinha um telhado abobadado com detalhes também em dourado. Era um enorme contraste na cidadezinha de casas pequenas, com cercas de arame farpado e terra avermelhada.

Alunos com seus uniformes brancos e azuis-escuros caminhavam monotonamente em direção aos portões pretos e altos que enfeitavam a frente da instituição, pisando na grama molhada e perambulando pelo jardim sem flores até o prédio das aulas.

As irmãs Gastrell desceram do ônibus com suas mochilas pesadas e fizeram o mesmo que os outros, o tempo todo trocando olhares até se separarem.

Bárbara procurou Henrique em todos os cantos, temerosa que ele pudesse ter faltado. Até que alguém tocou em seu cotovelo com uma mão gelada e ela soube que era ele antes mesmo de se virar.

— Ainda bem. — Soltou o ar, aliviada.

Ele a encarou sem dizer uma palavra. Os olhos castanhos estavam avermelhados e marcados por olheiras.

— Vai ficar tudo bem — disse ela pelo que parecia a milionésima vez. — Não se preocupe. Você veio de carro?

— Não, ele é do meu pai — respondeu sem emoção e Bárbara arregalou os olhos, alarmada. — Mas ele não está na cidade desde ontem. Deixei o carro em segurança na garagem, coberto por uma lona — ele se apressou em completar.

— Depois da aula, me leve até lá que preciso limpar.

— Eu já lavei.

— Não é o suficiente.

Henrique estreitou os olhos para ela.

— Vai ser rapidinho. Também precisamos queimar as suas roupas...

— Oxe, queimar? Mas eu já lavei!

Ela o encarou, sem paciência e com os olhos caídos.

— *Tá*, entendi. Não é o suficiente.

— Bom garoto. — Ela deu um tapinha condescendente no braço dele.

Bárbara começou a andar em direção à sala, ponderando os assuntos que provavelmente seriam abordados na primeira aula do dia. Henrique a seguiu.

— Como você consegue ficar tão de boa depois do que aconteceu? — ele questionou, se aproximando dela para poder sussurrar.

Bárbara deu um sorriso cético, sem nenhum humor. Foi sua única resposta.

— E o banheiro do Lua Morena? Porque aparentemente nenhuma lavagem é boa o suficiente para você — ele ironizou quando estavam na porta da sala.

Bárbara procurava por um assento vago perto da parede, como de costume.

— Vou lá ainda hoje fazer o que deve ser feito.

— Vou com você então. — Henrique a seguiu, sentando-se logo atrás dela.

— Precisa não — dispensou, serena.

— Eu insisto.

Ela deu uma pausa, imaginando quanto tempo demoraria para convencê-lo a não ir.

— Tudo bem, mas nada de conversar sobre o assunto — concordou, afinal. Quanto mais negasse sua ajuda, mais ele insistiria.

— *Viu* — concordou.

Um segundo depois, o alarme tocou como se selasse o pacto entre os dois.

3

MANCHAS DE SANGUE

Após a última aula, Bárbara e Henrique caminharam, lado a lado, do prédio até o pátio da escola, recebendo olhares curiosos. Ela sabia que os boatos viriam em seguida.

Segundo as regras de homicídio do seu pai, agir diferente do comportamento habitual era uma das coisas a não se fazer após cometer um assassinato. Ela sabia disso também. Mas não havia muito o que pudesse fazer. Henrique passou o dia perto dela como se a estivesse vigiando. Ela o tinha envolvido naquilo e precisava consertar o estrago.

— Como você vai e volta da escola? — ela questionou, seguindo-o, confusa, para a parte de trás do pátio.

— De bicicleta.

Bárbara parou.

— Oxe, e como é que eu vou com você? Andando?

— Não seja besta. Você vai na bicicleta comigo. — Ele sorriu e olhou para ela como se fosse a solução mais óbvia do mundo.

— Eu tô de saia! — salientou, sacudindo as mãos para baixo. — Além do mais, quem me garante que você não vai me derrubar?

— Você pode se sentar de lado. E não vou te derrubar. Sou muito bom na bicicleta. — Henrique se gabou de forma quase infantil.

Bárbara estreitou os olhos, ainda desconfiada. Não sabia o que tinha em Henrique, mas ele lhe passava uma sensação de segurança. Amarrou o cabelo em um coque desajeitado e se sentou de lado no quadro gelado da bicicleta.

Ele começou a pedalar e foi tomando velocidade, sua respiração se intensificando. Henrique passou por vários grupinhos reunidos na frente do pátio e todos olharam para eles. Bárbara podia distinguir o olhar alarmado de Karma no meio dos estudantes.

Aquilo fez Bárbara sorrir. Ela possuía apreço por chocar os outros.

Suas mãos suavam enquanto ela apertava a parte interna do guidão, tentando não atrapalhar Henrique. Ela podia sentir o seu sorriso atrás dela.

— É muito longe? — quis saber, incomodada.

— Não muito. Chegamos em dez minutos — Henrique respondeu vagamente.

— Não tem ninguém na sua casa?

— Meu irmão está no trabalho e, como já disse, meu pai viajou, deve voltar mais tarde.

Bárbara lutou contra o impulso de perguntar sobre sua mãe. Se ele não a incluiu na lista deveria ter um bom motivo.

— Minha mãe foi embora quando eu era pequeno. Eu não me lembro dela — esclareceu, lendo a pergunta em seu silêncio.

— A minha mãe morreu quando eu era pequena — Bárbara respondeu em um ímpeto não usual. Aquela era uma informação que não costumava, ou gostava, de compartilhar.

Henrique arfou baixinho como se pela primeira vez na vida fosse compreendido por alguém. Sem comentar nada, ele seguiu pedalando.

A viagem foi interessante. A cidade, com casinhas coloridas e chão de pedra, ficou para trás quando adentraram a estrada de terra batida cercada de árvores de diferentes espécies e cercas de arame farpado, que guardavam ocasionais cavalos, bodes e até vacas, que pastavam despreocupadas. Os dois jovens passaram parte do caminho em silêncio e na outra mergulharam numa conversa sobre o filme Capitão Fantástico, mencionado anteriormente na sala de aula pelo professor, e como seria morar afastados da civilização. Os dez minutos se tornaram dez segundos e, por alguns instantes, pareciam estar apenas curtindo a companhia um do outro e não a caminho de uma limpeza de vestígios de sangue.

Henrique parou a bicicleta, arrastando o pé na terra e fazendo poeira subir ao redor deles. Bárbara foi para frente com o impulso inesperado e demorou um segundo a mais para colocar os pés no chão.

— Chegamos — ele anunciou baixinho e pulou para fora da bicicleta, limpando as gotas de suor em sua testa com o braço.

A casa dele não era muito diferente da de Bárbara. Um pouco menor, pintada de azul e com uma construção de madeira erguida um pouco afastada da casa principal. Além disso, havia galinhas que ciscavam, soltas por ali.

— O carro tá lá atrás — ele disse, se encaminhando pela lateral da casa, arrastando a bicicleta ao lado do corpo. Sua mão parecia segurar o guidom com mais força que o necessário.

Bárbara o seguiu, de repente, consciente demais dos seus movimentos e do ar ao redor. Ela não sabia onde estava, não sabia o caminho de volta e mal conhecia Henrique. Sua percepção aguçou e ela ficou em estado de alerta, pronta para fugir a qualquer instante. Ou atacar.

No fundo da casa ventava forte e havia frutas espatifadas no chão, mais árvores e mais galinhas, intensificando um cheiro indeterminado que oscilava entre aroma e fedor. O carro estava debaixo de uma lona branca e encardida.

Henrique deixou a bicicleta jogada em um canto e expôs o carro que Bárbara não sabia identificar a marca. Só sabia que era popular, pequeno e tão sujo quanto a lona.

Ela deu a volta no veículo e Henrique abriu o porta-malas com a chave. Estava razoavelmente limpo, mas ainda havia manchas marrons-claras, deixadas pelo sabão.

— Eu tentei esfregar, mas... — ele começou a se explicar, trocando o peso do corpo de perna.

— É bem difícil tirar mancha de sangue — tranquilizou Bárbara.

— E como você sabe disso?

— Eu gosto de química.

Ela virou a mochila para frente, colocando as alças nos ombros e pegou o frasco do ácido juntamente com luvas grossas de borracha e máscaras, entregando uma unidade a ele. Podia sentir seu olhar desconfiado sobre ela.

— Se quer me ajudar arranje também umas luvas — ela orientou.

Ele hesitou antes de sumir das suas vistas, entrando no anexo da casa principal.

Bárbara se esforçou para ouvir o que ele estava fazendo, prendendo a respiração, mas tudo que captou foi objetos metálicos caindo e se batendo uns com os outros.

Depois que Henrique voltou, os dois limparam em silêncio por alguns instantes até Henrique quebrá-lo:

— Vamos ser descobertos — proclamou, ainda esfregando os tapetes de emborrachado no fundo do porta-malas. Pelo menos não tinham colocado o corpo diretamente no material de camurça.

— Não, não vamos — ela afirmou, forçando um ar despreocupado.

— Como você pode ter tanta certeza? — Ele parou o que estava fazendo e a encarou com seus olhos semicerrados por causa do sol que batia em seu rosto.

— Porque estamos consertando os erros idiotas e apagando as evidências. Além do mais, nessa cidade nada é apurado. Vão procurá-lo por um tempo e depois deixar para lá. O importante é não entrar em pânico — explicou, levemente irritada pelo questionamento, apesar de entender sua preocupação. — E, aliás, não se preocupe, se descobrirem, não vão saber que você estava envolvido. No fim das contas, você não fez nada.

— Estou encobrindo um assassinato! Meu Deus, por que não chamei a polícia? Vocês estavam se defendendo, não acho que…

— Henrique, você só fez o que eu pedi. Naquele momento, a polícia não ia ajudar em nada!

Ele sacudiu a cabeça em negação. Estava ainda mais suado do que antes.

— Eu ajudei a esconder um corpo... — Henrique voltou a limpar, focado, esfregando com força e raiva. — Onde ele tá?

Bárbara pausou, sem jamais tirar os olhos do trabalho.

— Não sei — respondeu.

— Como assim? — Ele parou de limpar e virou para o rosto de Bárbara mais uma vez.

Ela ficou calada, ponderando o quanto podia contar sem expor Gastrell.

— Tem alguém cuidando disso para mim — disse simplesmente, se concentrando ainda mais na limpeza.

— O quê? Tem mais gente nesse bolo doido? Isso é loucura!

Bárbara podia sentir que Henrique estava beirando um surto, por isso suspirou e, finalmente, olhou para ele, notando que os seus olhos eram um pouco mais claros que os dela.

— Henrique, se ligue, sei o que tô fazendo. Sei que isso é ruim, *muito ruim*, mas não tem sangue nas suas mãos. Bom, literalmente agora tem, mas não no sentido figurativo da palavra. — Ela sacudiu a cabeça, confusa. — Fica calmo, tá bem?

Ele olhava para ela com os olhos arregalados e a boca entreaberta.

— C-certo.

Eles continuaram a limpar em silêncio até Bárbara se dar por satisfeita.

— Agora precisamos queimar suas roupas — ela declarou, abrindo um sorriso diante da expressão dele. Ela encontrava um certo prazer em observar as coisas ardendo em chamas. Quando não era a sua jaqueta, é claro.

Henrique tentou barganhar por sua camisa de árbitro de futebol, mas, por fim, as roupas viraram cinzas.

Ao completarem toda a limpeza na casa de Henrique, Bárbara pediu por um copo d'água. Henrique hesitou.

— Você não tem água?

— Claro, pode entrar. — Ele liderou o caminho para dentro da casa. A porta de madeira rangeu quando foi aberta. — Desculpe, não repare a bagunça.

Bárbara balançou as mãos, dispensando o pedido.

Henrique saiu coletando objetos indecifráveis e roupas sujas no curto caminho entre a sala mal iluminada e a cozinha. Seu desconforto era perceptível.

Ele lhe entregou o copo de vidro marrom cheio da água límpida que saía fresquinha do filtro de barro e Bárbara recebeu mais um pedido de desculpas dele.

— Não tem o que se desculpar, menino. Fique de boa. — Deu um grande gole na água, querendo acabar logo com o incômodo dele.

— Eu não passo muito tempo... — Henrique começou a falar quando uma buzina soou do lado de fora, seguida pelo rangido da porta da frente.

— Merda — o garoto murmurou baixinho.

Um homem calvo em seus quarenta anos se aproximou do portal vazado da cozinha. Ele abriu um sorriso sarcástico assim que viu a garota encostada à geladeira com o copo nas mãos.

— Boa tarde. O que temos aqui?

— Pai, essa é Bárbara, minha colega da escola. Geraldo te deu uma carona?

— Colega da escola? — questionou, ignorando a pergunta do filho. Ele fez menção de abrir a geladeira, fazendo Bárbara se mover para mais perto de Henrique.

— Prazer em conhecê-lo — Bárbara se forçou a dizer.

O homem resgatou uma latinha de cerveja, aparentemente não a primeira do seu dia, e abriu o lacre, fazendo barulho.

Bárbara entregou o copo a Henrique, que o depositou na pia.

— Só colega? Não sei por que ainda pergunto, uma mulher dessas nunca ia dar uma chance a um frangotinho que nem tu, né filho? — Ele riu sozinho, um som repugnante aos ouvidos de Bárbara.

— Pai, pelo amor de Deus.

— Eu preciso ir, Henrique. Obrigada pela água — Bárbara desviou da mesa de jantar, indo em direção à sala.

— Bárbara, pera aí, eu te levo.

Bárbara parou na sala com todos os músculos do corpo endurecidos. Não tinha muito o que fazer além de esperar.

O pai de Henrique sussurrou alto, na provável tentativa de envergonhar o filho.

— Você vai voltar aqui para lavar esses pratos. — Ele segurou o braço de Henrique. — Já teve notícia do emprego? Ou você trabalha ou limpa, sabe as regras. Seu irmão está fazendo a parte dele.

— O emprego não era de meio período, então eu…

— Então, larga essa escola que ocupa demais o seu tempo — interrompeu. — Já conversamos sobre isso, Henrique. Você faz o supletivo, se forma, e tem um emprego que paga muito bem te esperando.

— Eu tenho que ir, pai.

— Volte para lavar os pratos — o homem repetiu. — Tchau, boneca! — falou mais alto, se dirigindo à garota na sala.

Bárbara fez uma careta e saiu da residência. De braços cruzados, andou na frente de Henrique e parou ao lado da bicicleta. Estava com a língua coçando para dizer poucas e boas sobre o pai dele, mas a expressão do garoto a calou.

— Sinto muito por isso. Ele não é tão babaca quando está sóbrio.

— Mas ainda é babaca? — questionou, deixando que a raiva diminuísse.

Henrique soltou um riso entristecido e não respondeu.

Bárbara suspirou. Ainda havia muito o que fazer, não tinha tempo para lidar com os problemas familiares de Henrique.

Ela ergueu a bicicleta do chão.

— Precisamos ir.

Henrique e Bárbara mais uma vez dividiram o veículo e foram até o Lua Morena. Bárbara não achava uma boa ideia levar o carro de volta à cena do crime, além do mais, o pai de Henrique poderia não gostar agora que estava em casa. Ela também não achava uma boa ideia andar pela cidade no quadro da bicicleta de Henrique enquanto tentava segurar o cabelo, a saia e a si mesma contra o vento que estava quente e úmido naquela hora do dia, mas não encontrou outra solução.

Seu estômago roncava de fome e tinha certeza de que Henrique o ouviu grunhir, pois conteve uma risadinha logo depois. Ele se ofereceu para parar no mercadinho do Rogério – o lugar onde todos na cidade recorriam para comprar comida –, mas ela recusou. Quanto mais rápido acabassem com aquilo, mais rápido ela poderia voltar para casa e comer as sobras de feijão com calabresa que tinha escondido cuidadosamente na geladeira na tarde do dia anterior, antes de tudo acontecer. Um feijão com farinha confortaria seu coração nervoso.

O Lua Morena tinha um aspecto diferente sob a luz do dia. Dava para ver o interior do lugar através das portas de vidro, a placa neon estava apagada e, até as paredes pintadas de preto não pareciam tão escuras. Não havia som vindo de dentro e a rua parecia estar tão vazia quanto o interior do estabelecimento.

Eles empurraram a porta e uma mulher que estava sentada no bar, contando notas de dinheiro, parou a atividade imediatamente e se aproximou dos dois.

— Posso ajudar?

Henrique abriu a boca, mas Bárbara foi mais rápida.

— Desculpe incomodar, mas é que estive na festa que aconteceu aqui ontem e perdi uma pulseira muito importante para mim, não vale muito dinheiro, só tem valor sentimental mesmo — explicou a desculpa ensaiada.

A mulher baixinha, de cabelos bagunçados e grisalhos, ficou olhando para ela como se não conseguisse entender suas palavras.

— Eu tenho quase certeza de que deixei a pulseira no banheiro quando fui... hã... vomitar — prosseguiu. — Muita bebida, sabe como é, *né*? Então... posso dar uma olhada?

— A festa era para maiores de dezoito anos, menina. Não acredito que esteve aqui. Ainda está na escola e tudo! — A mulher gesticulou para seu uniforme. Talvez não tenha sido uma boa ideia ir até lá depois da aula.

— Sinto muito, senhora, mas muitos jovens menores de idade estavam aqui ontem — disse Henrique, apertando os lábios no fim da sentença como se lamentasse pela perdição da juventude.

A mulher estreitou os olhos para ele.

— Você não é filho do Armando?

— Sou sim, senhora.

Bárbara revirou os olhos. Ótimo! Agora a mulher sabia que o filho do Armando foi ao Lua Morena pela manhã.

— Achei que seu pai tinha te criado melhor do que isso, menino.

— Ah. Eu não estava na festa, não, senhora. Só vim ajudar a minha amiga a procurar a pulseira dela. — Ele ofereceu um sorriso para a mulher.

Bárbara o amaldiçoou em silêncio. Estava mentindo quando havia dezenas de testemunhas que sabiam que ele esteve ali.

A mulher estreitou os olhos mais uma vez, mas aparentemente o sorriso dele tinha exercido algum efeito sobre ela.

— Tudo bem. Podem procurar, mas não demorem muito. Vocês têm quinze minutos.

— Obrigada, moça — disse Bárbara, tentando soar tão amigável quanto Henrique, mas a mulher só lhe direcionou um olhar feio, julgador.

Até parece que era a primeira vez que ela ficava sabendo que menores de idade se esgueiravam até ali em noites de festa. *Hipócrita.*

— Mas, olha, duvido que achem alguma coisa, viu? A menina da limpeza já passou por lá e não achou nada. Ou ela fingiu que não achou. — Ela deu de ombros e voltou a se sentar no banco alto de madeira.

Henrique olhou para Bárbara alarmado, mas ela o ignorou e se adiantou até o banheiro, que agora tinha um cheiro forte e artificial de lavanda.

Estava realmente bem limpo.

— Parece que a limpeza meia-boca que fizemos ontem à noite foi suficiente para acobertar as manchas — Bárbara sussurrou o mais baixo que pôde, com a certeza repentina de que a senhora estava espionando.

Na noite anterior, tinham jogado água da pia no chão com ajuda de copos de plástico e, por sorte, ainda tinha sabão no recipiente sobre a pia, o que facilitou o processo, que foi finalizado com marcas de seus sapatos, criando uma camada de sujeira enlameada típica de banheiro de festa.

— Você acha que elas sabem? — Henrique tentou sussurrar na mesma intensidade, mas sua voz era muito mais grave.

— Não, claro que não. Você viu o que ela disse: a menina não achou nada.

— Ou fingiu — relembrou ele.

— Quero é prova. Se ela suspeitasse de algo, não fingiria.

— Ou ela está na polícia reportando o que viu agora mesmo — rebateu.

— Reportando o quê? Está tudo limpo. — Bárbara abriu os braços.

— Não o suficiente, segundo você — Henrique devolveu.

Ficar ao lado de Henrique e de sua natureza contestadora estava irritando Bárbara. Ela se esforçou para não demonstrar.

— Henrique, escute, as pessoas se esforçam para não se envolver nesse tipo de coisa. Bom, exceto você, aparentemente. Se ela viu uma mancha ou duas, o que eu duvido, o cérebro dela a fez associar à outra coisa, provavelmente à menstruação. — Ela usou a palavra de propósito para ver se o incomodava, mas ele não pareceu abalado. Isso fez com que ela o respeitasse um pouquinho. — Só relaxe e vamos terminar logo!

Ele suspirou e passou a mão pela lateral do cabelo, onde era cortado mais curtinho que na parte de cima. Depois, pescou as luvas amarelas da mochila e estendeu a mão, silenciosamente pedindo pelo ácido.

Bárbara se esforçou para se lembrar de onde as manchas principais estavam anteriormente e os dois se apressaram em esfregar os locais, sempre mantendo vigilância na porta. Lá fora, podiam ouvir a mulher cantarolando, desafinada.

Bárbara deu uma última olhada no banheiro, analisando todos os cantos possíveis de se guardar uma evidência. Foi andando de costas até a porta com Henrique ao seu lado. Ele parecia tenso e preocupado, com as sobrancelhas grossas franzidas o tempo todo. A limpeza podia ter sido bem-feita no piso e nas paredes, mas a consciência dele permaneceria suja.

Quando estava prestes a se virar para sair, Bárbara ouviu uma voz. Ela olhou para Henrique para ter certeza de que ele estava ouvindo também.

A cantoria tinha parado.

— Ele esteve aqui ontem à noite — uma mulher dizia em tom de súplica do outro lado da porta do banheiro.

— Moça, teve um monte de gente aqui ontem de noite — a mulher que os atendeu antes disse, condescendente.

— Mas ele veio para cá e não voltou para casa! Meu marido não voltou para casa!

Isso fez Bárbara paralisar, se sentiu congelada por dentro, quase sem conseguir respirar. Henrique apertou o pulso dela, alarmado. Sua mão fria na pele de Bárbara.

Ela queria tranquilizá-lo, falar que podia ser qualquer pessoa, mas não conseguiu. Suas entranhas gritavam que o marido era *ele*. De repente, os arranhões em suas costas, adquiridos na noite anterior, começaram a arder.

— Você tem que falar com a polícia então, senhora. Eu não posso fazer muito por você. Nem estive aqui na noite passada.

— Temos que sair daqui — Henrique sussurrou para Bárbara, que tentava raciocinar contra a mente que insistia em se manter em branco. — Vamos.

— Não podemos passar por ela — Bárbara argumentou.

— Por que não?

— Eu não quero ver o rosto dela. Não quero saber como é ela. — Sacudiu a cabeça. Sabia que soava irracional, mas não podia evitar.

— Eu tentei. Eu falei com eles, mas disseram que só procurariam o Maurício depois de quarenta e oito horas de desaparecido. Me ajude, por favor. — A mulher recém-chegada prosseguiu a sua lamúria, choramingando. Bárbara quase conseguia visualizá-la jogada no chão, aos prantos. Pintar um retrato melodramático dela era uma maneira mais fácil de lidar com aquilo.

Como ela poderia sentir falta daquele homem terrível? Maurício era o seu nome. Era difícil lembrar que até as pessoas mais asquerosas e cruéis tinham família, também eram amadas e que sua falta seria sentida por alguém.

— Eles me perguntaram umas coisas horríveis. Perguntaram se não tinha a chance de ele ter fugido com uma amante — ela lamentou com escárnio. Um riso nervoso parecia ter lhe escapado.

— Talvez devesse só esperar um pouco — a outra mulher disse depois de conter uma tosse forçada.

Uma pausa. Ela fungou, contendo um soluço.

— Desculpe, estou muito preocupada. — A mulher fungou mais uma vez. — Posso usar o seu banheiro?

— Claro… melhor lavar o rosto e se acalmar. Tem dois jovens lá dentro procurando por uma pulseira, mas não devem te incomodar.

Na mesma hora, Bárbara se apressou para dentro de uma das cabines e largou um Henrique desnorteado do lado de fora.

Ela encostou na porta da primeira cabine e se concentrou em sua própria respiração até a mulher de Maurício entrar, fungando. Bárbara não sabia se Henrique tinha se escondido também, mas logo descobriu, pois a mulher deu um gritinho agudo.

— Ave Maria! Esse não é o banheiro feminino? — Sua voz agora era mais alta. Seu sotaque cantado se intensificou com o susto.

— É-é, sim. É que eu estava ajudando a minha amiga a... procurar... uma coisa — Henrique gaguejou, incerto.

— Ah, sim. A moça lá fora me disse. Alguma sorte com a pulseira?

— Não...infelizmente não achamos.

A frase dele soou estranha e mecânica.

— Que pena. Eu também não tô tendo muita. Inclusive… você tava aqui na noite passada?

— Não, eu não tava não — ele se apressou em dizer.

— E a sua amiga? Cadê ela?

Fez-se silêncio por tempo demais. Bárbara estava começando a suar dentro da cabine. Todo o frio da madrugada anterior tinha ido embora, dando lugar ao calor úmido da tarde.

— Na cabine, não tá se sentindo muito bem. Bebeu bastante na noite passada, sabe como é... Não se lembra de muita coisa — explicou ele, num falso tom de piedade.

Dentro do banheiro, Bárbara tossiu e forçou a garganta como se vomitasse.

— Vixe. Você acha que eu poderia falar com ela, rapidinho? Só para saber se ela viu o meu marido — pediu.

— Talvez outra hora, moça. Quando ela estiver se sentindo melhor.

— Tudo bem. Posso pegar o seu número, então? Assim posso marcar uma hora melhor para falar com ela.

— Han... por que a senhora não me dá o seu número e aí, quando ela melhorar, entramos em contato? — ofereceu Henrique. Ele se esforçou para soar amigável e disposto a ajudar.

Ouviu-se mais silêncio e logo a mulher se aproximou da porta da cabine e desejou melhoras para Bárbara, que mais uma vez tossiu. A porta do banheiro bateu e Bárbara saiu da cabine, lentamente, para encontrar Henrique apoiado na pia, com a pele do rosto brilhante de suor e os botões da camisa social abertos até a metade.

— Henrique? — chamou e ele se virou para ela.

— Vamos embora daqui — ele disse, caminhando na frente dela.

4

OS JUSTICEIROS

Enquanto o vento empurrava seus cabelos platinados que escapavam do capacete, Bárbara se concentrava em evitar tocar no piloto do mototáxi. O caminho para casa não era muito longo, porém, bastante poeirento. Bárbara havia caminhado para longe do Lua Morena até a praça, em busca de um mototáxi. Henrique partiu de bicicleta depois de soltar uma despedida em voz baixa e ela ficou para trás. Encontrou um motoqueiro vestido com um colete *verde-cana* e o chamou para levá-la.

Eles passaram pelo chão de pedra no centro da cidade e depois de volta à terra batida.

Ao chegar, ela pagou Roberto, um homem magro de bigode fino que estava sempre levando alguém para algum lugar em sua moto vermelha, e se apressou para dentro de casa só para encontrá-la vazia.

Deixou a mochila no chão do quarto e trocou os sapatos por sandálias. Sem se incomodar em retirar também o uniforme, Bárbara Justice caminhou lentamente até o lago.

Ficava a apenas alguns metros de distância da casa e era o lugar favorito não só dela, como também das irmãs, por isso ela não se surpreendeu ao ver Karma sentada no píer comendo bagas de tangerina. O suco escorria por sua mão e pingava na madeira enquanto ela se esforçava para não sujar a blusa branca de alças finas.

Pelo som ondulado da água se mexendo, Bárbara podia adivinhar que Ira estava nadando.

Karma sequer olhou para trás quando ela se aproximou e se sentou ao seu lado.

— Onde você tava? — perguntou, oferecendo a tangerina. Bárbara aceitou, relembrando quão faminta estava.

— Resolvendo coisas — disse simplesmente e mordeu a fruta doce e morna.

— E resolveu tudo? — Karma desviou o olhar para o reflexo do sol na água escura.

— Sim — ela disse, soando indiscutivelmente segura. Não se sentia assim de fato. A presença daquela mulher tinha levado embora toda a sua convicção de que elas se safariam daquilo.

Havia alguém procurando por aquele homem. Alguém preocupado, de verdade, com seu paradeiro.

— Bárbara, entra na água! Tá muito boa! — Ira gritou de longe, sacudindo um braço e pulando no fundo de barro do rio, expondo seu tronco de dentro da água que pouco passava de seus ombros.

— Vou ficar te devendo! — Bárbara gritou de volta, oferecendo um sorriso cansado à menina.

— Rapaz, você e Karma são duas chatas — resmungou, antes de dar um grande mergulho.

— Papa já voltou? — Karma perguntou, finalmente olhando para ela.

— Acho que não. Passei em casa e ele não tava.

— E o seu amigo? — ela forçou um tom de indiferença.

— Henrique? O que tem ele? — Bárbara indagou.

— Ele não vai nos dedurar? — Sua voz tinha adquirido um novo tom de acidez como se as tangerinas tivessem, de repente, azedado e ela continuasse comendo por obrigação.

Bárbara soltou uma risada amarga, sem humor. Karma só estava preocupada com o próprio bem-estar. Como sempre. A acidez não era por culpa das frutas.

— Não. Ele tá assustado e com medo de levar a culpa. Ele vai se comportar — prometeu.

— Eu nem sabia que você tinha amigos — provocou com ainda mais azedume na voz. Bárbara não soube identificar se era ciúmes ou apenas despeito.

— Nossa, valeu mesmo — respondeu com ironia.

— Fala sério! Você pode me culpar por pensar isso? Você só anda sozinha por aí — apontou Karma, querendo irritá-la.

— É melhor do que ter amizade de *likes* — revidou Bárbara.

— O que você quer dizer com isso?

— Pelo amor de Deus, Karma. Essas suas amigas não são realmente suas amigas. Eu duvido que você possa ter uma conversa de verdade com qualquer uma delas.

— Você nem as conhece! — O tom de voz de Karma subiu.

— Não preciso — decretou Bárbara. — É só olhar para sua mudança de comportamento quando tá perto delas que tenho uma amostra grátis da falsa personalidade de todas vocês.

— Na moral? Vai pro inferno, Bárbara. — Karma levantou bruscamente e levou o resto da tangerina com ela.

Ira chegou até a ponta do píer e se debruçou na madeira, manchando-a em um tom mais escuro de marrom.

— O que foi? Por que estão brigando? É por causa daquele homem? — indagou, piscando os cílios longos e molhados.

— Não é nada não. Vamos para casa, anda.

— Sobrou pra mim — Ira resmungou, revirando os olhos. Ela içou o corpo para fora do lago, espirrando água nas pernas de Bárbara.

As três caminharam de volta para casa, com Karma marchando irritada na frente, os cachos sacudindo com o movimento, e Ira atrás, caminhando com cautela, tentando não grudar terra nos pés molhados, mas que ficaram sujos na sandália enlameada.

Bárbara ouviu a voz de Gastrell, falando com a irmã do meio, antes de entrar nos limites da propriedade. Ira ouviu também e passou correndo na sua frente, não mais se importando com os pés manchados.

— Papa!

Por fim, Bárbara entrou e encontrou o pai com um semblante calmo, sentado na poltrona. Karma estava no sofá verde-escuro perto dele. Ela esticou os pés no estofado sem deixar espaço para outra pessoa – Bárbara –, sentar.

— Tudo certo, Papa? — a mais velha perguntou, cheia de significado, mas Gastrell não tirou os olhos da televisão.

— Tudo certo — ecoou simplesmente, sabendo exatamente o que ela queria dizer. — Ira, vá tomar banho para a gente desembaraçar *essa* cabelo — disse para a menina que fazia uma mancha no chão ao redor de onde estava sentada, também concentrada na televisão. O cabelo loiro estava escurecido pela água e se espalhava pelas costas por cima do maiô colorido.

Era um momento tão trivial entre família que nem parecia que estavam mencionando um assassinato nas entrelinhas.

— Justice, troque o uniforme — ordenou como se ela tivesse dez anos e fosse derramar suco de uva na roupa.

Bárbara teve vontade de não obedecer. Ficou olhando para ele, irritada, mas com expressão neutra. Ele sabia que ela odiava receber ordens daquela forma.

Ele continuou observando a TV, despreocupado. Bárbara foi até o quarto, dividindo o corredor com Ira, que se apressou para o banheiro.

Bárbara tirou o uniforme, se livrou do sutiã de listras e vestiu uma camiseta roxa folgada e shorts jeans. Pegou um novo livro na prateleira grudada na parede acima de sua cama, e voltou para a sala. Sentou-se no tapete, se desligou da família e da TV e mergulhou no livro de ficção fantástica. Resolveu que era melhor mergulhar em uma guerra medieval do que na guerra de sua própria mente.

Parecia ter ficado no mundo do livro por apenas dois minutos quando ouviu Gastrell dizer:

— Karma, volte o canal.

— Mas a novela...

— Volte o canal, *right now*! — ordenou, exasperado.

Karma obedeceu, bufando.

Bárbara voltou os olhos para a TV, amaldiçoando sua curiosidade e por ter desviado sua atenção da leitura tão facilmente.

— Neste mês completam vinte e cinco anos desde uma das mais famosas ondas de massacres na Inglaterra nos anos oitenta e noventa — disse a âncora do programa de televisão, com expressão séria e mãos cruzadas na frente do corpo. Logo depois, na tela surgiram imagens antigas da Inglaterra e uma fotografia em preto e branco de um homem perto dos trinta anos de idade. Os cabelos bem penteados puxados para trás e um sorriso no canto da boca. — Mortimer Hayhurd, conhecido como "O Justiceiro", assassinou mais de quarenta pessoas, principalmente homens, e nunca foi pego pelos seus crimes. A maioria dos corpos das vítimas nunca foi encontrada.

Bárbara conhecia aquele olhar pacífico, aquela expressão constantemente despreocupada.

Ela direcionou o olhar para Gastrell, alarmada.

Ela sabia. Sempre soube que Bernard Gastrell não era Bernard Gastrell de verdade, que ele não era apenas um britânico que saiu em busca de uma vida pacata e quente no Brasil. Sabia que estava fugindo do seu passado sangrento, sabia que era um assassino, um *serial killer*, foi isso que os juntou, afinal. O primeiro assassinato de Bárbara marcou a quadragésima sétima vez que Gastrell se livrava de um corpo.

Ele manteve a expressão serena, mas Bárbara viu sua garganta se mover em um gole seco. A tempestade escondida por trás dos olhos azuis que, por sua vez, se escondiam nos óculos e na máscara de imperturbabilidade que costumava usar.

— Papa? — Karma perguntou. — É realmente você aí?

Ele se limitou a balançar a cabeça em concordância.

Bárbara esticou a coluna, atenta, enquanto a mulher no jornal enumerava os feitos do Justiceiro. Bernard Gastrell, ou melhor dizendo, Mortimer Hayhurd, desviou o olhar para ela. Seus olhos azuis compartilhando a lembrança e o medo.

Era noite quando aconteceu.

Bárbara estava dormindo quando ouviu a porta da frente abrir para dentro e bater na parede com um estrondo.

Ela arregalou os olhos assustada, mas logo o coração se acalmou quando reconheceu a voz da mãe falando com o pai.

— Joaquim! — repreendeu pelo barulho. — Bárbara tá dormindo. Onde você tava? — ela falou, tentando sussurrar, mas seu tom de voz estava irritado demais para isso.

— Por aí. Saí tarde do trabalho — ele respondeu, com uma voz embolada. Estava bêbado de novo. E no meio da semana dessa vez.

O coração de Bárbara afundou. Odiava quando o pai estava assim. Ele se tornava uma pessoa diferente, agressiva, irritante, paranoica. O que ela não sabia era que, na verdade, aquela era a pessoa que ele sempre foi debaixo da sua pose de bom pai e marido.

— Eu liguei para lá e você saiu faz horas, Joaquim — a mãe falava tranquilamente agora, uma calma inesperada e decepcionada, uma calma que ela queria que contaminasse o esposo.

— O que você tá insinuando, Paola? Hein? Pra quê você ligou lá? — Em contrapartida, Joaquim soava mais irritado a cada frase. Ele soltou um palavrão.

— Você estava com ela de novo, não é? Com a sua amante? — Isso fez Bárbara pular da cama e se aproximar da porta para ouvir melhor. Então era verdade. O pai estava traindo a mãe. Ela já tinha ouvido boatos até mesmo das amigas do colégio, mas não quis acreditar.

Até a própria mãe sabia... e ela, tola, se recusou a enxergar.

Os dois começaram a discutir e Bárbara chorou baixinho, ainda se esforçando para entender as palavras deles. *Traidor, vagabunda, mentiroso, como pôde? A sua família...*

Ela tapou os ouvidos, mas o estrondo do tapa foi mais alto e o choro da mãe entrou em sincronia com o dela.

Bárbara, na época apenas Bárbara Silveira, queria correr para fora do quarto e proteger a mãe, mas não conseguiu se mover. Estava com medo e perplexa. Pensava que poderia estar em um pesadelo. O som de tapa virou um som abafado de murro e então de vidro se quebrando.

— Fuja, Bárbara, fuja, filha! — Ela só conseguiu se mexer quando a mãe gritou seu nome. Passou a chave, trancando a porta do quarto quase no mesmo instante em que o pai forçou a maçaneta. Uma assincronia de apenas um segundo.

Bárbara abriu a janela e pulou para fora de casa. A rua estava deserta e silenciosa, mas a tranquilidade foi interrompida por uma bala, um gatilho puxado, um tiro dado não muito longe, enclausurado pelas paredes de sua casa. O som ecoou quase em câmera lenta enquanto Bárbara se afastava com os ouvidos zunindo.

Alguém gritou. Ela correu sem saber para onde, com os pés descalços doendo contra o asfalto e as lágrimas atrapalhando a visão.

Pediu ajuda nas ruas, para estranhos, mas ninguém confiava numa criança chorosa e descabelada, numa menina preta de cabelos crespos pedindo por socorro. Ninguém ajudou.

Foi até uma amiga da mãe que frequentava o salão em que ela trabalhava. A mulher abriu a porta, mal-humorada, mas a carranca se desfez ao reconhecer a menina.

— Oi. Posso... u-usar o telefone? — pediu Bárbara, soluçando.

— O que houve, Bárbara? Cadê sua mãe? — ela perguntou, pegando a menina pelo braço, trazendo-a para dentro de casa. Ela olhou para a rua, procurando a causa do desespero da menina.

O marido dela apareceu no corredor apenas com shorts de pijama e Bárbara se encolheu. A mulher afagou a cabeça dela, tranquilizando-a.

— O que está acontecendo?

— Papai matou mainha.

Bárbara não lembrava muito bem dos detalhes do que aconteceu depois da sua declaração, mas jamais esqueceria da expressão de horror daquela mulher. Ligaram para a polícia e para o juizado de menores. Ela chorou até quase não conseguir abrir os olhos de tão inchados.

Pessoas a levaram embora. Ela nunca mais viu aquele casal.

Nunca mais viu a mãe.

Deu seu depoimento à polícia, foi levada a abrigos e orfanatos, lhe entregaram poucas de suas coisas, lhe deram coisas que não eram suas, roupas e brinquedos que um dia pertenceram a outras pessoas. Ela conheceu crianças como ela, que não tinham ninguém.

Ela não tinha mais avós e a mãe não tinha irmãos ou irmãs. Os parentes do pai eram desconhecidos. Ninguém queria ficar com ela, por isso foi jogada de uma casa para outra, de um abrigo para outro, até que parou em um orfanato pequeno com cheiro de mofo e comida escassa, onde as cuidadoras lhe davam tapas e outras crianças não a deixavam brincar. Não que ela tivesse muito interesse em brincar, ou conversar. Apreciava cada minuto que tinha sozinha e lia e relia os poucos livros que encontrava no quartinho que deveria ser a biblioteca, mas que havia mais teias de aranhas do que páginas.

Bárbara sentia raiva e ódio do pai todos os dias. Visualizava seu rosto e o distorcia na própria mente. Tentava imaginá-lo atirando na mãe e batendo nela, tentava criar imagens para o que tinha apenas ouvido, pintava o quadro mais violento que podia, alimentando aquele sentimento amargo que tomava a boca do estômago, muitas vezes a deixando enjoada. Aquilo alimentava a sua fúria. Viu o rosto dele na televisão uma vez e os jornalistas informaram que o homem estava sendo procurado. Mas não demorou para que todos se esquecessem dele, da mãe e dela. Era só mais um crime não resolvido.

Ela passou meses, quase um ano, supondo onde ele poderia estar, arquitetando um jeito de se vingar.

Tinha apenas doze anos e só conseguia pensar em fugir e matar.

Quando finalmente escapou do orfanato, foi com a certeza de que encontraria o pai na casa da suposta amante. Reuniu informações de todas as fofocas que já tinha ouvido sobre ele e, depois de algumas semanas, o encontrou. Como uma criança poderia ter encontrado o homem e a polícia não? Não era um mistério. Eles não se importavam como ela, nunca ligavam quando um homem assassinava uma mulher. Não era à toa que esse tipo de crime acontecia todos os dias, o tempo todo. A polícia não punia homens que matavam mulheres.

Mas Bárbara sim.

Ela o observou por mais alguns dias. Passou fome, frio e medo. Tudo isso só para se vingar.

Invadiu a casa quando estava vazia e localizou a arma que matou a mãe. Reconheceu o objeto que a mulher insistia que ele arranjasse um cofre para guardar, mas que ele nunca tinha obedecido. Frequentemente se gabava para os amigos e quando não estava com a arma no cós da calça, depositava embaixo da cama. *Homem tolo, trouxe a arma do crime com ele,* ela havia pensado. Tinha assistido filmes o suficiente – mesmo aqueles que a mãe a proibia – para saber que aquilo era burrice.

Ela esperou. Ficou em pé por horas, espreitando na rua deserta. A amante dele passou primeiro e ela deixou que a mulher seguisse seu caminho.

Ele veio mais tarde e, como previsto, estava bêbado. Bárbara apagou todas as lembranças boas que tinha dele, só conseguia se recordar daquela noite aterrorizante, do som do tiro quando ela estava longe, do som do tapa quando ainda estava perto.

Ela se aproximou e ele levou um susto ao vê-la. Parecia ter visto um fantasma. Gaguejou e tropeçou nas próprias palavras, mas ficou em silêncio quando ela puxou a arma, como se ele aceitasse a punição de bom grado.

Ela puxou o gatilho sem hesitar, o braço voou para trás e ela caiu no chão. Começou a arfar alto e as lágrimas desceram pelo seu rosto quando se deu conta da magnitude do que tinha feito. Não sabia como agir em seguida. Tinha acabado com a sua própria vida junto com a do pai. Sua família estava acabada, extinta.

Precisava se mexer, sair dali antes que alguém aparecesse, depois que o som do tiro ecoou pela noite quente e úmida.

Ela se arrastou para longe, chorando alto, tentando tapar a boca com as mãos sujas de poeira e asfalto.

Atrás dela uma sombra se projetou e tapou sua boca, a impedindo de gritar. Ela sacudiu as pernas, mas as mãos estranhas a levaram para longe do corpo e da arma até um beco afastado na rua seguinte.

— Shhh! Eu *querer* ajudar. — A voz tinha um som estranho, as palavras saíam desconexas e emboladas. Mesmo assim, ela parou de se debater e esperou.

O homem a soltou devagar, hesitante, e ela se virou para ver o seu rosto. Alto e robusto de cabelos ralos e claros, a analisava com olhos azuis como ela nunca havia visto.

— Calma, criança — Gastrell disse. — Você está a salvo.

Bárbara se deixou ser acalentada, apesar de não conhecer aquele homem de sotaque estranho.

Ele perguntou o seu nome e prometeu ajudá-la. Bárbara jamais imaginou que ele se tornaria o seu pai.

Gastrell sumiu com o corpo de Joaquim Silveira e levou Bárbara de volta ao orfanato. Demorou meses entre visitas e conversas, burocracias e acompanhamento monitorado até que ele conseguisse adotá-la. A notícia do sumiço de Joaquim ficou no noticiário por um tempo, mas logo todos esqueceram tanto dele quanto da mãe dela. De novo.

Quando Bárbara completou treze anos, Gastrell a adotou, deu seu segundo nome e perguntou o que ela queria fazer no cabelo porque eles iriam se mudar e começar uma nova vida onde ninguém a conhecia e lá, ela poderia ser quem quisesse.

Bárbara nunca questionou de onde Gastrell tinha vindo e porque tinha a acolhido, mas eventualmente ele lhe contou.

— Vi muito de mim em você. Eu tava *num* pousada aqui perto, notei você observando *aquela* homem. Pesquisei sobre ele, sobre você. Não foi difícil achar notícias *no* Internet. Eu sabia, quando apertou o gatilho, que não matou aquele homem em vão. Você fez justiça e sou conhecido como O Justiceiro. *Well*, era... — ele explicou enquanto descoloria o cabelo dela num banheiro apertado de uma casa que não era dele. — Você sempre será justiça por ter vingado sua mãe. *You were justice. You are Justice. You can be. Be Justice. B. Justice.*

Depois de algumas tentativas, e a visita de uma mulher estranha, o cabelo de Bárbara adquiriu um tom quase branco prateado e uma textura lisa como ela havia pedido. Juntos se mudaram para Estrada dos Refúgios. E ela virou Bárbara Justice Gastrell.

— O que isso significa pra gente? — Bárbara perguntou, afastando as memórias, ainda encarando os olhos do pai.

— Nada. Eles não vão me reconhecer. Metade da cidade nem assiste a este canal — proclamou Bernard, quebrando o contato visual com Bárbara.

Ira chegou no cômodo com os cabelos embaraçados e molhados, uma toalha branca, puída, nas costas e a escova de cabelos na mão.

Sentou-se no chão, aos pés de Gastrell, e entregou a escova a ele sem olhar para trás.

— O que tá acontecendo? — quis saber, mas a pergunta parecia vazia, distante.

Karma abriu a boca para falar, mas ele a interrompeu:

— Nada, *pumpkin.* — Gastrell a tranquilizou ao usar o apelido carinhoso cotidiano em inglês. — Nada. Mude o canal, Karma. Tá na hora *do* novela.

5

SISTEMA DE AUTODEFESA

No dia seguinte, o som irritante do alarme, que não pertencia ao celular de nenhuma das irmãs Gastrell, soou novamente. Bárbara abriu os olhos para encontrar, mais uma vez, o dia ainda escuro.

Ela pulou da cama, ainda meio grogue, e se arrastou até a cama de Karma, a de baixo no beliche.

— Karma! — Sacudiu a menina que estava escondida em uma cortina de cabelos cacheados e embaraçados. — Vamos, acorde.

— O que é?

— O alarme tá tocando — explicou.

— Desliga!

— Não, você não entendeu. Alguma coisa tá errada.

— De novo? — Ira murmurou da cama de cima, sentando-se e esfregando os olhos. As tranças folgadas se desfaziam do cabelo.

Bárbara fez que sim com a cabeça, sentindo o estômago congelar. Seu coração batia no mesmo ritmo do alarme.

As três se agruparam com cautela no corredor e foram andando lentamente até ver Gastrell parado ao lado do relógio, apoiado no balcão, esperando por elas.

Caminharam de má vontade até chegarem ao homem que sustentava um sorriso no rosto, com os cabelos brancos molhados, recém-saídos do chuveiro, por baixo de um boné de beisebol desgastado.

— O que é isso, Papa? — Karma perguntou, sonolenta.

Gastrell bateu no pino em cima do relógio e o objeto imediatamente parou de apitar.

— Bom dia, *my sunshine* — replicou.

Ele só obteve grunhidos como resposta.

— Por que nos acordou tão cedo? — perguntou Bárbara, dando uma olhada para o coador de café, feito de pano, no escorredor de pratos em cima da pia. Pelo menos ele tinha feito café.

— De novo — destacou Ira, repetindo sua frase anterior, dessa vez como uma afirmativa.

— Hoje vamos treinar — declarou, ainda sorrindo.

— Treinar? — ecoou Ira. Ela parecia mais animada com a expectativa de uma promissora aventura.

— Treinar para quê? — perguntou Karma, que ficava cada vez mais irritada.

— Para ficarem sempre preparadas. Autodefesa. Ficar em forma. Endorfina. Há diversos motivos. — Ele soava empolgado demais. Para Bárbara, aquela animação era impossível de entender quando o sol sequer tinha nascido.

Ela estreitou os olhos para ele.

— Podemos tomar café primeiro? — perguntou Karma, indo em direção à garrafa térmica.

— Coma fruta. O estômago não *poder* ficar pesado — ele começou a dizer, se esticando para tocar os pés com as pontas dos dedos. — Vamos, vamos. Temos que dar conta de tudo antes de irem para a escola.

Outra vez, as três grunhiram.

Algumas horas depois de ter enfrentado a neblina matinal, a animação exagerada de Gastrell, a irritação das irmãs, o suor grudando em seus cabelos junto com insetos mortos, Bárbara se encontrava agora refrescada, porém dolorida, sentada no banquinho de madeira do corredor na Escola Santa Sofia, perdida mais uma vez em seu livro de fantasia.

Era a hora do intervalo e ela tentava bloquear o barulho de conversas altas e de lanches sendo devorados, mas falhou quando alguém se sentou ao seu lado e ficou a encarando. Ela ergueu os olhos, esperando encontrar algum novato desavisado, mas se surpreendeu ao se deparar com o olhar castanho de Henrique.

Ele lhe ofereceu o saco de salgadinho que estava segurando. Ela recusou. Tinha a regra de não sujar os dedos de comida enquanto lia para não sujar as folhas.

Seu estômago roncou em resposta, mas isso ela ignorou.

— Oi? — ela disse acidentalmente como uma pergunta.

— Tudo certo? — Henrique perguntou, saboreando seu lanche.

— Tudo...

— Você parece surpresa em me ver — notou, tentando ver o título do livro que ela estava lendo.

— Achei que estava chateado — explicou, mas não era inteiramente verdade. Pensava que agora que tudo estava resolvido, ele não voltaria a falar com ela.

Como Karma havia apontado cruelmente no dia anterior, Bárbara não tinha amigos e não esperava que Henrique se tornasse o primeiro.

Pelo visto, Henrique pensava diferente. Para falar a verdade, ele sempre tentou conversar com ela, mas Bárbara nunca tinha dado brecha.

— Não. Tô tranquilo agora. Mudei a minha atitude histérica para uma calma e relaxada — disse, com um sorriso afetado.

— Percebi. — Bárbara riu, sem acreditar muito na nova postura do rapaz.

— E como vai a sua irmã?— Ele limpou a garganta. — Digo, as suas irmãs? As duas.

Bárbara fechou o livro com o marcador de páginas dentro, descruzou a perna com cuidado para não levantar a barra da saia e suspirou.

— Estão bem. Por quê?

— Só puxando papo. Vocês passaram por um trauma, afinal — falou como se ele não tivesse envolvido no acontecido. — Ainda mais Karma...

— Podemos não falar disso?

— Claro. É que até onde sei, só temos isso em comum. Você nunca come?

— Você tomou alguma droga, menino? Está elétrico! Só não como enquanto leio — disse, enfiando a mão no saco de salgadinhos e pegando uma mão cheia.

— Este. — Apontou para si mesmo com o polegar manchado de amarelo cheddar — sou eu relaxado, tentando te conhecer melhor.

Bárbara estreitou os olhos, procurando entender se havia um significado maior por trás das palavras dele.

Duas meninas passaram no corredor e cochicharam na frente deles e, em seguida, soltaram risadinhas maldosas. Não haviam esquecido o episódio da bicicleta. Também não haviam esquecido que, normalmente, Bárbara Justice não falava com ninguém.

— Qual o problema delas com você? — Henrique parecia genuinamente interessado na resposta.

— Também queria saber — confessou.

— Não são muito minhas fãs também — ele disse, mastigando.

— Como assim? Um rapaz tão adorável como você — ironizou.

— Né? — Henrique riu. — Deve ser inveja da minha pele impecável.

Bárbara o acompanhou na risada, mas logo se concentrou em comer os salgadinhos e Henrique caiu em um silêncio incômodo. Bárbara queria se levantar e ir embora, mas lutou contra esse impulso. Felizmente, o sinal tocou, a poupando de mais constrangimentos.

— Tá, então até depois — Henrique se despediu e, quando foi embora, o seu semblante forçado mudou, voltando ao que costumava ser. Bárbara percebeu a mudança, mas nada fez além de observá-lo se afastar e, em seguida, caminhou para sua próxima aula.

Ao fim do dia, ela foi a primeira a chegar em casa e encontrou Gastrell lendo um livro, sentado em sua velha poltrona verde-escura e reclinável. Ele ergueu os olhos e ajeitou os óculos quadrados na ponte do nariz.

— Podemos conversar? — ela se apressou em perguntar antes que as outras meninas chegassem.

Ele fechou o livro, repousando-o sobre a barriga e esperou em uma resposta silenciosa.

— Por que está treinando a gente? — questionou, sentando-se no sofá ao lado da poltrona. Ele seguiu seu movimento, virando o corpo para olhá-la enquanto se preparava para responder. Parecia estar ponderando cada palavra antes de proferi-las.

— Vocês precisam aprender a se defender caso eu não esteja presente. — Sua voz era neutra, mas carregava um ar sombrio por trás.

— Caso não esteja presente? Aquele programa de TV te assustou mesmo... Você acha que podem te reconhecer? — Ela franziu o cenho com uma mistura de preocupação e aborrecimento.

— As chances são poucas, *pumpkin*, mas elas existem. E é por isso que preciso saber que vocês vão ficar bem sem mim.

— Oxe, nada vai acontecer com você, Papa.

— *Perhaps not...* — Talvez não.

Ele desviou o olhar e se perdeu em pensamentos enquanto encarava a parede branca encaroçada.

— O que te preocupa? — ela quis saber.

— Você ouviu alguma coisa pela cidade?

— Que tipo de coisa? — Bárbara juntou ainda mais as sobrancelhas, tentando analisar por que ele havia mudado o rumo da conversa.

Ele hesitou por um instante.

— Sobre o seu cara.

— É isso que te perturba? — Ela sacudiu a cabeça. — Está com medo de conectarem o Maurício a você.

— Maurício? Como você sabe o nome dele? Achei que não o *conhecer*. — Gastrell pousou as mãos nos braços da cadeira. O que parecia um gesto inofensivo, na verdade, denunciava o seu incômodo.

— Não o conheço — reafirmou Bárbara.

— *Well...*? — Gastrell incitou em inglês. Ele tinha o hábito bilíngue de usar certas expressões, especialmente quando começava a ficar irritado ou apelava para o sarcasmo.

— Eu ouvi a esposa procurando por ele no Lua Morena — confessou ela.

— Então você voltou à cena do crime? — Ele soltou o ar numa risada incrédula.

— Queria me certificar que não ficaram manchas de sangue por lá — Bárbara justificou quase em desespero.

— Você está se comportando como *amador*, Justice. — Ele se levantou, exasperado, deixando o livro de lado e passando a mão nos cabelos. — Há tantas manchas num banheiro público de uma boate *que menor* das chances *ser* encontrarem os resquícios de sangue que havia lá. Provavelmente está mais suspeito agora que está limpo demais e que você voltou lá. Todo mundo sabe: nunca *dever* voltar ao local do crime.

— Desculpe... e-eu não pensei. — Bárbara queria gritar com ele, dizer que *era* realmente uma amadora. Uma única morte não fazia dela uma profissional.

— Eu não te falei para voltar lá. Você tem que me ouvir e fazer o que eu *dizer*. Se isso acontecer de novo e eu não estiver aqui, você tem que saber...

— Acontecer de novo? Acredite, não vai acontecer de novo. — Ela riu sem nenhum humor.

— Eu já ouvi isso antes — provocou.

Seus olhos arderam diante do retruque dele e Bárbara se levantou também. Eles não falavam sobre o passado há muito tempo. Bárbara achava que quanto mais evitassem o assunto, menos doeria quando fosse inevitável mencioná-lo. Estava enganada, doía da mesma forma, se não mais.

— A gente nunca sabe o que pode acontecer, *kiddo*. Eu só *quer* que vocês fiquem seguras, *no matter what*. — *Independentemente do que aconteça.*

— Eu sei — Bárbara sussurrou e se sentiu pré-adolescente, pequena e órfã outra vez.

Ele a abraçou de lado e Bárbara repousou a cabeça em seu ombro. Ele era mais alto que ela e não falhava nunca em confortá-la. Nessas horas, Bárbara se esquecia de que ele era um assassino, de sangue frio, que era um criminoso procurado; nessas horas ele era apenas seu pai e sua bússola moral ignorava o resto.

Karma e Ira entraram pela porta da frente, conversando entre si. Suas risadinhas cessaram quando encontraram pai e filha abraçados no tapete sujo.

— Tá tudo bem? — Estranhou Karma.

Bárbara e Gastrell se separaram e a primeira engoliu o choro de anos acumulado.

— Tá. Vamos pedir pizza? — Gastrell ofereceu com um sorriso acolhedor.

— Por favor, vamos! — Ira largou a mochila no chão e correu para o telefone fixo em cima da mesinha, no canto da sala de estar.

Karma se encaminhou para o quarto ainda de cenho franzido, sem se deixar enganar pela menção da comida.

6

VÍNCULO E CULPA

No fim de semana, Gastrell permitiu que as irmãs acordassem um pouco mais tarde, mas isso não significou folga do treinamento.

O dia estava ensolarado, com uma brisa refrescante e fria que trazia o cheiro de grama recém-cortada.

Gastrell arrastou as filhas até o píer, junto de uma cadeira dobrável na qual sentou-se com um cronômetro e apito em mãos. Ele usava o velho boné de beisebol virado para a frente, em busca de proteção para a pele constantemente vermelha, castigada pelo sol.

E as meninas? Estavam dentro do lago gelado, espirrando água para todos os lados enquanto nadavam em corrida uma contra a outra. Quando a cabeça de Ira emergiu na superfície, Gastrell apertou o botão do cronômetro ao mesmo tempo em que enfiou o apito na boca e soprou até ficar com o rosto ainda mais rubro.

Karma e Bárbara submergiram em seguida, uma depois da outra. A primeira bufava de raiva. Odiava perder, principalmente para a irmã mais nova. Karma também odiava acordar cedo e usar touca de natação, o que contribuía significativamente para o seu mau humor.

Ira suspendeu a palma da mão, esperando um cumprimento e, para não a deixar "no vácuo", como diziam, Bárbara bateu na sua mão com um sorriso sem dentes. Também não era a maior fã da derrota. Mas era melhor do que Karma em esconder isso.

Em deleite, Gastrell deu uma boa gargalhada com a mão pousada em cima da barriga, o que fez Bárbara se lembrar da figura de um Papai Noel em veraneio.

Karma se içou para fora, manchando a madeira velha e desbotada do píer de marrom-escuro. Ela ficou de pé, dando pulinhos de frio enquanto Gastrell lhe entregava uma toalha azul, ainda com um sorriso no rosto.

— Eu odeio nadar — disse Karma, pegando a toalha da mão de Gastrell e se enrolando nela. Ela puxava o ar por entre os dentes, tremendo de frio.

— Deve ser por isso que nada tão *devagaaaar* — cantarolou Ira, se mexendo de um lado para o outro, fazendo barulho na água.

Karma lhe direcionou um olhar fulminante e se encolheu contra a toalha.

Gastrell riu junto com Ira e fez sinal para que ela saísse da água. A menina obedeceu sem questionar.

Ira não se abalava com o frio. Ela tirou o cabelo da touca e torceu, fazendo uma poça ao seu lado. Gastrell lhe entregou uma toalha laranja.

Bárbara se deitou de costas, boiando na água. Ainda não estava preparada para enfrentar o frio do vento agora que o corpo tinha se acostumado com a temperatura da água.

Ouvia a sua família conversando como se estivesse isolada em uma bolha de ar. Ela encarava o céu azul-claro e as nuvens brancas, dançantes. Apesar da respiração ofegante, se permitiu sentir paz por meio segundo.

Um barulho de motor de carro, mesmo abafado, a arrancou da hipnose. Ela parou de boiar e subiu no píer, juntando-se aos outros para observar o Chevrolet cinza que estacionava não muito distante, levantando poeira.

Karma imediatamente tirou a sua touca e sacudiu os cachos quando a porta do carro se abriu.

— Quem é? — Ira perguntou como se falasse ao telefone. Ninguém respondeu.

Bárbara apertou os olhos. A luz se intensificou como se o sol tivesse acabado de escapar de trás de uma nuvem.

Um homem alto de bermuda jeans e camisa preta se aproximou com as chaves do carro ainda em mãos. Ele tinha o cabelo castanho-claro, bagunçado e amassado na parte de trás por causa do encosto do banco, era provável que estivesse dirigindo há algum tempo.

Ele andou em direção à família Gastrell que, de repente, estava tensa e alerta; os sorrisos e provocações foram abandonados para dar lugar ao modo de defesa.

— Bom dia! — o rapaz disse quando chegou perto o suficiente.

Ele tinha uma aparência estranhamente familiar, mas Bárbara sabia que era impossível o ter conhecido antes. Ele tinha o ar da capital saindo pelos poros.

Bárbara tornou-se consciente de que estava usando um biquíni e cutucou o braço de Gastrell, estendendo a mão em busca da toalha que sobrou e se enrolando nela. Os quatro responderam o cumprimento em tons diferentes de desconfiança.

Ninguém naquela cidade falava com a família Gastrell em um tom amigável como aquele, especialmente quando os quatro estavam juntos.

— Desculpe o incômodo. — Ele estendeu a mão para Gastrell que aceitou, dando um aperto firme. — Mas sabe me dizer como dou a volta no lago para achar a Rua 28?

Ele acenou educadamente para as três meninas. Ira respondeu incerta, Karma disfarçou a empolgação, Bárbara não retribuiu o gesto.

Só havia uma casa desabitada na Rua 28. O que ele poderia querer por lá?

— Está de mudança? — perguntou Gastrell, dando mais uma olhada no carro. Bárbara não sabia como ele havia chegado àquela conclusão, já que não havia nenhum indício de bagagens no carro.

— Temporariamente. Vim resolver uns problemas de família — explicou o rapaz. Ele não pareceu ofendido pela bisbilhotagem.

— É só seguir reto e virar a primeira à esquerda, vai encontrar um retorno na estrada de terra — ofereceu Karma com um sorriso amigável. Bárbara revirou os olhos. Ela era tão previsível.

O rapaz direcionou um olhar agradecido a ela e fez uma pequena reverência com a cabeça.

Gastrell retesou o corpo, mas não se virou para Karma.

— Eu sou Bernard Gastrell, rapaz. Essas *son* minhas filhas Bárbara, Ira e Karma. Acho que seremos vizinhos de frente. — Gastrell se virou para apontar a casa para o jovem. Ela se localizava do outro lado do lago e era feita de grandes toras de madeira e largas janelas de vidro, como uma cabana.

— Nomes muito bonitos — notou. — O meu é Martin Costa. Obrigado pela ajuda. — Ele desviou o olhar mais uma vez para Karma.

Martin estava se preparando para dar as costas, mas Gastrell o deteve.

— Diga, Martin. Você disse que veio temporariamente, apenas para resolver problemas de família. Se tem família aqui, por que *non* fica com eles? — questionou.

O jovem deu uma pequena risada constrangida.

— É que meu irmão e minha cunhada moram mais para o lado da cidade e eu prefiro ficar perto da natureza sempre que tenho a chance, algo raro para mim lá em Salvador — explicou.

— Salvador? — perguntou Gastrell ao mesmo tempo em que Bárbara indagou:

— Irmão?

Sua garganta se apertou com o pensamento que lhe veio à mente e, antes que pudesse se conter, a pergunta escapou-lhe dos lábios, de repente, ressecados demais.

— Sim... é triste, na verdade. Eu vim ajudar a minha cunhada a procurar pelo meu irmão. Ele está desaparecido. Se chama Maurício, não sei se vocês o conhecem.

O sorriso de Karma se desmanchou de forma instantânea e ela conteve um pequeno arfar, pegando a mão gelada de Bárbara, discretamente.

Gastrell ofereceu um sorriso complacente ao rapaz e estendeu a mão para um último aperto amigável.

— Boa sorte no *seu* busca, rapaz.

Martin agradeceu e voltou para o carro, dando um aceno para as garotas reunidas atrás do pai. Dessa vez, nenhuma delas respondeu.

— É ele, não é? — Karma perguntou, assim que o rapaz sumiu de vista, deixando apenas uma nuvem de poeira fantasma na estrada.

— Sim — confirmou Bárbara, fechando os olhos. Um calafrio passou por sua pele. Depois de tanto esforço para não ver os olhos da esposa de Maurício, lá estavam os olhos azuis de seu irmão, tão parecidos com os dele. A lembrança que teve de Maurício foi do seu olhar petrificado, morto, no banheiro do Lua Morena. Bárbara abriu os próprios olhos, sentindo o coração acelerar.

Não queria sentir o peso da culpa. Claro, a imagem ainda a assombrava, principalmente quando a cabeça encontrava o travesseiro, mas ela nunca sentiu culpa de verdade. Considerava-se um ser humano terrível por causa disso. Mas Joaquim, seu pai biológico, tinha sido um monstro primeiro e, por culpa dele, ela havia se tornado um monstro também.

— Vamos para casa — disse Gastrell e pegou a mão de Ira que encarava o chão fixamente.

— Ele tinha mulher... — murmurou Karma como se não tivesse ouvido o pai. Ela olhou para Bárbara em busca de um conforto que a irmã não poderia lhe dar.

Bárbara apertou sua mão.

— Você não sabia... — arriscou-se nas palavras.

Gastrell observava as duas, intrigado com o diálogo nas entrelinhas. Bárbara acenou negativamente com a cabeça, pedindo para que ele não perguntasse nada.

Os quatro voltaram para casa e ninguém tocou no assunto, como se ele fosse apenas uma cadeira velha deixada do lado de fora à espera do caminhão do lixo.

Bárbara se refugiou na rede pendurada no quintal com seu livro, se esforçando para se perder na história ficcional enquanto ouvia os pássaros cantarem e as folhas das árvores sacudirem. Logo o cantar dos pássaros deu lugar ao zumbido sinfônico de cigarras e grilos e o céu ficou escuro demais para manter a leitura. A lâmpada do poste improvisado do lado de fora estava queimada há quase um ano, junto com a promessa não cumprida de Gastrell de trocá-la.

Bárbara passou pela porta dos fundos e se deparou com o silêncio de fim de tarde dentro da casa. Arrastou-se até a sala, fazendo barulho com os chinelos e encontrou Gastrell trançando os cabelos compridos de Ira enquanto ela tentava desenhar com o caderno apoiado nos joelhos dobrados.

Ambos estavam concentrados em suas tarefas.

— Cadê Karma? — perguntou por impulso, notando que normalmente ela estaria grudada na TV à espera da primeira novela da noite.

— Numa festa — respondeu o pai, despreocupado.

Bárbara bufou e balançou a cabeça. Ela se retirou para a cozinha em busca de alguma coisa para comer. Foi só se desconectar do livro que sua mente vagou mais uma vez para os irmãos Costa. Tanto o morto, quanto o vivo. A culpa que sentia por um e a ameaça iminente que poderia vir do outro.

Como Karma podia pensar em festas em um momento como aquele? Jamais compreenderia como ela gostava daquilo até mesmo em dias comuns. Tinha que admitir que se divertiu um pouco antes de tudo acontecer no Lua Morena. Havia se distraído com a ajuda de Henrique por um momento e esquecido que estava rodeada de gente estranha, ou da escola, e, em sua grande maioria, bêbada e imbecil.

Ela se pegou questionando as intenções dele com sua tentativa de parecer mais calmo e relaxado no começo daquela semana. Tinha sempre uma voz em seu interior que sussurrava que ele surtaria e deduraria todas elas. Pessoas que forçavam um exterior calmo, no fundo estavam à beira de um colapso. A própria Bárbara era um exemplo disso.

Não demorou muito para Bárbara pegar no sono ainda com o gosto de bolo de milho na boca e o livro aberto no colo. Despertou de um pesadelo, arfando, desorientada e surpresa por ter dormido, para início de conversa.

No sonho, havia uma festa acontecendo no lago e Karma estava beijando Martin quando Maurício se ergueu da água escura e agarrou o pé da irmã que, de repente, havia se tornado a própria Bárbara.

Estreitou os olhos para o beliche, ainda se acostumando com o ambiente pouco iluminado, a única fonte de luz vinha da janela perto de sua cama. Ira dormia profundamente na cama de cima, as tranças loiras escorregando dos fios. A cama de Karma estava arrumada e vazia.

Bárbara tateou a cama até encontrar o celular escondido nos lençóis e abriu o Instagram. Clicou no avatar redondo com a foto de Karma e passou por seus *stories* de poucas horas atrás. Ela e suas "amigas", Marina e Dandara, fizeram um *boomerang* com drinks na mão junto com alguns rapazes que ela não conhecia.

Ela suspirou e soltou o aparelho. Pretendia se levantar para escovar os dentes quando a luz do corredor foi acesa e se derramou por debaixo da porta. Logo depois, a silhueta de Karma apareceu, abrindo a porta, devagar.

Ela acendeu a luz e deu um pulo ao ver Bárbara acordada, sentada na cama com uma expressão irônica de amargor.

— Que susto! — sussurrou, sacudindo os sapatos de salto alto na mão. A maquiagem estava meio borrada, desfigurando o delineador que parecia perfeito nas fotos do *story*.

— Como você consegue? — perguntou Bárbara, sem conseguir se conter.

— O quê? — ela perguntou, jogando os sapatos para debaixo da cama e escorregando para fora do vestido verde-escuro.

— Pensar em festa.

— Relaxa, Justice. Papa foi me buscar, estou bem — banalizou.

— Não existe só a Rainha Karma no mundo. Você não entende, né? As suas ações têm consequências para todos nós. — Ela se esforçava ao máximo para manter a voz baixa. Queria explodir e gritar, mas preferiu priorizar o sono de Ira.

Karma se sentou na cama, mordendo os lábios, tentando esconder a mágoa que o olhar não conseguia camuflar. Tinha olheiras fundas ao redor dos olhos que se encheram de lágrimas.

— Olha isso. — Sem se comover, Bárbara se levantou e pescou o caderno de desenhos de Ira do chão para mostrar a obra feita pela irmã naquela tarde.

O desenho era o de um espelho quebrado, pingando sangue. No reflexo, o rascunho de um olho azul.

— E a gente não pode nem manter isso em casa.

Era um desenho bonito – Ira melhorava cada vez mais com a prática –, porém continha informações demais se alguém estivesse procurando.

— Você fala como se fosse minha culpa!

— São consequências dos seus atos.

Karma se levantou de ímpeto, pegou o pijama embolado no travesseiro e saiu marchando para fora do quarto, ignorando a vontade evidente de bater a porta.

Bárbara se sentou na cama, engolindo as próprias palavras, desejando não as ter cuspido de forma tão venenosa.

Quando compreenderia que aquele seu jeito de proteger as pessoas era o maior perigo que podia infligir a elas mesmas?

7

ELUCIDAÇÕES

Bárbara entrou no mercadinho do Rogério com os cabelos presos no alto em um rabo de cavalo, vestindo shorts jeans e uma blusa preta que, na verdade, considerava um pijama, mas o resto do mundo não precisava saber disso.

Desviou de vários estranhos conhecidos no corredor dos biscoitos e se dirigiu até o fundo do estabelecimento, para a área da padaria. O cheirinho de pão recém-assado era um conforto bem-vindo naquela manhã.

Esperou na fila, observando os diversos doces e guloseimas que não compraria. Uma música de brega ecoava baixinho dos alto-falantes.

— Seis pães de sal, por favor — pediu assim que a Dona Martha, uma senhora conhecida por seu bordado e fofocas, terminou seu pedido e finalmente chegou a sua vez. Era comum o mercado estar cheio àquela hora do dia, especialmente nos fins de semana, quando as pessoas pediam coisas mais elaboradas para comer. — E 300 gramas de queijo prato também.

Colocou as mãos nos bolsos, se balançando para lá e para cá nas sandálias desgastadas, se esforçando para bloquear todo tipo de pensamento negativo que tentava se esgueirar para sua mente.

Curiosamente, dentre todos os problemas graves na sua vida ultimamente, a briga com Karma era o que mais a incomodava. Tinha encontrado com ela no corredor a caminho do banheiro mais cedo. A garota estava com o cabelo preso no alto, com a pele pálida, as olheiras ainda mais evidentes sem a maquiagem e os lábios rachados. Nem parecia a mesma pessoa das fotos no Instagram.

O assunto de Karma logo lhe escapou, assim como uma mosca voando para longe com a aproximação de um tapa, quando avistou um rosto recém-conhecido no final da fila. Martin acenou para ela com um sorriso cordial e uma expressão demasiadamente alegre para aquele horário da manhã e, francamente, exultante demais para alguém preocupado com um irmão desaparecido.

Bárbara conteve uma careta e retribuiu o aceno minimamente, de forma quase imperceptível.

— Tá de *frete* com o cara novo? — quis saber Henrique que apareceu repentinamente ao seu lado com suas próprias compras dentro de uma cesta.

Bárbara soltou o ar, surpresa.

— Filho da... — Ela conteve um xingamento por causa do susto. — Não exatamente. — Ela deu as costas a Martin, pegou o seu pedido na mão da atendente e puxou Henrique pelo braço até o corredor dos produtos de limpeza, lugar que parecia estar com uma circulação menor de pessoas no momento.

Henrique a seguiu com as sobrancelhas erguidas. Ele parecia diferente, usando bermuda de tactel florida e uma camiseta regata que mostrava seu torso esguio e levemente definido.

— Você sabe quem é ele? — ela perguntou, sussurrando tão baixo que ele teve que aproximar a orelha do rosto dela. Ela deu um passo para trás, se afastando. Esbarrou numa garrafa de água sanitária, mas conseguiu segurá-la antes que caísse no chão.

— Alguém que te deixa nervosa — concluiu ele.

Bárbara se recusava a admitir, até para ela mesma, que estava nervosa. Mas a aproximação repentina de Henrique não colaborou para manter a fachada de tranquilidade.

— Tá viajando? Quem disse que tô nervosa? — mentiu, seguindo com o olhar uma mulher que passou por eles.

— *Tá*, então, quem é o sujeito? Sei que veio de Salvador. Só isso. A rede de fofocas dessa cidade já foi mais eficiente. Pelo menos, é o que minha vizinha diz.

Antes de falar, ela checou para ver se a mulher de antes realmente tinha seguido em frente.

— O nome dele é Martin Costa. Ele é irmão do Maurício — contou após se certificar mais uma vez de que não havia ninguém por perto no corredor.

Henrique ficou encarando Bárbara com a boca entreaberta. Sem dizer mais nada, deu meia-volta, indo em direção ao caixa.

— Ele alugou uma casa perto do lago... — ela continuou murmurando, entrando atrás de Henrique na fila.

— Perto da sua casa, você quer dizer? — questionou.

Ela respirou fundo e olhou para a expressão tempestuosa de Henrique. Ele colocava as compras no caixa de forma automática.

— Vinte e um e trinta — disse a atendente.

— Sim — Bárbara respondeu enquanto ele enfiava o cartão na maquininha.

— Débito — entoou também de forma automática e se virou para Bárbara.

— Você não acha muita coincidência? — disse, praticamente entredentes.

Justice queria dizer que não acreditava em coincidências, mas desconfiava que aquilo só contribuiria para quebrar a fachada calma de Henrique.

— Não importa, fica de boa que ele vai embora quando não encontrar nada. — Ela entregou o pão e o queijo para a atendente, forçando Henrique a sair da frente com suas sacolas.

— *Se* não encontrar nada — sobrepôs ele.

— Não vai.

— Tenho que ir. Vou trabalhar daqui a pouco... — Henrique se despediu, balançando a cabeça.

Ela assistiu enquanto ele pegava a bicicleta, equilibrando as sacolas no guidão e partiu, pedalando para longe.

Olhou para trás e viu Martin entrando na fila do caixa ao lado do dela.

Apressou-se em pagar e foi embora, empenhando-se para andar despreocupada enquanto o coração martelava no peito.

Sentada na mesa da cozinha, bebericando uma caneca de café com leite, Bárbara se perguntava o porquê de ter compartilhado a informação sobre Martin com Henrique mesmo sabendo da sua propensão ao pânico.

Tentou se consolar dizendo para si mesma que ele provavelmente ficaria sabendo de qualquer jeito e que era melhor que tivesse adquirido a informação por ela. Bárbara calou o outro lado da mente que dizia que ela se sentia sozinha e precisava conversar com alguém que não fosse o pai ou as irmãs, principalmente por estar brigada com Karma e por considerar Ira nova demais para carregar o fardo de preocupações como aquelas.

Henrique era a coisa mais próxima que tinha de um amigo. Era estranho ter se aproximado dele por causa de um homicídio.

Depois do café, Bárbara se sentou em um sofá e Karma em outro. As duas não conversaram ou se olharam enquanto dividiam o mesmo espaço. A primeira, com o notebook no colo, se esforçava para terminar um dever de casa; enquanto a outra se agarrava ao celular, dando ocasionais risadinhas que distraíam Bárbara, mergulhando-a num poço de irritação.

Bárbara suspirou, encarando o texto incompleto que tentava escrever e, depois de um segundo contemplando o nada, resgatou o celular debaixo da almofada do sofá e abriu o WhatsApp. Pelo visto não era a única enfrentando problemas com a tarefa. Havia inúmeras mensagens pedindo por ajuda no grupo de conversa com as pessoas da sua turma.

Ela revirou os olhos quando uma garota que nunca fazia nenhuma atividade perguntou se alguém estava disposto a fazer o dever para ela. O tom era de brincadeira, mas Bárbara sabia que ela realmente estava disposta a entregar um trabalho feito por outra pessoa.

Bárbara clicou no nome do grupo "Terceirão A" e navegou pela lista de números não salvos até se deparar com a foto de Henrique. Percebeu que era o que estava procurando desde o início. Clicou na imagem a fim de ampliá-la. Henrique estava sério, o maxilar travado, o nariz rechonchudo em contraste com a luz do fundo e o olhar longe da lente. Bárbara ponderou sobre chamá-lo para uma conversa privada no aplicativo, só para checar se ele estava bem, mas descartou a ideia.

Ela também desistiu de finalizar o trabalho. Levantou-se, equilibrando o notebook em uma mão, foi até o quarto e o largou em cima da cama, trocando o aparelho pelo seu livro.

Voltava para sala quando trombou com Ira no corredor. Ela estava usando um maiô colorido, shorts de tecido fino e trazia uma toalha grossa ao redor do pescoço, que se embolava com os cabelos soltos.

— Tá indo para o lago? — Bárbara perguntou assim que chegaram juntas até a sala de estar. Karma finalmente levantou os olhos do celular para prestar atenção na conversa das duas.

Ira fez que sim com a cabeça de forma despreocupada.

— Sozinha? — insistiu Bárbara, apertando o livro nas mãos.

— Eu sempre vou sozinha — justificou Ira.

— Tá se esquecendo do nosso novo vizinho? — perguntou, sem esperar por uma resposta. — Eu vou com você. Não confio naquele cara.

— Você não confia em ninguém, Justice — retrucou ela em um tom meio amargurado, meio brincalhão.

Bárbara hesitou e abriu um sorriso sem graça.

— Isso não é verdade. Eu confio em você. — Bárbara cutucou a irmã no ombro.

— Não confia nada. Se confiasse vocês duas teriam me contado o que houve naquela noite — acusou, sentando-se na poltrona normalmente ocupada por Gastrell.

— Mas você tava lá, sabe o que aconteceu.

— Não exatamente. Eu cheguei depois.

As três ficaram em silêncio. Karma abandonou o celular e tirou os pés do sofá. Parecia prestes a fugir.

Ira se arrastou para fora da poltrona e se ajoelhou no tapete em frente à Karma, esticando a mão para ela.

— Aquele cara...? Ele fez algo com você, Karma? — perguntou, preocupada, as sobrancelhas ralas franzidas e a boca virada para baixo.

Karma direcionou seus olhos castanhos para a irmã e inspirou profundamente antes de responder.

— Ele tentou, mas não conseguiu ir até o fim. Justice chegou antes que isso acontecesse — disse e olhou para Bárbara com gratidão. Naquele momento, a briga estava esquecida.

— Mas por que você foi com ele? — quis saber Ira. Seu cenho estava franzido, como se sentisse dor.

— Eu queria me divertir, Ira... Eu tava bêbada. Não pensei que ele iria além de beijos no banheiro de uma festa. Fui ingênua... eu... — ela tropeçou nas palavras, desviando o olhar mais uma vez.

Bárbara odiava ver como Karma se sentia envergonhada por aquilo. Queria consolá-la, mas como poderia depois de todas as coisas cruéis que havia dito?

Ira dobrou a coluna, abandonando sua postura como se ficasse livre de um peso, mas sem soltar a mão de Karma.

— Sabe, Ira... É normal a gente sentir desejo pelas pessoas, querer ficar com elas — Karma disse e Ira anuiu. — Só que você tem que ter certeza de que essa pessoa vai respeitar o que você diz. Eu disse *não*, mas ele não me levou a sério. Ele não me respeitou.

Karma respirou fundo antes de terminar a frase. Os olhos brilhando com uma fúria guardada dentro de si.

— Quando ficar com um menino, mesmo que não seja o seu namorado para o resto da vida, só tenha certeza de que ele te respeita. Tá bom?

Ira ficou calada, hesitante. Foi sua vez de desviar o olhar enquanto sua mão escorregava do aperto de Karma.

— O-ou... menina? Digo, se um dia eu ficar com uma pessoa... — Ira gaguejou.

Bárbara finalmente afrouxou o aperto no livro que tinha na mão e encarou Karma, analisando sua expressão surpresa e seu silêncio hesitante. Torceu para que ela confortasse Ira, afirmasse que estava tudo bem com o que havia dito, ela mesma queria fazer isso, abriu a boca para falar, esperando que Ira não estivesse machucada diante do silêncio delas, mas Karma finalmente se pronunciou, abrindo um sorriso.

— Claro. Menino, menina, qualquer pessoa. Só precisa ser alguém que te respeite. Ouviu bem? — Karma procurou pela mão de Ira e novamente a apertou antes de soltá-la.

Ira ficou de pé e passou a mão pelos shorts como se tentasse tirar os vincos amassados com a mão.

— Ouvi... Ah! Esqueci o protetor solar — anunciou e voltou para o quarto, depressa.

Karma se virou para Bárbara de olhos arregalados. Sua expressão era uma mistura exclamativa com interrogativa.

Bárbara piscou e engoliu em seco, percebendo a importância daquele momento. Não conseguiu encontrar palavras para Karma antes de Ira voltar com o frasco de protetor, passando diretamente por ela.

— Você vem comigo ou não? — gritou já do lado de fora e Bárbara a seguiu, carregando o livro consigo.

As duas caminharam lado a lado pela estrada de terra, os chinelos levantando poeira do chão seco.

— Tudo bem? — Bárbara perguntou, olhando Ira pelo canto do olho.

— Tudo — a outra se limitou a responder sem olhar para ela. — Você sabe que pode mesmo confiar em mim, não sabe?

— Claro que sei. Eu confio — disse Bárbara, engolindo as palavras que não podia dizer. Queria protegê-la, ela ainda era muito nova para saber de tudo. — Você também pode confiar em mim — acrescentou, na esperança de tranquilizá-la.

— Eu sei. Eu confio — ecoou com um sorrisinho no rosto. — O último a chegar é mulher do padre.

Ira desatou a correr, rindo, lembrando a Bárbara que ela era a pessoa mais leve e alegre que conhecia.

Ela tentou alcançar a irmã, mas se aquilo fosse uma corrida teria perdido feio. Quando finalmente alcançou o lago, suada e ofegante, Ira já estava dentro d'água. A toalha e shorts embolados, jogados no píer.

— Isso... não... foi justo — interveio Bárbara com a respiração entrecortada.

— Eu sou mais rápida que você. Só isso — disse Ira, nadando de costas. Sua respiração não estava nem um pouco abalada.

Bárbara sorriu e se sentou no píer. Abriu o livro e, assim como Ira, mergulhou.

Não demorou muito para Bárbara ouvir um "psiu" a puxando para fora do campo de batalha do livro. Ela ergueu o olhar e viu Ira encolhida perto do píer, só com a cabeça para fora da água e os olhos azuis a encarando.

— Que foi? — perguntou Bárbara.

A irmã sacudiu a cabeça para o lado, sinalizando algo atrás dela.

Bárbara franziu o cenho e seguiu o olhar para onde ela apontava.

Martin estava na porta da casa do lago e, de braços cruzados, observava um veículo se aproximar. Bárbara não conhecia aquele modelo de carro, assim como não conhecia a mulher que estacionou e saiu do veículo, indo direto para os braços de Martin. Dava para ver que ela estava chorando enquanto ele a consolava com palavras que as duas garotas não conseguiam ouvir.

Não foi difícil imaginar quem era aquela mulher baixa e de cachos loiros.

Por um instante, Bárbara pensou ter visto Martin desviar o olhar do topo da cabeça da mulher para o outro lado do lago. Ela enfiou a cara de volta no livro e lutou contra a tentação de checar se ele realmente olhava para ela ou se estava ficando paranoica.

Ela ouviu a água se movimentar e Ira, de repente, estava ao seu lado.

— Vamos nos picar daqui.

— Acabamos de chegar — por algum motivo, Bárbara sussurrou.

— Percebi que não consigo simplesmente ficar de boa sabendo que aquele cara tá ali do lado. E quem é aquela mulher com ele? — Ira vestia o short enquanto falava.

Bárbara pensou no pedido de Ira para confiar nela.

— Não sei — decidiu dizer.

Não era mentira, afinal, ela não tinha realmente certeza se aquela era a mulher de Maurício. Não havia motivo para perturbar Ira com aquilo.

Voltaram para casa sem dizer mais nada. Pelo resto da noite, Bárbara não conseguiu voltar para a sua leitura.

8

DESAPARECIDOS

Depois da aula, as três meninas voltaram para casa, suadas e cansadas, com os músculos doendo, ainda pela falta de costume com a nova rotina de treinos. Tinham acabado de escapar de uma conversa nauseante com Pedro e Cássio sobre a cor estranha do vômito da irmã mais nova de Pedro. Ira fez um barulho de irritação, o que fez os dois garotos rirem e falarem ainda mais alto.

Bárbara ouviu tudo apenas superficialmente, estava tão concentrada na fome que sentia que nem o assunto nojento a fazia esquecer do buraco em seu estômago.

O apetite cessou quando, assim que chegou em casa, acompanhada das irmãs, encontraram Gastrell aumentando o volume da televisão para ouvir a repórter de cabelos castanhos que falava ao fim do Bahia Meio Dia, jornal local, na sessão de desaparecidos.

— Estamos aqui com Viviane Costa, que procura por seu marido. O homem desapareceu no último sábado e foi visto pela última vez no bar local, Lua Morena, em Estrada dos Refúgios no interior da Bahia — disse, séria.

Bárbara se moveu mais para perto do aparelho e deu de cara com a imagem da mulher de pele marrom-clara e cachos loiros que havia visto no dia anterior do outro lado do lago.

Sentiu o olhar de Ira pesar sobre ela quando Viviane começou a falar, puxando o microfone da repórter para si.

— Estou procurando meu marido, Maurício Costa, desparecido no último final de semana. A polícia não me ajuda, ninguém faz nada, estou desesperada.

— Temos aqui uma foto dele. — A repórter libertou o microfone da mulher e a câmera se deslocou para Martin que, ao lado de Viviane, segurava uma foto.

Foi exibido um close na imagem de Maurício sorrindo ao lado do irmão. Bárbara sentiu o ácido do estômago se agitar.

Karma se sentou no sofá e colocou o rosto entre as mãos.

— Lembrem-se, já esperávamos que isso fosse acontecer — Gastrell disse e desligou a televisão, silenciando a mulher que implorava por informações. — Está tudo bem.

Karma procurou os olhos do pai e ele sinalizou para ela em um consolo.

— Vamos almoçar? — ele perguntou às filhas.

Mas Bárbara tinha perdido o apetite.

As garotas foram para o quarto em silêncio, embaladas apenas pelo bater de panelas vindo da cozinha. Karma trocou de roupa devagar e esperou Ira sair do cômodo para se aproximar de Bárbara.

Ela podia sentir o seu cheiro de jasmim misturado ao suor.

— *Véi*, não vou conseguir — a irmã do meio sussurrou em uma confissão.

— O quê? — Bárbara perguntou, passando a blusa pela cabeça.

— Aguentar isso. A culpa tá me matando, Justice. — Ela tocou a irmã.

Bárbara se virou para ela. Seus olhos estavam arregalados, desesperados. Podia ver os pequenos cortes em processo de cicatrização espalhados pela parte de trás de seus braços e na palma de sua mão. As olheiras tinham se intensificado e nem a maquiagem conseguia disfarçar totalmente.

— Karma — entoou seu nome como se quisesse dizer tudo que poderia com apenas uma palavra.

Talvez pudesse.

— Papa sempre nos disse: O carma é a ira da justiça. Você não tem que se sentir culpada. Tudo foi consequência... ele era um canalha, um abusador, ele...

— Mas você disse... — Seus olhos castanhos se encheram de lágrimas e Karma tentou escapar, mas Bárbara segurou seu braço de volta.

— Não importa o que eu disse. Nem sempre vou entender o seu jeito de lidar com as coisas, assim como você não entende o meu.

Karma anuiu.

Um movimento na porta desviou a atenção das duas. Ira colocou a cabeça para dentro do quarto e se forçou a ignorar a cena.

— *Tá* na mesa — disse e saiu irritada.

Elas seguiram até a cozinha e se sentaram.

Bárbara tentou trocar um olhar com Ira, mas a menina a ignorou. Falaria com ela mais tarde, quando o baque de ver a família Costa no jornal tivesse diminuído.

Todos estavam em silêncio novamente. Cutucavam seus pratos de macarrão e o garfo na porcelana era o único som que ecoava pela cozinha.

Bárbara tentava resgatar a fome, mas foi interrompida por uma batida na porta da frente que fez todas pularem. Gastrell se limitou a repousar o garfo no prato já vazio.

Bárbara se levantou primeiro e ele veio logo atrás.

— Fiquem aqui — ordenou às outras duas que não a questionaram.

Bárbara abriu a porta num ímpeto, esperando encontrar a polícia no batente da frente. Seu coração se encheu de alívio ao ver Henrique ainda em seu uniforme

– gravata azul-escura sobre a camisa social branca e calças de alfaiataria pretas – e de braços cruzados. A bicicleta estava jogada no chão de terra atrás dele.

Ele estendeu os braços, exigindo alguma coisa.

Bárbara fechou a porta atrás de si, atrasando apenas minimamente a chegada de Gastrell.

— Não surte — falou baixo, puxando um dos braços dele para perto dela. — Você não pode estar aqui.

— Bárbara, pelo amor de Deus, você viu o jornal do meio-dia?

— Shh! — pediu ela, um segundo antes de Gastrell abrir a porta.

Henrique arregalou os olhos espantados para o pai dela.

— Quem é esse?

— É...

— Sou Henrique, senhor — ele disse com uma voz, de repente, mais grave, estendendo a mão para Gastrell que não hesitou em apertá-la.

— O que faz aqui no horário do almoço, menino?

Bárbara, que ainda segurava o braço dele, lhe deu um pequeno belisco. Henrique disfarçou uma careta.

— Vim só pedir a ajuda da Bárbara com um dever de casa.

Gastrell estreitou os olhos. Inconscientemente, Bárbara deu um passo para mais longe de Henrique, soltando-o do beliscão.

— Ah, é? *Well*, ela é realmente *um bom* aluna, vejo porque quer ajuda dela. Venha, pode entrar. Como dizem mesmo para as visitas? A casa é sua.

Ele passou na frente de Bárbara e seguiu Gastrell porta adentro, deixando a menina exasperada do lado de fora.

Quando Bárbara voltou, encontrou Gastrell oferecendo macarrão para Henrique, que recusou com educação e constrangimento.

— Então, pode ir resolver o seu trabalho — Gastrell dispensou.

Bárbara, do corredor, trocou um olhar com Karma na cozinha.

A primeira puxou Henrique para o quarto.

— Isso não vai demorar, Papa — disse antes de fechar a porta e dar um tapa no braço de Henrique.

— Mas que *merda* é essa?

— É impressão minha ou seu pai gostou de mim? — perguntou com um sorriso presunçoso.

— Ele tá te analisando, idiota — Bárbara pronunciou e logo depois se arrependeu, temendo que Henrique se ofendesse com o xingamento. Ela esperou, mas ele não pareceu se importar. — Henrique, por que veio aqui?

— Você não viu o jornal? — Seu sorriso desapareceu, dando lugar à sua familiar expressão preocupada.

— Você veio aqui pra surtar? — questionou Bárbara com uma pitada de ironia.

— É... um pouco — admitiu, passando por ela e sentando-se na cama de baixo do beliche.

Bárbara cruzou os braços e olhou para ele. Seu ouvido estava ainda mais aguçado, atento à movimentação da família na cozinha. Com certeza estavam cochichando algo sobre a presença de Henrique.

— Rapaz, você não pode estar aqui, Henrique. Especialmente aí... é a cama da Karma.

Isso fez Henrique ficar de pé em um pulo. Ele se afastou da cama como se fosse tóxica e limpou as calças com as mãos.

— Ela não tem pulgas nem nada do tipo, pô — brincou Bárbara diante da expressão de pânico dele.

— Hum... seu pai não vai achar estranho? — Ele apontou para a porta fechada, de repente.

— Ele confia em mim — declarou.

— Então por que está surtando tanto por eu ter vindo aqui? Eu realmente preciso de ajuda com o trabalho, sabia? — Henrique cruzou os braços. Um sorriso se escondeu no canto de seus lábios.

— Eu... é...

Henrique estreitou os olhos e se aproximou dela. Suas alturas eram similares o suficiente para ele olhar em seus olhos castanho-escuros.

— Você nunca trouxe alguém aqui antes, né?

Bárbara pressionou os lábios e escapou do olhar dele, dando as costas e indo até a sua cama mal forrada. Ela abriu um sorriso constrangido, mas isso ele não pôde ver.

— Cale a boca ou eu não vou te ajudar com nada.

Henrique abriu mais um sorriso presunçoso e se sentou ao lado dela na cama.

— Vem cá, por que você quer minha ajuda? — ela perguntou.

— Não queria falar nada, não, mas você me deve uma. Eu vi quanto você tirou na prova que a gente fez. A minha não foi nem um pouco perto disso. Por causa da bolsa tenho que manter as notas altas...

— Oxe, e como você viu minha nota?

— Nossos nomes não estão tão separados assim na lista. Só tem o Daniel e a Érica entre nós.

— Se é que o Daniel conta, já que ele quase não vai à aula — pontuou Bárbara.

Os dois deram uma risadinha no exato momento em que Karma abriu a porta. Henrique endireitou a postura na mesma hora.

— Desculpe interromper, eu vim... pegar uma coisa.

Bárbara estreitou os olhos para ela. *Puro baratino, veio bisbilhotar, isso sim.*

Ela pegou o carregador do celular em cima da cama.

— Eu sou Henrique — ele disse, ficando de pé em um ímpeto. Karma e ele apertaram as mãos.

— Eu sei. — Ela ofereceu um sorriso sem graça e se apressou em se retirar.

Henrique soltou todo o ar dos pulmões e se sentou pesadamente na cama outra vez.

— Você tá bem, criatura?

— Tô. É só que... sua irmã me deixa nervoso.

Bárbara se virou para olhar o seu rosto. Colocou os pés em cima da cama, cruzando as pernas.

— Você gosta dela? — perguntou, prevendo a resposta.

Ela percebeu que não era a primeira vez que ele ficava nervoso quando o assunto era Karma.

— O quê? Não! Claro que não. Tá viajando, é? Oxe, oxe, oxe...

Não soava nem um pouco convincente.

Bárbara se perguntou se talvez aquele tinha sido o motivo para Henrique se aproximar dela em primeiro lugar. Ela engoliu o amargor em sua garganta e se recostou na cabeceira.

— Só tô perguntando porque não seria novidade. As pessoas gostam de Karma, mas ela não dá muita trela para garotos da mesma idade que ela.

— É, ela gosta dos mais velhos — Henrique disse, encarando as próprias mãos em seu colo.

Aquilo foi um golpe baixo, mas Karma não estava ali para ouvir.

— Eu não quis dizer nada com isso... Foi mal... — Ele ergueu o olhar, percebendo o significado em suas palavras.

— Só vamos acabar logo com isso, senão você nunca vai terminar esse trabalho. É para amanhã, sabia? — Bárbara mudou o rumo da conversa.

— Por que acha que vim tão desesperado te procurar?

— Pelo que apareceu no jornal? — relembrou, descontente.

— Também. Mas, na real, não tem nada que você possa fazer sobre isso — disse, dando de ombros levemente.

— A gente tem que se preparar, Henrique — ela disse, encarando o vazio sem perceber. Às vezes a sua mente estava concentrada demais nos pensamentos para conseguir assimilar para onde estava olhando.

— Como assim?

— Agora vão aparecer os cartazes de desaparecido, camisas com a foto dele, vigílias e orações para um homem que não merece sequer um Pai Nosso. E vamos ter que assistir tudo de camarote.

— Sem surtar — completou Henrique, estalando os dedos.

— É, sem surtar — confirmou Bárbara, voltando o seu olhar para ele.

Ficaram sentados em silêncio por um bom tempo antes de começar a fazer o trabalho de Henrique. Não foi desconfortável nem estranho. De alguma forma, ver Henrique no seu quarto, sentado em sua cama, fez Bárbara se sentir menos sozinha, ainda que talvez ele estivesse ali por Karma, ou pela nota de um trabalho. Enquanto ela estivesse falando para Henrique se manter calmo, teria que manter a calma também. Era um efeito dominó. Bastava um cair para que todos caíssem e ela era a primeira da fila.

9

TEORIA

A brisa fresca da manhã era bem-vinda na pele úmida de Bárbara, o vento fazia contraste com o calor do sol que estava forte demais para o horário.

Suas axilas suavam por baixo da camisa branca do uniforme, assim como a de todos parados no ponto de ônibus.

As irmãs Gastrell estavam um pouco mais afastadas, evitando ouvir as conversas nojentas de Pedro e Cássio naquela manhã. Os dois meninos cochichavam enquanto bisbilhotavam algo no celular de Cássio.

Ira estava sentada num muro de tijolos parcialmente destruído na beira da estrada de terra. Ela balançava as pernas para lá e para cá, os pelos claros ficando ainda mais translúcidos na luz; e Bárbara, que estava encostada ao seu lado, apoiando um pé na parede, tinha certeza de que quando a irmã levantasse estaria com uma marca de poeira na saia.

— Henrique respeita você? — ela perguntou, de repente, para Bárbara que estava concentrada em um livro.

A pergunta também arrancou os olhos de Karma de seu celular, cessando o *toc toc* de suas unhas na tela.

— Ele não é nem doido de me desrespeitar — Bárbara respondeu com uma risada seca. — Por que a pergunta?

— Só pensando no que vocês disseram sobre namorar alguém que...

— Pera aí, pera aí! Nós não estamos namorando, não. Se oriente!

Karma abafou uma risada e a transformou em uma tosse quando Bárbara lhe direcionou um olhar reprovador.

— Sério? Eu pensei que...

— Pensou errado, *fanfiqueira*. Henrique é... — ela se calou de súbito ao perceber um carro se aproximando.

— O quê...? — Ira acompanhou o seu olhar até a viatura policial que passou rapidamente por elas, Pedro e Cássio, levantando poeira da estrada.

As sirenes estavam desligadas, mas a cabeça de Bárbara entrou em alarme no mesmo instante.

Em um pulo desequilibrado, Ira saltou do muro e desatou a correr atrás do veículo. Não demorou muito para Bárbara segui-la, segurando o livro fechado contra o peito para que o marcador de páginas não voasse para longe.

Bárbara passou direto por sua casa e encontrou Ira no píer olhando na direção do lago. Seguiu o seu olhar para encontrar a viatura parando na Rua 28, em frente à casa de Martin.

As duas estavam ofegantes, a mais velha respirava mais alto e rápido que a mais nova. Ira a encarou. Os cabelos loiros escaparam das duas tranças e se grudaram ao seu rosto suado e vermelho.

Bárbara apoiou uma mão no joelho e, depois de se recuperar, empurrou de leve Ira com a mão espalmada na parte baixa das suas costas, direcionando-a.

Quando voltaram ao ponto de ônibus, lentamente dessa vez, Karma estava sentada no muro, de pernas cruzadas, esperando por elas.

Pedro e Cássio tinham sumido.

— Qual foi?

— Estão na casa do Martin — Bárbara contou.

Karma ficou de pé e esticou a saia, com indiferença. Seu rosto demonstrava um cansaço que parecia recorrente nos últimos tempos. Às vezes, de madrugada, Bárbara conseguia ouvir a garota virando de um lado para o outro na cama e não demorava para que a luz da tela do celular iluminasse e, assim, Karma passava horas mexendo no celular até o amanhecer.

— O ônibus já passou, vamos pegar nossas bicicletas — declarou como se a mais velha não tivesse dito nada.

Ira e Bárbara trocaram um olhar antes de seguir a irmã de volta para casa.

Talvez ignorar a situação fosse mesmo a melhor escolha. Talvez isso explicasse parte do comportamento de Karma. Enquanto pedalava até a escola, Bárbara pensou em adotar esse método. Se preocupar não estava lhe garantindo nada além de atraso nas leituras.

Ela entrou atrasada na classe, para o espanto da professora que fez questão de mencionar na frente de todos que ela nunca havia chegado tarde antes.

— Desculpe, professora, perdi o ônibus — explicou baixinho, querendo se livrar da atenção e ir para a sua cadeira.

Ergueu o olhar dos próprios pés e encontrou Henrique, que estava sentado no fundo da sala, com vincos de questionamento entre as sobrancelhas.

Ela abriu um sorriso forçado e sem dentes na tentativa de demonstrar que estava tudo bem e se esgueirou para seu lugar perto da parede, a professora retomou a aula de Geografia.

Bárbara se esforçou para prestar atenção no assunto, não só daquela aula, mas das outras duas seguintes, enquanto contava os segundos até a hora do intervalo.

Quando o momento finalmente chegou, Bárbara se escondeu na biblioteca, na área reservada para estudos, e só conseguiu ler duas folhas do livro até que alguém a encontrasse.

— Fiquei sabendo de coisas — Henrique sussurrou antes mesmo de se sentar na frente dela.

Ela fechou o livro com um suspiro e passou as mãos pelos cabelos.

— Que tipo de coisas? — perguntou de má vontade.

— *Véi*, a polícia tá interrogando o irmão e a esposa. — E lá se vai a estratégia de ignorar a questão. — Estão suspeitando dela.

— Mas foi ela que fez a denúncia... — Bárbara apontou e a afirmação soou mais como uma pergunta.

— Eles acham que pode ser para despistar — Henrique falou solenemente.

— Por que ela faria algo contra ele? Parecia desesperada. Parecia amar o marido — Bárbara questionou e, por um segundo, era como se fosse possível criar teorias para o sumiço de Maurício, como se a verdade do que aconteceu não passasse de um delírio.

— Havia uma queixa de agressão contra ele. Ela retirou depois. Aparentemente, eles brigavam muito, a ponto de os vizinhos comentarem.

Ele era realmente um canalha abusivo.

— *Vem cá*, como você sabe disso tudo? — Bárbara apoiou os cotovelos na mesa, emoldurando o livro entre eles.

Henrique hesitou. Pousou a mochila vermelha em cima da mesa como se pudesse barrar a reação dela antes de dizer:

— Meu irmão trabalha na delegacia — sussurrou ainda mais baixo do que antes. — Mas...

— Seu irmão é policial? Massa! Muito bom! — disse Bárbara com ironia, se esforçando para manter a voz baixa. Ela piscou lentamente, em busca de uma tranquilidade que não sentia. — Agora eu entendo por que você vive surtando.

— Não, não exatamente. Ele está mais para um escrivão. Ainda assim, ouve coisas. — Ele se debruçou sobre a mochila e pareceu um pouco mais jovem com aquele gesto.

Bárbara se sentiu um pouco aliviada, mas não o suficiente.

— Pode ser bom ter informações da delegacia — lembrou Henrique. Ele bocejou, perdendo mais alguns anos de idade em seu semblante. Bárbara analisou seu rosto, as sobrancelhas grossas, o nariz redondo e espalhado, a boca carnuda e os olhos castanhos emoldurados por manchas escuras. Assim como Karma, ele não deveria estar dormindo bem, a consciência o perturbava.

— Talvez — cedeu, esperando que o mínimo de conforto pudesse lhe fazer dormir melhor à noite. — Ele não acha estranho você ficar perguntando?

— Eu não pergunto muito, na real, ele que gosta de fofocar. — Henrique deu de ombros.

— Então, continue. — Ela conseguiu dar um sorriso discreto.

— De boa. — Ele fechou os olhos e, depois de alguns segundos sem saber o que fazer, Bárbara voltou ao seu livro e a respiração baixa de Henrique embalou a sua leitura.

A semana se arrastou com o fantasma de Maurício Costa assombrando a cidade. Cartazes foram espalhados pelos postes e a sua foto continuou aparecendo no jornal local. Vigílias foram organizadas e até mesmo grupos de busca. Tudo exatamente como Bárbara havia previsto.

Ela ponderou se deveria se envolver no movimento que mexeu com toda a cidade, mas imaginou que não o faria em circunstâncias normais, se outra pessoa tivesse desaparecido. A cidade não esperava isso dela, ou da sua família, por isso, continuaram a exercer suas atividades costumeiras.

Ignorar Maurício era difícil. Ignorar Martin era ainda pior. Ele parecia estar em todos os lugares e, com o tempo, o lago deixou de ser o lugar favorito da família Gastrell. Eles deixaram de aparecer por lá, pois o sorriso cortês e o aceno educado de Martin estavam quase sempre presentes.

— *I miss swimming* — Ira disse a Gastrell certa tarde, durante uma sessão de estudos que eles costumavam ter para melhorar o inglês da menina. *Eu estou com saudades de nadar.*

Bárbara, que estava sentada ao lado dela, fazendo um trabalho no notebook, ergueu o olhar da tela e o pousou em Gastrell.

Com delicadeza, ele deitou o caderno na mesa e ofereceu a mão à filha sentada à sua frente. Ira tinha um biquinho nos lábios, uma expressão superficial para disfarçar o que realmente sentia.

— *Be patient, pumpkin. He's leaving soon.* — *Tenha paciência, querida. Ele vai embora logo.*

Bárbara ergueu uma sobrancelha. Como ele tinha tanta certeza?

Ao cair da noite, um burburinho chamou a atenção da família que estava reunida na sala de estar, cada um imerso em seus próprios afazeres. Karma foi a primeira a desgrudar os olhos da novela e ir até a janela, puxando a cortina florida para espiar o que acontecia lá fora.

Gastrell apertou o botão de mudo no controle da televisão.

— O que é isso? — perguntou a ela, apoiando-se nos braços da poltrona para ficar de pé.

— Parece um tipo de passeata — disse Karma com o cenho franzido e colocou um cacho teimoso atrás da orelha. Sua expressão mudou de repente com o reconhecimento do que estava acontecendo. — Ah, não...

Essa foi a deixa para que todos se desviassem de suas atividades. Bárbara largou o livro e foi atrás de Gastrell até a varanda para checar com os próprios olhos.

A princípio, assim como Karma, ela achou que era uma passeata, um protesto ou algo do tipo. O povo da cidade de Estrada dos Refúgios marchava, vestida de branco e com velas acesas em mãos, pela estrada de terra. Alguns olhares descontentes foram direcionados aos Gastrell.

Foi só quando uma senhora de cinquenta e poucos anos passou, olhando para eles com uma careta enquanto protegia a chama da sua vela com a mão, que Bárbara notou a foto de Maurício sorrindo em sua camisa. Nela havia escrito "DESAPARECIDO" e logo abaixo "Orem por ele e por sua família".

Karma foi a última a chegar à varanda e suspirou alto ao se deparar com a vigília.

— Venham, vamos entrar — Gastrell decretou, empurrando levemente Ira para que ela o acompanhasse. Ela foi sem hesitar e não olhou para trás.

Bárbara também entrou, mas não conseguiu se concentrar na leitura outra vez, ou em mais nada. O olhar enviesado e o rosto estampado de Maurício assombraram a sua mente até a hora do sono.

Karma insistiu em assistir a vigília até que a última pessoa passasse. Quando entrou em casa, foi direto para o quarto e não disse mais nada.

Era fácil saber quais cenas a assombravam.

Quando a sexta-feira chegou, as irmãs Gastrell acordaram para encontrar a grande mala preta de Bernard parada no corredor em frente à porta do seu quarto.

As meninas se entreolharam. Ira correu para a cozinha primeiro, Bárbara e Karma foram logo atrás.

— Papa? — perguntou a menina, observando o pai tomar café na caneca preta lascada na alça.

— É só pelo fim de semana — elucidou e deu um tapinha na mesa, chamando as três para se sentarem.

Ele tinha feito torradas e ovos mexidos. Acordou cedo, fez as malas, café da manhã, talvez não tivesse nem dormido. Bárbara reconhecia a aflição em seu olhar.

Elas se sentaram em uma sincronia bagunçada. Movimentaram-se devagar, ainda entre o sono e a vigília, envoltas pelo choque e pelo medo de ver Papa indo embora com uma mala.

— Londres? — Bárbara perguntou e os olhos enrugados dele a encontraram juntamente com um leve sorriso piedoso. Ele sabia o que ela realmente estava perguntando.

Está fugindo? Está nos deixando?

— Salvador — respondeu.

Bárbara soltou o ar, deixando os ombros caírem. Bernard Gastrell afagou sua mão em um gesto de conforto.

Ira se esticou e pegou uma torrada.

— Tá tudo bem, Papa? — Karma perguntou, ansiosa.

— Tá tudo bem, sim. *Son* apenas negócios. — Ele sustentou o sorriso e lhe ofereceu o prato de ovos. — Tomem café. Vou depois que saírem para a escola.

As filhas obedeceram.

Mais tarde, vestidas em seus uniformes, despediram-se de Gastrell com um abraço. Karma pediu uma lembrança da capital e lhe deu um beijo na testa.

— Lembrem-se — disse ele, segurando a alça da mala. — Não façam nada que eu não faria.

Bárbara pensou no quão irônico era ouvir aquilo de um assassino. Não havia muita coisa que ele não faria.

Ao caminharem até o ponto de ônibus, Bárbara sentiu o olhar de Karma penetrando sua pele. Ergueu os olhos da poeira dos sapatos para encontrar os da irmã encarando-a com expectativas.

— O que é?

— Posso elaborar uma apresentação de vinte e sete slides do porquê deveríamos fazer uma festa no lago enquanto Papa não está.

Bárbara já havia começado a balançar a cabeça em negativa antes mesmo de Karma terminar a frase. Imediatamente se recordou do sonho que teve há muitas noites e um arrepio passou pela pele nua de seus braços.

— Tá doida? De jeito nenhum. A cidade está praticamente de luto, Karma.

— Você disse "festa"? — Ira diminuiu o passo de sua caminhada a fim de deixar que as irmãs a alcançassem.

— Na moral, Justice, nós precisamos disso — apelou Karma.

— A última coisa que precisamos é de uma festa — discordou Bárbara, ainda assustada pelo sonho esquisito.

— Precisamos de distração.

— Eu acho que seria divertido — Ira complementou, sem olhar para elas.

Bárbara lembrou do pânico escondido debaixo da maquiagem pesada em seu rosto no dia da festa no Lua Morena, no dia que tudo aconteceu.

— Você é mais irmã da Karma do que eu imaginava — brincou.

— Tome isso como um elogio, querida — Karma pegou a mão da mais nova e mostrou a língua para Bárbara, que sorriu com o gesto. A bicha era doida.

Assim que chegaram ao ponto, o ônibus chegou também, sem nem dar tempo para que ouvissem as baboseiras de Pedro e Cássio naquele dia.

Quando Bárbara se sentou no fundo, perto da janela, Karma se juntou a ela, dispensando as amigas. Ela abriu um caderninho e puxou uma caneta rosa de dentro do estojo.

— Então, festa? — Preparou-se para escrever no papel e aguardou uma resposta.

Com um esforço para entender a irmã, Bárbara revirou os olhos. Karma aceitou aquilo como uma resposta e comemorou com um gritinho baixo e agudo. Era evidente que sua forma de lidar com o que estava acontecendo era escapar para festas, melhor que fizesse isso debaixo do seu nariz, assim pelo menos poderia monitorar como ela estava agindo.

— Mas você organiza tudo.

— Não iria querer diferente.

O tempo para dar uma festa pareceu ainda mais imperfeito quando chegaram à escola e Henrique parou Bárbara no corredor do prédio de aulas.

— O que foi? — ela perguntou, alarmada por sua expressão.

Ele a conduziu para um canto perto do bebedouro e se demorou, engolindo a água gelada. Bárbara suspirou, impaciente.

— Henrique, a aula... — Ela apontou para sala ao longe.

— Lascou, Bárbara. Estão investigando o bar — ele murmurou, esticando a coluna e limpando a boca com as costas da mão.

— O quê?

— Eles interditaram o Lua Morena para fazer investigações...

— Não vão encontrar nada lá. — Ela tentou acalmá-lo. Ela tentou acalmar a si mesma.

— Acho que saberemos em breve, né? — Henrique ajeitou a mochila nas costas e saiu andando sem deixar uma oportunidade para que ela respondesse.

Bárbara engoliu em seco e o seguiu, indo em direção à sala de aula.

Ou a festa ajudaria a esquecer ou pioraria tudo. Ela poderia avisar a Karma e cancelar antes mesmo de ela começar o planejamento e os convites, ou poderia fingir que nada daquilo estava acontecendo e tomar uma cerveja.

Talvez as irmãs estivessem certas, talvez precisassem daquilo, afinal já havia se passado duas semanas desde a noite no bar, duas torturantes semanas que mais pareciam meses. Só havia um jeito de descobrir. Ignorando o seu sexto sentido e o sonho de caráter profético, Bárbara decidiu que deixaria Karma fazer o seu trabalho. Lidaria com o outro tipo de carma mais tarde.

10

COINCIDÊNCIA

Por mais que Bárbara quisesse ficar de fora dos preparativos da festa, não foi o que aconteceu. Sábado de manhã, Karma acordou cedo, ligada nos 220, e arrancou as irmãs de suas camas. Seu bom humor era ainda maior que o de Gastrell nos dias de treinamento.

— Aonde vamos? — quis saber Ira quando a irmã do meio exigiu que se arrumasse rápido.

— É o quê? Eu num vou pra lugar nenhum — decretou Bárbara, se arrastando ainda de pijama até o filtro de café no escorredor de pratos.

— Vai, sim! Eu preciso da ajuda de vocês duas. Fiz uma lista — Karma disse, tirando um papel amassado do bolso de trás dos shorts jeans. — E se nos juntarmos, conseguiremos pegar tudo rapidinho. Por favor, Justice...

Mais uma vez, Bárbara se limitou a revirar os olhos. Era sua maneira de concordar com alguma coisa mesmo contra a sua vontade. Deu uma analisada no rosto de Karma, enquanto a irmã tagarelava sobre o planejamento da festa. As olheiras ainda estavam lá.

Depois de um café da manhã apressado, saíram em direção ao ponto de ônibus. Dessa vez, não esperariam o veículo amarelo de todos os dias, e sim uma van. O meio de transporte não era nem legal nem confortável, mas as levaria para a cidade vizinha, onde um supermercado foi inaugurado há alguns anos. Esse tipo de estabelecimento não existia em Estrada dos Refúgios.

Os gritos vindos do banco do carona chegaram até elas antes mesmo do veículo. Um garoto, não muito mais velho do que Ira, berrava o destino da van, que parou em frente a elas sem precisar que estendessem as mãos.

Karma empurrou seu boné rosa claro mais forte na cabeça como se estivesse se preparando para uma aventura na selva, e entrou na parte de trás da van. Bárbara passou Ira na sua frente e a ajudou a entrar. Logo depois, foi sua vez.

As três se espremeram no banco ao lado de uma senhora que carregava sacolas vazias, feitas de um plástico grosso. Provavelmente estava indo para o mesmo lugar que elas. Fios de cabelos grisalhos e despenteados se soltavam do seu rabo de cavalo e seu rosto brilhava de suor. Talvez tivesse vindo de um lugar ainda mais longe que Estrada.

Ela ofereceu um sorriso cortês e um bom dia às meninas. Elas responderam. A mulher definitivamente não era dessa cidade.

A van começou a sacolejar passando na rua de terra, no chão de pedra do centro da cidade e depois de volta à terra da estrada.

Ira fez um som enjoado ao lado de Bárbara que direcionou a cabeça da irmã para a janela escancarada. Pelo menos o vento melhorava tudo.

— Se precisar vomitar, não segura não... — Bárbara disse, recebendo olhares desagradáveis.

— É culpa desse *sacode-sacode* — justificou a mulher da outra cidade, se referindo ao movimento da van. — Que sacrifício né, minha filha? Só para ir em um mercado que preste.

— Sim, um sacrifício mesmo — disse Bárbara enfaticamente enquanto olhava para Karma, que fingiu não perceber.

Felizmente, Ira não vomitou, mesmo com as três horas de sacolejo.

Os sinais da cidade, que não era nem grande nem pequena, logo se fizeram notáveis.

Para começar, a pista era de asfalto. A rodoviária tinha um estacionamento para os ônibus e se encontrava cheia deles. Em Estrada dos Refúgios só chegava um de cada vez e eles paravam na beira da estrada, dificultando o processo de resgatar as bagagens no meio da rua.

Além disso, Bárbara notou pelo menos três postos de gasolinas diferentes, duas praças e uma concessionária de automóveis.

Logo, o supermercado se agigantou adiante e, após pegarem um pequeno engarrafamento, viram outra coisa extinta na cidadezinha em que moravam: um ponto de ônibus – com placa e tudo! – onde inúmeras pessoas com sacolas de compras esperavam pela van em que estavam.

— Se hidrate, menina — a senhora disse, acariciando as costas de Ira depois que desceram. A essa altura do dia o sol estava escaldante e a brisa era ainda mais escassa naquele lugar.

— Sim, senhora — ela respondeu.

— Obrigada — Bárbara disse amigavelmente.

A senhora sumiu de vista, passando a mão pelos cabelos para arrumá-los enquanto ia em direção ao estabelecimento.

— Parece um shopping — Karma observou com um brilho no olhar que ela normalmente dedicava aos vestidos de frente única e tênis brancos de plataforma que admirava em qualquer loja que passasse.

Que estrago seria essa garota em um shopping de verdade.

Tinham ido uma vez, quando Gastrell as levou a Salvador. Karma havia nascido em Estrada dos Refúgios e Ira foi levada para lá – só Deus sabe de onde – quando tinha apenas três meses, ambas nunca tinham ido à capital antes. Foi um festival de deslumbramento, especialmente para Karma. Ela desejava quase tudo que colocava os olhos em cima, mas também se assustava com os preços logo em seguida e não tinha coragem de pedir nada a Gastrell. Ele lhe presenteou com uma pulseira fininha de ouro, mesmo assim. Nesse dia, ela chorou.

Bárbara nunca tinha sido muito fã dos shoppings mesmo na pré-adolescência, mas tinha que admitir: sentia falta dos milkshakes e dos sorvetes que vendiam. Os do shopping tinham um gosto diferente que ela não conseguia encontrar em nenhuma sorveteria local, provavelmente, não por motivos saudáveis. Porém, a melhor parte mesmo eram as livrarias. Grandes e coloridas, com inúmeros exemplares e possibilidades, o ambiente a deixava tonta de encanto.

— Venha, vamos entrar e comprar uma água. — Bárbara pegou Ira pela mão e seguiu pelo estacionamento.

Karma se apressou em resgatar um carrinho da fileira que ficava na porta.

Havia muitos carros, o que significava que o mercado estava cheio. Tudo parecia lotado naquela cidade.

As pessoas se moviam para cima e para baixo pelos corredores multicoloridos. Ombros e carrinhos de compras se chocavam com frequência, ecoando um som metálico.

Perambularam pelo corredor de bebidas e Bárbara pegou uma garrafa de água para cada. Elas beberam avidamente e deixaram as garrafas vazias no carrinho para pagar depois.

Ira abriu os braços, recebendo de bom grado o frio do ar-condicionado.

Karma passou a recolher as bebidas alcóolicas das prateleiras e foi colocando-as deitadas no carrinho.

— Como você pretende passar isso pelo caixa?

— Eu tenho cara de dezoito anos, você não acha? — Ela fez uma pose propositalmente forçada.

De fato, ela parecia, muito mais do que Bárbara, que estava um pouco mais perto de completar a idade do que ela.

Se estavam contando unicamente com a boa aparência de Karma, era provável que desse certo.

— E como você vai pagar por isso? — quis saber Bárbara, colocando empecilhos no plano da festa. Era mais forte do que ela.

Karma sabia disso e estava munida de soluções.

— Cartão de crédito, besta. Sabe muito bem que Papa não olha o que compramos. Ele só paga.

Bárbara ponderou. Isso provavelmente não era um comportamento sensato dele na posição de pai e responsável, mas era verdade. Gastrell odiava impor limites às filhas, ele incentivava que elas os criassem para si próprias. Acreditava que a sua educação era suficiente para elas saberem o que era certo ou errado.

A técnica funcionava até certo ponto.

Karma seguiu selecionando diferentes tipos de bebidas. Parecia não entender muito sobre o que estava fazendo, mas ela era boa em fingir.

— Não tá bom aí, não, minha filha? Ainda têm as comidas.

— Temos que ter muitas bebidas, mas não precisa ter tanta comida. Ninguém vai em festas por causa de comida.

— Eu iria numa festa pela comida — Bárbara murmurou e fez um biquinho involuntário.

— É porque você tem espírito de velho — argumentou Karma.

Isso era verdade também, mas Bárbara não via a afirmação como um insulto.

— Tenho que concordar com a Justice. Comida é muito mais legal — Ira se meteu, provocando.

— Por que vocês não vão pegar a comida, então? — sugeriu Karma com um sorriso forçado que transbordava impaciência.

— E deixar você aí sozinha completamente fora de controle? Aonde! Nem pensar, sua doida. — Bárbara se aproximou do carrinho e o tomou do domínio de Karma.

— Ei!

Bárbara começou a se apressar com um sorriso e Ira logo a acompanhou. As duas foram dando risadinhas enquanto Karma ia atrás delas, aumentando a velocidade.

Bárbara estava prestes a correr em direção ao próximo corredor quando um carrinho bateu na frente do dela, interrompendo a velocidade e fazendo com que Ira gritasse. As garrafas tintilaram batendo umas nas outras.

As pessoas ao redor olharam assustadas. Karma parou imediatamente.

— Eu não deveria estar correndo. Sinto mu...

Bárbara iniciou um pedido de desculpas, mas ao ver o dono do carrinho sua voz sumiu e ela ficou parada, encarando Martin.

— Tá tudo bem? Ah... e aí vizinhas? — Martin sorriu, reconhecendo-as e afastando os carrinhos para se aproximar de Bárbara e Ira.

— Desculpe — Bárbara concluiu vacilante.

— Relaxe! Não quebrou nada aí, né? — ele perguntou, analisando o carrinho. — Zorra, isso aí é muita bebida. Vocês vão fazer uma social? Pera aí, vocês não são menores de idade?

Ele olhou para Ira ao fazer a pergunta como se só agora tivesse notado o seu tamanho.

— Bárbara tem dezoito anos — disse Karma. De repente, ela estava mais perto com a sobrancelha bem-feita erguida e uma expressão severa. Não deixaria que ninguém estragasse a sua festa.

— Olha... não parece. — Martin sorriu para ela e Bárbara se sentiu consciente do seu corpo assim como no dia em que estava de biquíni no píer.

Karma se aproximou ainda mais, abaixando a voz e abrindo um sorriso maroto. Era a cara que fazia quando estava prestes a mentir. Ela havia ignorado a primeira pergunta dele e se aproveitaria da segunda.

Por algum motivo, Bárbara ficou quieta. O susto da colisão dos carrinhos e de reconhecer o rosto de Martin ainda tremulava em sua mente.

— Sabe, é aí que está o problema, Martin. Viemos lá de Estrada dos Refúgios e a Justice não trouxe a carteira de identidade e acho que eles não vão acreditar que ela tem dezoito anos. Olha essa carinha de anjo.

Karma fez um biquinho e Martin voltou seu olhar para Bárbara mais uma vez.

— Justice? — ecoou um questionamento.

— É meu segundo nome — Bárbara explicou, escondida atrás de uma cortina de constrangimento.

— Será que você não pode ajudar, Martin, na humildade? — Karma pescou sua atenção de volta. O jeito que ela pronunciava o nome dele era quase robótico, mesmo com toda doçura forçada que tentava entonar.

Ele estreitou os olhos para ela. Continha um sorriso escondido no canto da boca.

— Só se me deixarem levar vocês para casa.

Martin passou as bebidas no caixa enquanto recebia um olhar torto da atendente ao vê-lo comprando tanto álcool na companhia das três garotas. De fora, parecia um predador de adolescentes.

Karma sorriu para ela como uma criança impertinente.

Depois disso, elas ajudaram a colocar as compras no porta-malas e entraram no carro, mas não antes de Bárbara direcionar um olhar repreendedor para Karma, que tentou se sentar na frente, no banco do carona. Era difícil não associar Martin a Maurício e isso ficou claro no olhar de Justice para a irmã que rapidamente cedeu espaço e se juntou a Ira no banco de trás.

Por esse mesmo motivo, Bárbara deu a volta no veículo e puxou Martin pela manga da camisa amarela, antes que pudesse entrar, e fechou a porta do motorista para que ninguém mais ouvisse o que ia dizer. De perto, ele tinha cheiro de lavanda e água doce.

— Por que está fazendo isso? — quis saber. Sua voz parecia finalmente ter voltado da garganta anteriormente engasgada.

— Só quero ajudar, sem onda. Essas vans que vocês pegaram para vir não são seguras e, além do mais, seria bem difícil levar todas essas bebidas. Né, não?

Bárbara concordou só porque não havia mais o que dizer.

— O pai de vocês sabe dessa social? — questionou com um sorriso cúmplice.

Bárbara o encarou, apertando a boca. Não respondeu, o que foi resposta o suficiente para ele. Ela deu a volta outra vez e abriu a porta do carona, se sentou, colocou o cinto e amarrou a cara, pronta para cortar qualquer gracinha que ele tentasse. Mas ele não tentou.

Martin dirigiu em silêncio durante toda a viagem, apenas cantarolando ocasionalmente as músicas populares que tocavam na rádio.

Bárbara frequentemente trocava olhares com Karma pelo espelho retrovisor. Com o tempo, seus músculos se cansaram da tensão e ela decidiu, conscientemente, relaxar, observando a paisagem até voltarem para Estrada dos Refúgios.

Martin as deixou na porta da pequena construção amarela.

— Precisam de ajuda para levar as coisas?

— Não! — O pensamento de tê-lo dentro da casa delas beirava o nível assustador, não no sentido de medo, mas de esquisitice. — Obrigada. Nós conseguimos levar — Bárbara completou um segundo mais tarde, depois de ele piscar parecendo levemente ofendido.

— Obrigada pela carona — disse Karma com um sorriso convidativo.

Bárbara tentou não revirar os olhos pela milésima vez.

Martin partiu depois de retribuir o sorriso, apesar de estar olhando para Bárbara, que não sorria, e as deixou com um amontoado de sacolas tilintantes.

11

IMPREVISTOS IRREVERSÍVEIS

O cheiro de grama molhada e os insetos quase invisíveis que gostavam de atacar a pele marcavam o início da tarde de sábado.

As irmãs Gastrell levavam as comidas, bebidas, decorações e cadeiras para o píer, andando para lá e para cá inúmeras vezes. Ficariam cansadas antes da festa começar.

Bem, não Karma. Ela se mantinha animada em cada viagem que fazia da casa até o lago. Se tivesse a mesma animação para o treino de Gastrell, teria vencido Ira nas competições de nado. Entretanto, o entusiasmo da irmã estava cheio de esforço. Dava para ler em seu sorriso.

Bárbara tinha tentado conversar com ela mais cedo, mas a garota dispensou com um aceno, alegando ter muitas coisas para cuidar antes da festa.

Quando a primeira pessoa chegou, Dandara, amiga de Karma, elas ainda estavam descabeladas, terminando de decorar o ambiente. Relutante, a menina se ofereceu para ajudar enquanto Karma e Ira correram para se arrumar.

Bárbara e Dandara caíram em um silêncio desconfortável enquanto espalhavam cadeiras plásticas e penduravam luzes na área do píer. Mais pessoas chegaram, todas vagamente familiares para Bárbara e, inquieta, ela se afastou, deixando que Dandara fingisse ser a anfitriã por alguns minutos. Ela se comportava de forma apropriada, cumprimentando as pessoas e apontando para as bebidas.

— Fique à vontade! — Bárbara a ouviu dizer, antes de se retirar, indo em direção à casa.

Estava aliviada em escapar do desconforto da presença daquelas pessoas. Estava a meio caminho quando Karma surgiu, desfilando na frente e Ira veio atrás, correndo ofegante. Trocaram algumas palavras que Bárbara não se preocupou em ouvir. Ambas estavam de cabelos soltos, um contraste entre liso e cacheado, loiro e castanho, comprido e curto. Elas eram um contraste também na maneira de se vestir.

Dessa vez Ira não roubou nada do guarda-roupa da irmã. Usava shorts jeans e uma camisa branca, larga, muito grande para o seu tamanho. Tinha adquirido um colar havaiano com uma concha pendurada e não tirava mais do pescoço. Havia até desembaraçado o cabelo.

Em contraposição com as sandálias de dedo de Ira, Karma usava um salto baixo de plataforma, saia justa no corpo e uma camisa que chamavam de *cropped*, o qual o tecido acabava logo abaixo dos seios. Era um conjunto rosa claro.

Bárbara passou por elas, apressada, e logo estava de volta usando seus velhos tênis All Star, uma saia jeans curta e uma blusa preta e comprida.

Quando regressou, o sol estava quase oculto por completo, e mais pessoas tinham chegado. Seu estômago gelou e o arrependimento de ter deixado que a festa acontecesse ameaçava dominar os seus sentidos.

Bárbara se sentou na cadeira de praia reclinável de Gastrell e passou a observar o reflexo da lua no lago, ignorando a música pop que tocava ao fundo, as pessoas que dançavam ao redor e o gosto da cerveja morna que descia pela sua garganta.

Alguém puxou uma cadeira e se sentou ao seu lado, quebrando sua bolha imaginária de paz em meio ao caos. Ela olhou para o lado, pronta para expulsar quem quer que fosse, mas sua careta logo se tornou uma expressão de surpresa.

— Henrique? O que *tá* fazendo aqui?

— Sua irmã me chamou — informou com um grande sorriso de dentes brancos. Ele deu um gole na cerveja que trazia consigo e se confortou na cadeira. Estava usando bermudas cáqui que o deixava meio formal para a ocasião.

Uma das tochas que Dandara e Bárbara haviam espalhado pelo píer iluminava parcialmente seu rosto.

O sorriso dele desapareceu ao avistar Karma na ponta do píer, dançando com um cara desconhecido. Ela tinha o braço ao redor do pescoço dele, que sorria para ela, equilibrando um copo de plástico na mão e segurando a sua cintura com a outra.

— Quem é o cara com ela? — perguntou. Suas sobrancelhas grossas estavam franzidas agora.

— Não faço ideia.

Eles ficaram em silêncio e, apesar da música alta, era possível ouvir as cigarras cantando e os mosquitos zumbindo ocasionalmente.

Bárbara desviou o olhar da cena de Karma em busca de Ira. Logo a localizou com os pés na água, chupando um geladinho colorido. Reparou que ela havia trocado de camisa, da branca para uma preta, com uma espécie de flor de lótus traçada na frente e tão larga quanto a anterior, e presumiu que aquele não era o primeiro *geladinho* que ela chupava naquela tarde. Alimentos coloridos e crianças de roupa branca não combinavam. Ela estava conversando com um menino e uma menina que Bárbara reconheceu como alunos da sua sala. Ponderou se deveria interromper a interação com os mais velhos até a menina dar uma risada alegre, quase cuspindo o geladinho.

Era bom vê-la sorrindo.

— Cadê seu pai? — Henrique perguntou, atraindo sua atenção de volta para ele.

— Em Salvador resolvendo uns negócios. — Tomou um gole da cerveja como se ela mesma tentasse engolir a resposta.

Não tinha certeza se acreditava no pai. Ele não havia explicado que tipo de negócios precisava resolver.

Infelizmente, Salvador lhe remetia à amargura do passado. Ela gostaria de lembrar apenas das praias, ou das luzes de Natal no centro da cidade, mas só conseguia ver a rua onde morava e ouvir o tiro que matou a mãe.

Talvez Gastrell estivesse cansado delas, afinal. Talvez estivesse tentando escapar da situação caótica em que se encontravam, da confusão que as filhas lhe meteram, arriscando tudo que ele havia construído para escapar do passado.

Dar aquela festa parecia cada vez mais inadequado. O que estavam celebrando, afinal?

— A cidade toda diz que ele vive de herança — disse Henrique e não entoou como uma pergunta.

— A cidade não sabe de merda nenhuma — retrucou Bárbara, mais mal-humorada do que pretendia.

Era verdade. Bernard vivia de herança, mas não de um parente de terceiro grau distante, e sim dele mesmo. Vivia do dinheiro de Mortimer Hayhurd, vindo diretamente da Inglaterra. E, para isso, precisava lidar com muita burocracia, trâmites e fraudes.

— Mas que desgraça...? — Henrique se apoiou nos braços da cadeira, olhando para além de Bárbara. Por um segundo, pensou que estava falando com ela e estava prestes a lhe encher de desaforos quando seguiu o seu olhar e soltou um palavrão em inglês.

Martin Costa se aproximou do píer. Cumprimentou dois garotos que eram da turma de Bárbara, pescou uma latinha de cerveja do *cooler* e acenou para Karma que parou de dançar imediatamente e retribuiu o aceno, hesitante.

Ele abriu a sua latinha e tomou um gole. Seus olhos varriam o local por entre os estudantes que dançavam, procurando por algo. Seu olhar logo foi atraído para o de Bárbara como se ele o sentisse. Martin acenou para ela e começou a andar em sua direção.

Ela se virou para Henrique com os olhos alarmados e ele se limitou a dar de ombros, confuso e preocupado.

Ela virou toda a cerveja na boca antes que Martin pudesse chegar até ela.

— Parece que você tá com muita sede — ele brincou ao se aproximar.

Apesar do clima fresco, sua testa brilhava de suor, ele usava uma regata cheia de vincos, como se tivesse sido resgatada do fundo de uma gaveta.

Bárbara riu, sem graça, sem saber o que responder e conteve um arroto.

— Sei que não foi exatamente um convite, mas fiquei tentado a vir depois de ver o que vocês compraram para essa festa. Espero que esteja tudo bem — disse ele com um sorriso.

Henrique se afundou um pouco mais na cadeira, bebendo da sua própria cerveja.

— É... Sim, *okay*, de boa — murmurou Bárbara. — Hã... esse é o Henrique — falou, apontando para o menino. Eles trocaram um cumprimento, batendo as mãos.

— E aí, cara? Sou Martin.

— Beleza? — saudou Henrique.

Martin agachou e sentou-se no chão de madeira do píer sem se importar em sujar ou molhar a bermuda jeans.

Bárbara colocou sua lata vazia no chão, lentamente, como se temesse acordar um animal feroz.

Enquanto Martin contemplava o lago à sua frente, suspirando baixinho diante da paisagem, Henrique trocou um olhar arregalado com Bárbara.

Henrique se levantou de repente, chamando a atenção dos outros dois.

— Ô, vou buscar outra cerveja para você — esclareceu. Não era uma oferta, mas praticamente uma imposição.

Bárbara teve vontade de esmurrá-lo. Como ele podia deixá-la sozinha com o irmão do morto?

Henrique fugiu para longe como um covarde, fingindo não ter visto o *cooler* mais próximo.

— Vem cá, você gosta de morar aqui? — perguntou Martin, subitamente, voltando a olhar o lago. — Esse lago é a melhor parte da cidade inteira, na moral.

— Concordo. E eu gosto de morar aqui. Na maioria das vezes...

— Boto fé. Rapaz, eu adoraria morar aqui. — Um sorriso discreto tomou conta do canto de seus lábios e seus olhos estavam iluminados ao encarar o lago para além da festa e das pessoas ao redor.

— E por que não mora? — ela se pegou perguntando, genuinamente curiosa.

— Faculdade. Aqui não tem nenhuma — elucidou.

— Real... acho que é o que vai me levar para fora daqui também, em breve. Espero... — Bárbara baixou o olhar para as próprias mãos e mordeu a parte interna da bochecha, inquieta com o rumo da conversa.

— O que você quer cursar?

Ela hesitou, ponderando se deveria lhe dar uma resposta honesta.

Bárbara pensava no futuro com frequência, ultimamente não tanto. Devido aos acontecimentos recentes, passou a duvidar se teria um futuro, quanto mais um longe dali ou das grades de uma penitenciária.

— Queria cursar Letras, mas não sei se tenho talento para lecionar — por algum motivo, decidiu ser honesta. Um leve suspiro inundou seu peito e ela voltou o olhar para o lago também. A tranquilidade que o movimento da água lhe trazia era, com certeza, algo que sentiria falta quando partisse. *Se partisse.* Era o tipo de coisa que o seu corpo sentia à noite, como quando você passa o dia inteiro na praia e, logo na beirada do sono, seus sentidos lhe enganam, fazendo você pensar que voltou para o balanço das ondas do mar. No caso dela, seu corpo voltava ao píer, ouvindo o som das águas do lago.

— Com certeza tem. E se não tiver, dá para aprender, pô. Sabe, é para isso que existem as universidades...

Ela riu, sem acreditar muito em suas palavras.

— E você? Qual seu curso?

— Eu faço Ciências Biológicas.

— Isso diz muito sobre você — refletiu e só depois percebeu que tinha dito em voz alta.

— Por quê, véi? — Ele abriu um sorriso tímido e olhou para ela pelo canto do olho. Parecia curioso com a impressão que ela tinha sobre ele.

— Porque todas as vezes que conversei com você, ouvi alguma frase contemplativa sobre a natureza.

Ele riu, jogando a cabeça para trás suavemente e apoiando os braços na madeira do cais.

— É, acho que falo demais sobre natureza mesmo...

— É legal. — Bárbara deu de ombros e sorriu.

O que ela estava fazendo conversando com ele daquele jeito?

Pela primeira vez, ela enxergou Martin como uma pessoa, um ser humano isolado dos acontecimentos que o levaram até ali. Martin, um cara legal, de sorriso bonito, que cursava biologia e não Martin Costa, irmão de Maurício, o cara que ela ajudou a matar.

— Olha, Bárbara. Sinto muito por ter vindo de penetra na sua festa. — Ele riu de novo, sacudindo a cabeça de leve. Tinha adotado um ar tímido.

Ela abriu a boca para retrucá-lo, mas ele prosseguiu:

— Só estou meio sozinho, pensei que não seria tão mal fazer alguns amigos enquanto fico por aqui.

Bárbara mordeu a língua para não questionar a sua escolha de local para buscar amizades. Que tipo de adulto ia atrás de uma festa de adolescentes fazer amigos? Quantos anos ele tinha, afinal?

— Você vai ficar por muito tempo? Quero dizer... isso não tá te prejudicando na faculdade e *tals*? — ela fez outra pergunta no lugar, tentando disfarçar a ansiedade que as palavras lhe causavam.

— Vou ficar até encontrarem meu irmão. — Seu sorriso esmaeceu. — Eu vou trancar o curso, preciso estar aqui para apoiar minha cunhada para o bem ou para o mal.

Bárbara engoliu em seco. Desejava que Henrique voltasse logo com a cerveja, mesmo sabendo que ele provavelmente não retornaria.

— C-como ela está?

— Péssima. É tão difícil para mim consolá-la. Nem tenho informações suficientes para isso. — Ele olhou para o seu rosto, como se ela pudesse lhe dar informações privilegiadas. De fato, ela podia, mas não iria.

— Eu sinto muito, Martin. — Exceto que não sentia.

Nenhuma parte da culpa que carregava se reservava para Maurício, mas sim pelas pessoas que sentiam sua ausência, sua mulher e seu irmão, por Karma e seu trauma, por Ira ter presenciado aquilo tudo e até mesmo por Henrique, por ele ganhar um fardo que não lhe pertencia.

— Obrigado — disse ele, ainda a encarando. — Na real, é meio esquisito.

— Oxente. Por quê?

— Nem conheço mais o Maurício direito. Ele é todo avexado, tira onda de *miseravão*. A gente nunca se deu muito bem — explicou, encarando os próprios pés.

— Sei como é isso. Barril...

— Você se dá bem com as suas irmãs? — Ele olhou para ela, interessado.

— Com Karma nem sempre. Com Ira é mais fácil.

— Karma parece ser bem espevitada.

Bárbara riu.

— Ela é virada no estopô de vez em quando. Mas é bem isso mesmo.

— E Ira? — perguntou.

— Ah, ela é bem na dela. Ainda não entrou na fase da adolescente chata.

— Nossa, eu fui um adolescente insuportável.

— Quem não?

Os dois riram, comedidos. De certa forma, parecia ter algo de proibido na conversa dos dois. Pelo menos, era assim que Bárbara se sentia.

— Acho que era por isso que meu pai não aguentava ficar perto da gente. De Maurício, piorou... — Ele pausou, vendo a expressão de Bárbara murchar. — Foi mal, pesei a conversa.

— Relaxa...

Bárbara era incapaz de sustentar o seu olhar, por isso ficou de pé, se apoiando nos braços da cadeira. Um burburinho estava surgindo perto do píer, ao lado de alguns *coolers* reunidos. Como anfitriã forçada daquele evento, ela se via na obrigação de dar uma olhada numa possível crise de falta de gelo.

— Hã... Vou pegar outra cerveja, parece que Henrique foi fabricar uma — riu, fracamente e sem convicção.

— Se quiser, eu busco pra você...

— Não, não, *tá de boas*... Eu pego — respondeu distraída, esticando o pescoço para tentar captar sobre o que era aquela comoção.

O burburinho evoluiu para um alvoroço assim que ela virou de costas. Um grito ecoou pelo lago, fazendo-a congelar. O tumulto aumentou e o guincho apavorado se repetiu. Bárbara se obrigou a girar nos calcanhares ao reconhecer o grito de Ira.

12

A CULPA VAI TE COMER VIVA

Bárbara correu, primeiro cegamente, depois em direção à irmã. Ela sentiu a presença de Martin vindo logo atrás dela.

— Ira! — gritou assim que a alcançou e a girou pelos ombros, fazendo-a olhar para ela. — Ira, o que foi?!

O rosto de Ira estava coberto de pânico e lágrimas. Ela apontou para o lago com as mãos trêmulas.

— Não! — A garota que estava conversando com a jovem antes, urrou em desespero. O garoto ao seu lado, a segurou em um abraço, encaixando a cabeça dela debaixo do queixo.

Demorou para que Bárbara conseguisse distinguir a forma escura flutuando na água. Foi a camisa manchada de vermelho que destacou o formato do corpo que boiava. Um jovem flutuava com o rosto para baixo, o sangue pintava a água, deixando-a ainda mais escura. A luz da lua refletia em seu cabelo escuro, quebrando a brutalidade da cena sangrenta.

Havia um corpo no lago.

As pessoas aglomeradas no píer se transformaram em um conjunto de caos. Algumas fugiram, outras se aproximaram, algumas choraram e outras fizeram perguntas.

Bárbara abraçou Ira e todo o resto pareceu apenas um borrão até Martin tocar o seu braço, puxando sua consciência para a realidade.

— Tô chamando a polícia — ele disse em um tom tranquilizador, como se estivesse ligando para as autoridades apenas por uma inconveniência com um vizinho e um som alto.

Aquilo não poderia estar acontecendo. Não em uma festa dada por elas, em um lago perto da casa delas.

Ela vasculhou o alvoroço com os olhos em busca de Karma. Avistou Marina abraçando Dandara, as duas amigas choramingando e cochichando, perdidas, sem saber se iam ou se ficavam. Karma estava ao lado delas.

Bárbara girou no próprio eixo, sem soltar Ira, e logo avistou a irmã do meio correndo em sua direção.

— É verdade o que estão dizendo? — perguntou ofegante. Deu uma olhada alarmada para Martin e depois de volta para Bárbara, procurando respostas.

— Tá morto no lago — Ira disse, sua voz abafada pelo colo da irmã. Os cabelos haviam se tornado um emaranhado loiro que grudavam em sua pele úmida.

Karma olhou por cima do ombro de Bárbara e seus olhos se arregalaram ainda mais.

Bárbara Justice estava estudando a expressão da garota de forma automática, só então percebeu o porquê de estar procurando por Karma. Não era só pela preocupação, era pela desconfiança.

O menino boiando de rosto para baixo parecia com o garoto com quem Karma estava dançando mais cedo. Sua mente o associou a ele. Mais tarde, descobririam que era um garoto diferente, irmão da menina que conversava com Ira na beira do píer.

Mas por um milésimo de segundo, Bárbara Justice desconfiou de Karma Gastrell. Ela era filha de seu pai, talvez não de sangue, mas de criação. Talvez estivesse com raiva. Talvez estivesse sem chão. Algo mudou nela depois daquela noite no Lua Morena, as olheiras emoldurando seus olhos castanhos evidenciavam isso, assim como os momentos em que Bárbara a flagrava apática, encarando o nada.

Ela se amaldiçoou por desconfiar de Karma.

— Não... a gente... ele... quem? — A irmã do meio se virou para a mais velha outra vez.

— A polícia tá vindo — informou Martin, se aproximando.

Bárbara teve um impulso de agradecer, mas pelo quê exatamente?

Karma olhou para ele como se não reconhecesse aquele rosto, melhor dizendo, como se reconhecesse outro rosto no dele.

Bárbara pegou sua mão firmemente prevendo o seu movimento. Ela queria correr, fugir, sumir. Ela viu isso nos olhos de Karma.

— Temos que ficar e contar o que sabemos aos policiais.

— Mas...

— Karma, é a nossa festa, temos que ficar.

— Eu fico com vocês — ofereceu Martin.

Bárbara quis recusar, mas não o fez. Em vez disso, apenas olhou para ele, dessa vez com um motivo para agradecer, algo que também não fez.

Ira, que havia parado de chorar, se afastou de Bárbara para encará-lo com o cenho franzido, mas não disse nada e ele pareceu não notar o seu olhar. Bárbara tocou o ombro dela e o apertou, tranquilizando-a.

— Ira, vai ficar tudo bem.

— Não! Eu não quero ele aqui! Sai daqui! — A garota se desvencilhou do toque da irmã, pegando todos de supressão com a firmeza em suas palavras.

— Ira... — Bárbara começou, mas não soube como prosseguir.

— Eu só quero ajudar, pequena. — Martin finalmente olhou para a mais nova, oferecendo um olhar gentil.

— Se quer ajudar, vá embora — declarou, irredutível e cruzou os braços. O rosto estava tão vermelho quanto a mancha de sangue no lago.

Martin ergueu as mãos, se dando por vencido, e se despediu, andando de costas.

— Se precisarem de alguma coisa, sabem onde eu moro.

Ira deu as costas para ele e Barbara notou novas lágrimas se acumulando em seus olhos.

— O que foi isso? — quis saber Karma.

Mas não houve tempo para conversas e explicações quando as sirenes se aproximaram, iluminando seus rostos em tons azuis e vermelhos.

Gastrell voltou mais cedo. No domingo à tarde as três meninas estavam espremidas no sofá e ele estava de frente para elas, sentado, de pernas cruzadas, numa cadeira pesada de madeira trazida da cozinha.

Toda aquela pose de interrogatório deixava Bárbara nervosa. Suas irmãs também. Ira estalava os dedos enquanto Karma apertava o celular com força, ignorando as notificações que chegavam sem parar, fazendo o aparelho vibrar.

— Vocês o conheciam? — ele perguntou, seu olhar voltado para Bárbara.

— Não faço ideia de quem era.

— A irmã dele passou a festa toda conversando comigo, mas eu não o conhecia... — Ira disse, com o rosto virado para baixo, deixando fios teimosos caírem para frente, escapando do nó malfeito no topo da sua cabeça.

O olhar de Gastrell deslizou até ela, suavizando notavelmente. Nenhuma culpa que ele pudesse colocar nas filhas cairia sobre Ira. Ela era a filha que jamais o decepcionaria. Karma e Bárbara sabiam, mas Ira parecia inconsciente do fato.

— Vocês estão atraindo a atenção para nós...

— Papa, nós não fizemos isso — Bárbara disse, trazendo seus olhos de volta para ela.

Sua expressão era uma montanha-russa, foi diretamente da suavidade para o escárnio que era apenas uma camada por cima da irritação, sua emoção predominante no momento.

— *Sorry, am I wrong?* — Desculpe, estou errado? — Não foram vocês que estavam dando *um* festa não autorizado no lago sem a presença de responsáveis?

Karma se encolheu ao lado da irmã, recebendo um peso extra pela culpa. A festa tinha sido ideia dela. Outra vez, consequências dos atos dela.

Bárbara tentou enterrar a acusação no fundo do estômago. Não a magoaria outra vez.

Gastrell ficou de pé e passou a mão pelo cabelo fino. A montanha-russa foi em direção à exaustão.

— A polícia vai interrogar vocês. Não *fez* isso ontem porque são menores de idade. *No matter what* — Não importa o que —, não perguntem do cara que vocês...

— Maurício — corrigiu Karma só Deus sabe por qual motivo.

Bárbara olhou para ela de olhos arregalados na mesma hora em que Gastrell explodiu. Montanha-russa fora dos trilhos.

— EU NÃO ME IMPORTO! — ele gritou, passou a mão de novo pelos cabelos, respirou fundo e se apoiou nas costas da cadeira.

Karma se encolheu ainda mais.

— Eu não me importo com quem ele era — reforçou com calma. — E vocês não deveriam também. Senão *o* culpa vai comer vocês vivas.

Gastrell saiu, deixando as filhas imóveis e pensativas na sala de estar. Bárbara ouviu a porta da geladeira abrir. Pelo visto, as cervejas que sobraram da festa o consolariam naquela tarde.

O celular de Karma continuava vibrando. Ela virou a tela para cima e começou a ler. Arfou baixinho, chamando a atenção de Bárbara.

— O que foi agora? — ela quis saber.

Ira se virou para as duas, finalmente deixando de encarar o chão.

— Tem mais um — ela disse, olhando aturdida para o aparelho em sua mão.

— Mais um o quê? — perguntou Ira, interessada.

Karma virou o celular para elas, mostrando a foto de um menino de cabelo de topete castanho e sorriso largo. Logo abaixo do seu rosto estava escrito a palavra "desaparecido" em vermelho.

— Ele sumiu ontem, sumiu na festa.

Bárbara fechou os olhos e se recostou no sofá. O que mais faltava acontecer?

13

BABACAS MORREM, JOVENS MENTEM

A polícia chegou à escola antes mesmo dos estudantes. Uma lista de alunos foi passada à diretoria e eles começaram a ligar para os pais que, por sua vez, ligavam para os advogados.

Seguindo as ordens da polícia, Bárbara estava sentada na arquibancada da quadra de chão verde e laranja, que cheirava a suor e plástico, esperando pelas irmãs quando Henrique se sentou ao seu lado, aparecendo do nada como sempre.

Ela se virou para ele e encarou o seu rosto enquanto ele vasculhava por algo na mochila.

— Meu pai vai me matar — murmurou ele, finalmente encontrando o celular.

— Pra onde você foi sábado? — perguntou Bárbara, apertando os olhos.

A desconfiança estava na esquina da sua mente. Ela não era seletiva com suas cismas, assim como suspeitou de Karma, começava a suspeitar de Henrique que nunca voltou com a sua cerveja.

— Fui embora antes que ficasse bêbado demais para voltar de bicicleta — elucidou com um sorriso que pareceu forçado.

Ou talvez Bárbara só estivesse paranoica.

— Você me deixou sozinha com o Martin — sussurrou entredentes.

— Vocês pareciam estar se dando muito bem — debochou Henrique. O sorriso tinha ido embora, dando lugar a um revirar de olhos amargo.

— Só estava tentando parecer normal — disse ela e se amaldiçoou por dar explicações.

Eles ficaram em silêncio por um minuto. A perna de Henrique sacudia num sinal frenético de ansiedade.

— O que veio fazer aqui, então? Você nem estava mais lá quando encontraram o corpo — ela perguntou, procurando se distrair do nervosismo dele.

Será que tinha motivos?

— Testemunhas me viram na festa. Todo mundo que tava lá é suspeito.

O estômago de Bárbara estava tão gelado que a deixava nauseada. A ansiedade e a desconfiança se embrulhando em sua barriga e em sua mente como velhas inimigas.

— Eles eram uns babacas, sabia? — Henrique disse, de súbito, seu olhar estava perdido e obscuro, a expressão se fechou rapidamente como se um vendaval tivesse passado por uma janela aberta.

— Quem?

— Os caras do lago — explicou ainda sem olhar para ela. — A Paola, namorada do Thiago, teve que mudar de cidade para se livrar dele. Eles viveram um relacionamento tóxico por anos e quando ela terminou, ele não quis aceitar.

Henrique bufou e apoiou os cotovelos nas coxas.

— Thiago? Thiago é o cara que encontraram no lago?

— Sim. E o outro é Ulisses. Grande idiota. Os dois eram amigos.

— Eu acho bom você não comentar essa parte específica com a polícia. Eles vão se importar mais com o fato de você não gostar deles do que com a questão de serem babacas.

Henrique virou o rosto em sua direção sem realmente compreender se ela falava sério ou estava sendo irônica. Ela falava sério.

— É claro — ele respondeu e depois disse, quase cantarolando: — Babacas morrem, jovens mentem.

O estômago de Bárbara se revirou, intensificando o frio interno. Ela se esforçou para ignorá-lo.

Era ela quem estava olhando para frente agora e ergueu um braço quando Ira entrou correndo na quadra, ciente da sua posição na arquibancada.

Ira correu, ofegante, e se sentou ao lado de Bárbara em um impulso só.

— Oi, Henrique! — disse afobada, ajeitando a saia no colo e afastando os cabeços bagunçados do rosto. — Justice, Papa tá lá fora. É tão estranho ver ele aqui na escola.

— Cadê Karma? — Bárbara perguntou, ignorando a informação sobre o pai. Se a polícia estava ali, os pais dos alunos também estariam.

Foi nesse mesmo momento que Henrique murmurou de novo algo sobre o pai querer matá-lo.

— Levaram Karma para uma sala. Papa está com ela — informou a garota, despreocupada. Ela começou a trançar um lado do cabelo, concentrando-se na atividade.

Bárbara torceu as mãos enquanto aguardava.

A quadra foi se enchendo mais do que esperava. Não havia percebido a presença de toda aquela gente no dia da festa. Tudo isso era graças a popularidade de Karma, óbvio, e ela desconfiava que era por isso que a irmã estava sendo interrogada primeiro. Qualquer pessoa diria que a festa no lago era a festa dada por Karma Gastrell.

— Henrique Torres — chamou um policial esguio de bigode ralo.

Henrique se levantou, indo em direção às portas de ferro da quadra, mas não antes de lançar um olhar cúmplice para Bárbara. Ela tentou emanar confiança e tranquilidade, mas sabia que era provável que tivesse falhado.

Karma não apareceu na quadra como Bárbara havia imaginado, deixando-a ainda mais aflita.

— Bárbara Gastrell — o policial de bigode voltou a chamar e grande parte dos olhares se voltaram para ela. Olhares tortos, julgadores, condenadores. Bárbara Justice nunca foi tratada com justiça naquela cidade, jamais seria.

Frequentemente ela se perguntava se isso se resumia apenas à cor clara do seu cabelo, escura da pele, ou a seu jeito calado. As pessoas confundiam aquilo com indiferença? Talvez ela fosse indiferente mesmo, mas somente por autoproteção, por se sentir bem na própria companhia e não por ter a intenção de machucar ninguém. Ela nunca havia machucado ninguém. Bom, só uma pessoa. Agora duas. Mas era o que o pai sempre dizia...

— Eles têm aversão ao que é diferente. Eles me julgam por ter vindo de fora, por ser *uma* homem com sotaque estranho que adotou três meninas. Se ouvisse os rumores horríveis que inventaram sobre mim, você ficaria... *disgusted.* — Enojada.

Mas ela ouvia as fofocas. Chamavam-no de pedófilo, cafetão, velho pervertido. Para eles, era impossível que um homem de idade como Gastrell adotasse três garotas sem a intenção de abusá-las.

Ele era um criminoso, mas não desse tipo. Na verdade, era esse tipo de homem que ele matava. Pedófilos, estupradores, cafetões, pervertidos...

Era uma ironia cruel que fosse acusado da mesma coisa que eles.

Entretanto, não era igual com Bárbara. Ela não mataria alguém por ser indiferente. Pelo visto, as pessoas daquela cidade, sim. Era como se estivessem apenas esperando uma boa oportunidade para lincharem a sua família.

Por mais estranho que parecesse, Bárbara não os temia por isso.

Ela apertou a mão de Ira por um segundo e então desceu das arquibancadas. Henrique caminhou de volta para a quadra, olhando ao redor para encontrar os olhos um tom mais escuros de Bárbara.

— Cuide dela. E dessa vez faça um bom trabalho, por favor — disse a ele, referindo-se a Ira.

— *Psiu*, nada de conversa — o policial advertiu. — Vocês podem namorar depois.

O homem abriu um sorriso maldoso e deu uma piscadinha para eles.

Todos os adolescentes da quadra ouviram, já que acompanhavam a marcha de Bárbara desde que seu nome foi chamado. Eles explodiram em um coro de deboche. Ela suspirou, exausta, e Henrique torceu a boca, constrangido.

— Não se preocupe, Henrique. Eu desminto tudo para Karma mais tarde — Bárbara disse, irônica, e caminhou para fora, deixando o rosto surpreso dele e o coro de escárnio para trás.

Lançou um olhar enojado para o policial de bigode enquanto o acompanhava até a sala do diretor, onde Gastrell a aguardava na porta. Pela primeira vez em um tempo, teve vontade de correr para os braços deles em busca de acalento. Ela não o fez. Mesmo assim, ao se aproximar, Gastrell beijou o topo da sua cabeça e isso ajudou.

— Vai ficar tudo bem — murmurou em seus cabelos.

— Cadê Karma?

— Foi para casa, *pumpkin*. Nós a encontraremos mais tarde.

— Entrem, por favor — disse o policial, cortando a conversa. Gastrell direcionou um olhar severo para ele e abriu a porta para Bárbara passar.

Ela apostava que a brincadeirinha da quadra não era a primeira que aquele policial idiota tentava fazer. O homem magro deu as costas e se retirou com pressa. Gastrell era intimidador quando queria.

O delegado tinha tomado a cadeira do Diretor Lima, que não parecia estar integrado ao processo da polícia. Ele era um homem mais ou menos da idade de Gastrell, mas sua pele, queimada pelo sol, não tinha o mesmo tom avermelhado. O homem carregava uma barba cheia e marcas de suor na camisa social azul.

— Senhorita Gastrell, por favor, sente-se. O senhor também.

Ao fundo da sala, um jovem, talvez um pouco mais velho que Martin, usando calça jeans e camisa social de mangas curtas, estava espremido em uma mesa pequena de madeira, voltado para a parede e com um laptop aberto. Ele tinha a pele marrom, barba tão cheia quanto a do seu chefe e usava óculos de aro redondo.

Bárbara ponderou se ele poderia ser o irmão de Henrique. Se fosse o caso, quão estranho teria sido o depoimento anterior ao dela.

— Aliás, você já não esteve aqui? — o delegado indagou, referindo-se a Gastrell.

— E essa não será a última, Silva. Tenho mais uma filha. — Gastrell sorriu de forma amigável. E falsa também, mas isso só Bárbara sabia.

O delegado Silva anuiu com os lábios voltados para baixo.

— Três filhas...

Bárbara se recostou na cadeira e cruzou os braços. Aquele tom de voz a irritava, era um timbre que insinuava que cuidar de meninas, de mulheres, era difícil demais para se fazer três vezes por um homem. Ela ficou olhando para o delegado com os olhos semicerrados. A vontade de dizer algo irônico fazia sua pele coçar. Gastrell, ao seu lado, encostou o joelho no dela sutilmente, em uma advertência silenciosa, sem desviar o olhar do homem à sua frente.

Bárbara suspirou baixinho e tentou desamarrar a cara feia.

— Certo, vamos começar — disse o homem depois de um momento de silêncio contemplativo. — Hugo?

— Pronto, senhor — o rapaz respondeu, ajeitando a postura e posicionando os dedos sobre o teclado.

— O que aconteceu na noite de sábado, senhorita Gastrell?

Ela inspirou fundo antes de começar seu relato. Assim que as palavras começaram a sair por entre seus lábios secos, uma leveza se infiltrou no peito, aliviando o peso que existia ali. Poderia ser honesta e contar a verdade sobre aquilo, apesar de sentir o olhar desaprovador de Gastrell ao seu lado, disfarçado por uma expressão calma, a mesma da foto de quando era jovem na matéria sobre O Justiceiro.

Ela usou Martin como álibi e o olhar de Gastrell sobre ela pesou ainda mais.

Enquanto Bárbara falava e Hugo digitava com fervor, o delegado Silva ouviu tudo com uma paciência forçada que denunciava o seu tédio diante da situação, recontada diversas vezes por diferentes estudantes. As perguntas que ele fazia pareciam mais direcionadas ao pai do que à filha, mas Gastrell fazia questão de não as responder, deixando a cargo de Bárbara o que falar.

— Acho que o senhor tem um conjunto de meninas arteiras, mas não criminosas, senhor Gastrell. — Riu-se o delegado Silva.

— Disso eu posso cuidar, Silva — ele respondeu, mas seu tom amigável tinha ido embora agora, o que cortou um pouco do ar jocoso do delegado também.

— Está liberada, senhorita. Porém, evite se ausentar da cidade. Podemos precisar de você de novo.

Ele se pôs de pé, apertou a mão de Bernard Gastrell e ignorou a presença de Bárbara. Ele já tinha vestido a sua máscara impassível para falar com o próximo estudante.

Gastrell abriu a porta para a filha mais uma vez e os dois saíram para o corredor.

— Vá pra casa enquanto espero sua irmã.

— Eu posso esperar com você.

— Acho melhor não. Conversaremos mais tarde — decretou, tensionando o maxilar.

Ele estava bravo com ela. Não pela festa, não pelo corpo no lago e a atenção que havia voltado para eles, mas estava bravo pela proximidade com Martin, o irmão do morto.

Ela concordou, deu as costas com relutância e caminhou a passos largos pelo corredor até a saída.

Bárbara queria se defender, mas soaria ainda mais como uma acusação. Ela não tinha nenhuma intenção de se tornar próxima a Martin. Não era próxima de alguém além das irmãs. Talvez nem mesmo das irmãs.

Ela não pretendia começar uma briga por causa de Martin, não iria defender uma proximidade que não existia. Pelo que entendia, talvez eles nunca conversassem outra vez.

Entretanto, nada acontecia como se esperava.

14

TOUCHÉ

Em vez de ir direto para casa, Bárbara não conteve a vontade de olhar o lago. Fitas amarelas com listras pretas estavam espalhadas por todo o píer junto com um cartaz que alertava o caráter policial do isolamento do local.

Ela observou a casa do lago do outro lado e imaginou o que Martin estaria fazendo, se estaria em casa ou talvez se arrumando para ir até a delegacia. Por causa do seu depoimento, os policiais sabiam que ele estava lá. Será que se meteria em encrenca por ser maior de idade bebendo com um monte de jovens menores?

Ela caminhou para longe e se deixou imaginar que ele estava na janela, a observando ir embora contra a luz do sol que escapava entre as folhas, refletindo em seus cabelos brancos.

Karma estava sentada nos degraus quando Bárbara chegou em casa. A garota deu um pulo para ficar de pé e se aproximou, exigindo informações.

— Vai ficar tudo bem, não somos suspeitas.

— E Ira?

— Ela é só uma criança e estava cercada de testemunhas o tempo inteiro. Isso é só burocracia, Karma.

— Certo, *okay*. Papa está bravo ainda?

— Não com você — murmurou, passando por ela e entrando na casa. Foi para o quarto e se deitou na cama, confortada pelo lençol frio. Pescou o livro da mochila e abriu na página onde o marcador estava.

Karma chegou na porta do quarto e ficou olhando para ela. Bárbara fingiu não perceber, se forçando a ler e reler o mesmo parágrafo até que mergulhasse na história.

Não demorou muito para que Ira e Gastrell chegassem em casa, mas a conversa que ele havia prometido não aconteceu. Isso corroía Bárbara por dentro, a distraindo da leitura, fazendo com que construísse roteiros para o que ela poderia falar ou o que ele poderia dizer. De nada adiantou porque, naquela noite, ele não falou mais nada com nenhuma das filhas.

No dia seguinte, as aulas ocorreram normalmente. Mas os olhares tortos para as irmãs Gastrell se intensificaram, até mesmo para Karma. Ela era oficialmente a anfitriã da festa que matou um deles e sumiu com o outro.

— Algum sinal do garoto que desapareceu? — Bárbara perguntou a Henrique quando ele se juntou a ela na biblioteca.

Estava começando a se acostumar com a presença dele.

— Não sei. Hugo não está fofocando comigo dessa vez. Acho que pensa que sou suspeito. Não é irônico? — Ele riu baixinho sem nenhum humor. — Do assassinato que encobri ele me conta tudo, do que eu não tenho nada a ver, ele me esconde.

— Henrique... — repreendeu, olhando ao redor para se certificar que ninguém estava ouvindo, mas não havia pessoas por perto. A biblioteca era um lugar esquecido, principalmente na hora do intervalo.

— Só estou dizendo. — Ele se recostou na cadeira, balançando a cabeça em negativa e mergulhou num pensamento próprio que não compartilhou com Bárbara.

Ela o observou por alguns instantes como se esperasse, mas ele apenas se calou. O maxilar estava tensionado e o olhar distante, parecia que seus pensamentos estavam tão longe que, Bárbara notou, os botões da camisa social branca e amassada do uniforme estavam encaixados nas casas erradas.

— E o que seu pai disse? — perguntou Bárbara depois de um tempo, ao se lembrar das lamúrias de Henrique, afirmando que o pai o mataria.

Ele estava se equilibrando nas duas pernas de trás da cadeira e, de imediato, se inclinou para frente, fazendo barulho quando o ferro se arrastou no chão.

— Ficou *p* da vida porque teve que sair mais cedo do trabalho e agora vai precisar pagar as horas. Ah, e também por eu estar numa festa em vez de trabalhando.

Bárbara ergueu a sobrancelha.

— O quão *p* da vida?

Henrique desviou o olhar.

— Vou trabalhar no lava-jato do seu Zé durante todo o fim de semana. Nada de mais — respondeu ainda sem olhar para ela.

— E foi só isso?

— Ah, sabe como é... a mesma agressão verbal e humilhação de sempre. — Ele voltou a se balançar nas pernas da cadeira.

— A agressão não foi além do verbal, né? — Bárbara puxou Henrique pelo braço, forçando a cadeira para frente e empurrou a manga da camisa dele para cima, procurando por hematomas. Encontrou algumas cicatrizes e pequenos arranhões antigos.

— Não, não — ele respondeu, surpreso com a reação e repousou a outra mão no braço dela, a impedindo de continuar a inspeção. — Ele não me bate há alguns... meses.

— Meses?!

Henrique pigarreou, constrangido, puxando a manga de volta e abotoando o punho.

— Tá tudo bem, Bárbara.

Ela o encarou por alguns instantes procurando a verdade nos seus olhos. Henrique era muito transparente com seus sentimentos. Não estava tudo bem, mas não havia muito o que ela pudesse fazer sobre o assunto.

— Se acontecer alguma coisa, eu te conto. Digo, se quiser saber…

— Eu quero.

Henrique concordou com um aceno e dessa vez a verdade estava estampada no seu semblante, assim como a surpresa pela preocupação de Bárbara.

— Se Hugo contar alguma coisa sobre o caso também.

Bárbara apertou os lábios, lembrando da realidade em que se encontravam.

Concordou e depois voltou para o seu livro, desejando se esquecer dele, de si mesma e do lugar onde estava.

O desejo de esquecer se intensificou no fim do dia quando, ao sair do colégio, indo em direção ao ônibus com Karma ao seu lado, Bárbara avistou o Chevrolet Prisma de Martin parado do outro lado da rua e o seu dono recostado nele.

Ele tirou os óculos escuros e acenou para elas. Karma sorriu.

Martin usava uma camisa de time de beisebol e calças jeans, acenou com a mão fazendo um sinal para que Karma fosse até ele. Ela apontou para si mesma perguntando "eu?" sem que nenhum som saísse de sua boca.

Martin abaixou a cabeça com um sorriso constrangido e apontou para a irmã ao seu lado. Ele estava chamando por Bárbara.

O sorriso de Karma se desfez em um segundo.

— É com você — ela disse tão surpresa quanto Bárbara.

Bárbara não se moveu por um tempo até ele a chamar de novo. Naquele cenário, ele parecia tão jovem quanto elas. Bárbara pensou que se ele estivesse usando um uniforme talvez ninguém o questionasse, entretanto, a cidade inteira sabia quem ele era e o rapaz não hesitava em chamar atenção. Permanecia inabalado, gesticulando para Bárbara.

— Anda, Justice. Vá ver o que ele quer.

— Eu...

— Ele vai vir até aqui e vai ser pior — Karma disse, olhando em volta e percebendo que algumas pessoas estavam observando.

Ótimo. Mais um motivo para falarem sobre Bárbara.

Ela caminhou rápido até ele, num ritmo que beirava uma corrida.

— Martin, o que tá fazendo? — perguntou num murmúrio, segurando o impulso de xingá-lo.

— Vim te buscar para tomar um sorvete — respondeu como se aquilo fosse um costume que os dois compartilhassem.

— Por quê?

— Tá o maior calorão, não acha? — justificou com um sorriso torto, na esperança de convencê-la.

— Muito. — Bárbara cruzou os braços, impaciente.

— Então, sorvete? Eu também tenho ar-condicionado no meu carro.

— Eu vou para casa de ônibus, obrigada. — Ela virou de costas e se preparou para sair.

— Por favor, Bárbara. Eu só quero conversar — pediu Martin.

Bárbara se virou de volta, tentando detectar a verdade em seu olhar e lá estava ela, apenas um reflexo da expressão que ele tinha quando trocaram algumas palavras sinceras no lago. Naquele mesmo dia, ele admitiu sua solidão e a necessidade honesta de um ombro amigo.

Talvez ela estivesse sendo ingênua demais. Socializar com ele era quase uma tortura, uma vez que seus olhos azuis eram um lembrete constante de seu parentesco com o homem que Bárbara ajudou a matar, entretanto, conversar com ele, ajudá-lo de alguma forma, aliviava um pouco da culpa que gelava seu estômago.

Bárbara hesitou, sacudindo a perna, indecisa. Antes que pudesse ponderar ainda mais, deu meia-volta e entrou no carro.

Viu o choque de Karma do outro lado da rua enquanto Martin entrava no veículo e o arrastava para longe.

Aquilo a fez sorrir minimamente com o canto da boca. Era a segunda vez naquele ano que chocava a irmã com a sua escolha de carona depois da aula.

A sorveteria era apenas a um quarteirão dali, impossibilitando que o silêncio do caminho se tornasse desconfortável. Eles se sentaram em uma das mesinhas que ficavam do lado de fora depois de pegarem duas bolas de sorvete em copinhos de plástico. Bárbara escolheu flocos e napolitano. Martin pegou limão e creme.

Bárbara se concentrou em tomar o sorvete, que derretia rápido demais, enquanto aguardava que ele falasse. Podia sentir os olhos dele repousados nela, mas não ousou retribuir.

— Sobre o que quer falar? — perguntou antes de tomar uma colherada do sorvete de flocos. Não conseguiu se conter por muito tempo.

— Não tenho muitos amigos aqui. Só a Viviane, minha cunhada, e não posso conversar muitas coisas com ela.

— E pode comigo, é? — Ela finalmente ergueu os olhos para ele com uma expressão sarcástica que o fez sorrir de novo.

— Foi legal a nossa conversa no lago — alegou.

Ela queria concordar, mas permaneceu calada.

Seu sorriso se desfez ao olhar para a parede externa da sorveteria. Havia um cartaz de "desaparecido" colado com a foto do menino que havia sumido na festa. *Ulisses.* Bárbara se lembrou de Henrique falando seu nome antes mesmo de ler o resto do cartaz.

— Eles já estão se esquecendo de Maurício — Martin comentou, melancólico.

O cartaz estava colado por cima de um outro mais velho e desbotado, provavelmente com a foto de Maurício.

Quando Martin disse seu nome, uma náusea atingiu Bárbara e a emudeceu por um instante.

Ela engoliu em seco e se forçou a falar.

— Ainda nenhuma notícia? — perguntou, mantendo a expressão impassível. As linhas do seu rosto pareciam pesar na pele.

— Não... como eu disse, estão se esquecendo dele.

Ela largou a colher do sorvete com os dedos grudentos de açúcar e se recostou na cadeira. Ficou observando o rosto de Martin enquanto ele remexia o sorvete derretido.

— Viviane está organizando uma vigília para essa noite. Não fui em nenhuma que o pessoal organizou, mas ela disse que eu precisava ir nessa de qualquer jeito, que precisava ouvir o que ela tinha a dizer.

— Oxe... e por que ela não te diz logo o que é?

Ele balançou a cabeça em negativa. Não entendia os motivos da cunhada.

Bárbara se perguntou se ele desconfiava da mulher do mesmo jeito que a polícia.

O que será que ela tinha a dizer? Será que suspeitava de alguém? Dela ou de Henrique? Improvável, mas a paranoia se esgueirava pelas beiradas de sua mente, criando probabilidades para tudo.

— Ela anda meio esquisita e não posso culpá-la. Tudo que está acontecendo é meio assustador… E ela já estava acostumada com a presença de Maurício. Algumas pessoas preferem estar mal acompanhadas do que sozinhas.

— Maurício é uma má companhia? — questionou, mordendo a língua de leve logo em seguida.

Martin soltou um riso sem nenhum humor. Seu sorvete estava na consistência de uma poça.

— O cara sempre foi fã de fazer umas merdas egoístas, sabe? Mesmo que machucassem os outros. Puxou nosso pai. — explicou, parecendo se lembrar de algum evento específico. — E ainda sobra para a gente…

— Como assim?

— Eu larguei tudo para vir para cá por causa dele. A coitada da Viviane está fazendo de tudo, inclusive gastando dinheiro que não tem, para encontrá-lo.

— Aqui é tão ruim assim? — Bárbara tentou brincar para aliviar o clima.

Funcionou. A carranca de Martin se dissolveu e ele olhou para Bárbara com um pequeno sorriso nos lábios.

— Às vezes nem tanto. Sabe o que vai ser bem ruim? A vigília. Mas se eu tivesse alguém para ir comigo… — ele disse, abrindo ainda mais o sorriso e olhando para ela de cima para baixo como um cachorro pidão.

Bárbara ergueu as sobrancelhas.

— Martin, eu não posso ir...

— Quem disse?

— Essa cidade me odeia. Qualquer evento comunitário é como colocar um alvo nas minhas costas. Além do mais...

— O quê?

— Sei que reparou os olhares que nos deram na escola. Não vão demorar para os rumores chegarem.

— Rumores?

Bárbara ficou calada, sentindo o rosto esquentar. Não queria sugerir a possibilidade para ele. Sentiu-se boba por tocar no assunto, mas sabia que chegaria aos ouvidos dele em algum momento. Era o mesmo que tinha acontecido com Henrique.

Ela foi da garota que não andava com ninguém, para a garota que tinha dois novos amigos em um espaço de tempo curtíssimo. Para os fofoqueiros, as Marias Fifis da cidade, a única explicação para isso era um romance temporário, uma ficada ou um caso. Qualquer coisa nesse sentido.

Tinha visto aquilo acontecer inúmeras vezes com Karma e outras garotas. Os conservadores estavam sempre de plantão. Aquela cidade parecia eternamente presa no século XIX.

— Que estamos de "rolo" ou algo do tipo — completou, encarando o copo de sorvete.

Martin riu e apoiou os braços na mesa frágil, sacudindo-a.

— Eu não ligo para rumores.

— Nem eu — rebateu.

— Não parece — instigou com a sobrancelha erguida e o olhar divertido. Carregava um tom de desafio na voz, como se a convidasse para aumentar as fofocas da cidade.

— Se me estressasse com tudo que falam de mim... estaria louca.

— Então, venha comigo.

Ela ergueu o olhar para ele. Jogada esperta.

— *Touché* — ela disse.

Martin a deixou na porta de casa pela segunda vez em uma semana e depois de um aceno, dirigiu para longe, rumando à casa do lago, com a promessa de que a buscaria mais tarde para a vigília.

Aquele seria um dia perfeito para ir até o lago e evitar entrar em casa a todo custo. Karma faria perguntas e Bárbara se torturaria imaginando se o ocorrido de hoje chegaria aos ouvidos de Gastrell. Mas o lago estava interditado e Bárbara não poderia fugir por muito tempo.

Quando entrou, ouviu a família e o bater de pratos na cozinha. A porta rangeu, denunciando-a.

— Justice? — Karma chamou.

Ela suspirou e apareceu na cozinha. Os pratos estavam sendo retirados da mesa por Ira e lavados por Karma. Gastrell bebia um copo de suco, encostado ao balcão, ao lado de Karma na pia.

— Olá — Bárbara disse, se sentindo estranha com o cumprimento.

— Quer almoçar? — Gastrell ofereceu.

— Não, estou sem fome.

— Comeu alguma coisa? — Karma perguntou com as mãos cheias de espuma.

Gastrell olhou para ela de cenho franzido.

— Não...

— Aonde foi?

Karma se virou de volta para a pia como se não quisesse denunciá-la ainda mais do que já tinha feito. Bárbara podia ler sua expressão mesmo que ela estivesse de costas.

— Fui dar uma volta. Com o píer interditado não tem muito para onde ir aqui perto.

Gastrell ofereceu um sorriso sem dentes para ela. Desconfiava dela. Conhecia seu comportamento ao mentir.

Era engraçado como fora mais fácil mentir sobre Henrique e o carro no dia da morte de Maurício.

Pequenas mentiras pareciam mais traiçoeiras que as grandes.

— Vou ler um pouco. — Bárbara fugiu da cozinha e se esgueirou para o quarto, sabendo que era uma questão de tempo até Karma aparecer.

Para a sua surpresa, Ira chegou primeiro. As tranças estavam bagunçadas depois de uma manhã inteira na escola, mas ela já havia se despido do uniforme e usava bermudas até a altura do joelho e uma camisa larga com o desenho de uma Kombi.

— O que tá fazendo? — questionou.

— Nada — Bárbara respondeu, esparramada na cama, encarando o teto.

— Quero dizer, você tá saindo com esse Martin? Eu achei que gostava do Henrique. — Ira se sentou na beira da cama, colocando uma perna dobrada sobre ela.

— O quê? — Bárbara se sentou, recebendo uma onda de tontura pelo movimento brusco. — Eu não gosto do Henrique, Ira, já não te disse isso? E não estou saindo com o Martin. Ele só queria conversar. E, aliás, como você sabe disso?

— Tá todo mundo comentando.

— É claro que estão... Papa não sabe, né?

— Se vocês não estão namorando, por que se importa? — questionou em um tom que misturava irritação, curiosidade e dúvida.

— Porque sei que ele não vai acreditar em mim.

— Por que não?

Bárbara suspirou.

— Não sei. Só não vai.

— Pode ir me contando tudo. — Karma entrou no quarto e fechou a porta, ainda secando as mãos no pano de prato.

Ela se sentou ao lado de Ira com os dois joelhos no colchão e colocou o pano no ombro.

— Eu fiquei chocada, Bárbara! Quando vocês ficaram tão próximos? Pensei que você gostava do Henrique.

Bárbara se deitou na cama com mais um suspiro. Os cabelos brancos criando uma cortina no travesseiro.

— Foi o que eu disse! Ela negou tudo — Ira reclamou, puxando a linha da barra da camisa com força e desfazendo uma parte da costura.

— Então, você gosta do Martin? Isso é perigoso... vejo por que ele te interessa.

— Eu não gosto de ninguém. Não é assim que funciona comigo. Que saco! Martin só queria conversar. Ele não tem ninguém para conversar.

— Sobre... — a irmã do meio não parecia convencida.

— Sobre o Maurício, Karma — soltou rispidamente. Isso deixou um silêncio constrangedor no ar. Bárbara não estava a fim de pedir desculpas. — É, pois é.

— Ele tá desconfiado? — Ira quebrou o silêncio em voz baixa.

— Não, acho que não. Ele tá triste. Só isso.

— Triste... — ecoou Ira como se a emoção fosse intragável.

— Por que ele não fala disso com a cunhada? — questionou Karma com amargor. Por um instante, parecia que ela havia se esquecido de tudo, inclusive de quem Martin era e só agora tinha voltado a se lembrar.

— Ele disse que não dá para conversar com ela.

— E os pais dele? — interveio Ira.

Bárbara se levantou de novo, dessa vez mais devagar.

— Essa é uma boa pergunta. Vou puxar assunto sobre isso. Mas parece que ele não se dá muito bem com o pai.

— Vocês vão sair de novo?! — Karma perguntou, lhe dando um tapa no braço por impulso.

A pele de Bárbara formigou.

— Ele me pediu para ir à vigília de hoje. — Ela suspirou, ouvindo o quão ridículo soava tudo aquilo.

Karma estava com a boca entreaberta, a encarando.

Ira balançou a cabeça, desacreditada.

— Vai ser de boa. Quanto mais ele confiar em mim, melhor.

— Vocês vão se pegar — acusou Karma, sacudindo o dedo indicador de unha bem pintada em direção à irmã.

Bárbara franziu o cenho para ela. Tal cenário lhe parecia impossível.

Ainda que Martin desse em cima dela, ela não retribuiria. Podia dizer que mantinha o bom senso. Entretanto, isso não era o que ele estava fazendo. Pelo menos não era o que parecia. Geralmente, ela desconfiava da interação de todo e qualquer homem. Ficou na defensiva com Henrique por um bom tempo até perceber que era de Karma que ele gostava.

Talvez Martin gostasse de Karma também.

— Aonde?! Não vamos nos pegar, não.

— Duvido! — rebateu Karma e se levantou da cama com o pano de prato no ombro. — Só quero ficar sabendo antes da cidade toda fofocar, está bem?

— Karma...

— Prometa.

— Eu não vou...

— Prometa!

— Está bem, eu prometo — disse Bárbara com escárnio. Foi o suficiente para Karma, que saiu, deixando a porta aberta.

Ira ficou olhando para ela por um tempo, esperando algo que não conseguiu identificar o que era.

— Você tá bem? — perguntou à irmã mais nova, analisando sua expressão impassível.

— Ele disse mais alguma coisa? — Ira quis saber, cutucando a cutícula dos dedos e franzindo o cenho. Seu tom forçava indiferença.

— Nada de mais.

— Só... nada disso faz sentido para mim.

Bárbara abriu a boca para responder, mas a menina se levantou, pegou o caderno de desenhos da cômoda e saiu do quarto, fechando a porta atrás de si.

— Nem para mim — disse para o quarto vazio.

15

CINZAS DE VOLTA ÀS CHAMAS

Quando a tarde se esvaiu, Bárbara se sentou nos degraus da frente e esperou. Usava um vestido branco e botas pretas e se esforçava para manter a calma. Ela temia a cada segundo que Gastrell saísse de casa na mesma hora em que Martin chegasse, apesar do pai estar concentrado, sentado à mesa do escritório em seu quarto. Afirmava estar lidando com negócios e as garotas preferiam não perguntar muito sobre o assunto.

Quando o Prisma cinza parou em frente à casa amarela, Bárbara limpou o vestido com as mãos, saiu correndo e entrou no veículo, apressando Martin. Ele pareceu entretido.

— De quem está fugindo?

— Papa — respondeu, colocando o cinto de segurança.

— Ele não te deixa sair? — Sustentava o sorriso no rosto, achando graça do comportamento da garota.

— Ah, ele não é muito de proibir coisas — elucidou, mexendo as mãos no colo.

— Então, qual é o problema? — Franziu o cenho, confuso e abandonou o sorriso.

Bárbara ficou calada por um instante, abaixando o vidro do carro, querendo receber o vento que começava a esfriar naquela hora.

— Eu posso ligar o ar-condicionado — Martin ofereceu.

— Eu gosto mais do vento — disse ela.

— Bárbara? Está com medo de seu pai acreditar nos tais rumores?

Ela olhou para ele sem responder, mas sua expressão dizia muito.

Martin riu, balançando a cabeça e se concentrando na estrada na tentativa de desviar dos buracos.

— Essa cidade...

— E, *hã*, onde estão os *seus* pais? Eles são daqui?

O sorriso do rapaz desapareceu e Bárbara teve a impressão de que seus dedos apertaram ainda mais o volante.

— A minha mãe morreu quando éramos muito pequenos — disse.

Aquilo foi como um soco no estômago de Bárbara. Então, não é que eles tinham algo em comum?

— A... A minha também — confessou, numa tentativa de confortá-lo.

Ele olhou para ela rapidamente, parecia querer ampará-la também, mas não havia como. Não existia conforto para algo assim.

— E o seu pai? — insistiu Bárbara, querendo evitar que o assunto se encaminhasse para ela.

Ele trincou os dentes. Ela direcionou o olhar para a janela, fingindo que o assunto não era importante. A paisagem era decorada de árvores bem verdes, motos zarpando, crianças gritando e correndo, um típico caos de fim de tarde.

— Mora na Inglaterra com outra família — explicou, soltando a tensão do maxilar. — Maurício e ele não se davam bem. Papai acha que ele fugiu com alguma amante.

Bárbara engoliu em seco.

— Tenso — disse simplesmente, se sentindo superficial e soando desinteressada.

Martin não disse mais nada, apenas dirigiu até a praça no centro da cidade. O Lua Morena não ficava muito longe dali e mandava ondas de *flashbacks* para Bárbara. Ela teve uma vontade súbita de se inclinar e vomitar assim que saíram de dentro do carro estacionado e avistaram dezenas de pessoas vestidas de branco circulando pelo local.

Ela respirou fundo e seguiu Martin, também vestido de camisa branca social, porém de calça jeans, quebrando a formalidade da vestimenta. Era curioso aquelas normas sociais implícitas. Todos estavam vestidos de forma semelhante, apesar de não haver nenhuma regra que os obrigasse a tal. Havia diversos grupos espalhados pela pracinha; senhorinhas segurando velas e terços, cochichando entre si; adultos segurando mãos de crianças que tentavam escapar para os brinquedos do parquinho; mulheres com vasilhas plásticas com comida. Todo mundo usando roupas brancas.

Martin se sentou num banquinho amarelo descascado e a convidou a fazer o mesmo. Bárbara se esforçou para ficar afastada, mas não o suficiente para que ele percebesse o que estava tentando fazer.

Ela estalou os dedos, ansiosa.

— Desculpe ter perguntado dos seus pais — Bárbara soltou, de repente.

Ele olhou para ela e balançou a cabeça, descartando o pedido.

— Desculpe ter agido estranho. É que falar sobre meu pai me enfurece. Ele sempre acha que mandar grana vai consertar tudo. Parte da culpa do Maurício ser um babaca é dele. — Ele cerrou os punhos no colo.

Bárbara estava com a boca entreaberta observando a raiva de Martin.

— E a minha mãe... — suspirou. — Desculpe — ele repetiu e afrouxou as mãos ao notar o que estava fazendo.

Talvez problemas com raiva fosse coisa de família.

Ela imitou a sua expressão anterior, negando o pedido e ele sorriu.

Bárbara tentou imaginar o que ele diria sobre a mãe antes de se interromper. Provavelmente algum desabafo doloroso sobre a sua ausência. Por um segundo, sentiu-se grata por ele não ter continuado a frase.

Um som de interferência soou pela praça, chamando a atenção de todos, e a voz de Viviane ecoou pelo ambiente. Aquele som causava uma reação angustiante em Bárbara. Lembrava-se da primeira vez que a tinha ouvido na cabine do banheiro do bar e a recordação da culpa a atingiu.

As lâmpadas dos postes começaram a se acender e o sol a se pôr, dando destaque às camisas brancas e velas acesas.

— Obrigada a todos por estarem aqui presentes por Maurício.

Bárbara e Martin se levantaram, indo em direção ao centro da praça onde Viviane estava de pé, embaixo de um gazebo, segurando um microfone. Uma senhora idosa estava ao seu lado, com a mão em seu cotovelo, como se a jovem precisasse de apoio para se manter.

Bárbara avistou uma dupla de policiais assistindo ao longe. Um cochichou para o outro.

Ela se voltou para Viviane outra vez. O aglomerado de pessoas que se reunia ao redor dela aumentava cada vez mais.

Viviane agora tinha visto Martin e acenou fracamente para o rapaz que retribuiu na mesma intensidade. Bárbara e Martin estavam um pouco afastados, ainda que tivessem se misturado à pequena multidão.

— Peço a todos que acendam uma vela. Podem vir aqui pegar com a minha mãe. Faremos uma oração.

Bárbara olhou para Martin. Pânico começou a invadi-la só de pensar em se aproximar mais.

— Eu pego para você. — Ele se inclinou para murmurar em seu ouvido e seguiu em frente, deixando um rastro do seu cheiro com ela por apenas um segundo.

Bárbara notou um olhar pesado sobre ela e escrutinou a aglomeração em busca de sua origem. Uma mulher de cabelos castanhos avermelhados, crespos e de pele marrom a observava com um sorriso no canto da boca. Segurava um aparelho quadrado e preto. Além disso, tinha um bloquinho de papel preso à cintura. Se ela não era uma jornalista, seguia muito bem o estereótipo de uma, digna de livros policiais dos anos 80, exceto pelo gravador de áudio de aparência moderna.

Elas sustentaram o olhar uma da outra enquanto Bárbara procurava entender os motivos para aquela mulher a estar observando. Bárbara franziu o cenho e quebrou o contato visual com ela, sentindo ainda o peso de seus olhos escuros.

No centro da praça, Martin beijou Viviane na testa e cumprimentou a mãe dela, depois pegou duas velas brancas de dentro de um balde e entregou uma a Bárbara. Viviane ficou observando de longe até a mãe dela a sacudir levemente, a incentivando a prosseguir sua fala.

— Antes de vocês compartilharem a chama, gostaria de fazer um anúncio, contar uma novidade que nem mesmo o meu querido cunhado, aqui presente, sabe.

A mãe dela apertou seu braço dando apoio. As pessoas olharam ao redor em busca de Martin, esperando reconhecê-lo. Bárbara se encolheu involuntariamente ao seu lado e tentou se esconder atrás da cortina de cabelos platinados, mas era exatamente o seu refúgio que a denunciava, sabia que todos ali a reconheceriam ao lado do rapaz.

Viviane respirou fundo, fazendo chiado no microfone.

— Eu estou grávida.

Um arfar coletivo passou pela multidão, inclusive vindo de Martin.

Bárbara não emitiu nenhum som, apenas arregalou os olhos que agora ardiam e travou o maxilar. Lá estava o seu estômago gelado mais uma vez. Deu uma espiada rápida na repórter que não conseguia conter o sorriso. Deveria ser exultante para ela ouvir aquilo em primeira mão. Ela sustentava o gravador com firmeza, assim como sua postura.

— Por isso, eu imploro, se tiverem informações, qualquer informação, sobre o meu marido, não deixe de relatar. Eu preciso que ele volte para casa e me ajude a cuidar do nosso filho. — Lágrimas escorriam pelo rosto da jovem futura mãe solteira. Ela tirou um cacho dos olhos e se inclinou para acender a vela do cidadão mais próximo.

Obediente, ele tocou sua vela na da mulher ao seu lado e assim seguiu até todos estarem de velas acesas, recitando a oração do Pai Nosso.

Tanto Bárbara quanto Martin se mantiveram calados, de vela acesa e expressão perplexa. Bárbara queria correr para casa, mas lembrou-se da presença da repórter, gravando e anotando tudo. Além disso, também havia os policiais afastados, observando. Isso fez com que se mantivesse no lugar. Eram vários pares de olhos que podiam julgar a sua fuga.

Ela suspirou, fazendo a chama da vela tremular. Se pudesse, engoliria aquele fogo para poder se confortar.

De olhos bem abertos, Bárbara observou Viviane. Ela acariciava a barriga enquanto orava de olhos fechados.

Maurício teria um filho. O morto seria pai. Se existem cinzas do corpo dele, estavam se regenerando, tornando-se chamas outra vez, voltando à vida através de um filho. Seu bebê era uma chama.

Chamas causam incêndios.

16

TAL PAI, TAL FILHA

A noite chegou, trazendo o aroma do sereno, e as velas se apagaram. O resto da noite passou rápido. Todos pareciam com pressa de encerrar aquela reunião desconfortável, exceto talvez pela jornalista que se aproximou de Martin na primeira oportunidade. Ele havia se afastado para comprar uma garrafa de água com um rapaz que costumava comercializar algumas bebidas num *cooler* de isopor perto do parquinho. Bárbara observou de longe, tentando decifrar o que eles diziam. Martin a dispensou com um aceno educado, porém impaciente, e logo caminhou de volta para perto de Bárbara que estava de pé, ao lado do banco desbotado, pisando em jambos maduros que haviam despencado das árvores próximas.

Martin lhe entregou a garrafa. Ele quem tinha afirmado estar com sede e não pareceu se lembrar disso. Bárbara aceitou sem contestar.

Poucas palavras foram trocadas entre os dois desde que Viviane contou sobre a gravidez. Não havia nada a dizer. Martin parecia em choque.

Depois de mais alguns momentos em silêncio, eles caminharam até o carro. Ele a levou para casa e se despediu com um murmúrio inaudível.

Bárbara se arrastou para dentro e ficou encostada na porta depois de tê-la fechado.

— Tudo bem, *Luv*? — Gastrell perguntou sentado na poltrona, desviando o olhar da TV para ela.

Karma, que estava no sofá mexendo no celular, ergueu os olhos também.

— Sim, tudo bem.

Ela se desencostou da porta e foi em direção ao quarto. Deitou-se na cama do mesmo jeito que estava mais cedo e encarou o teto.

Não demorou para Karma ir atrás dela, dando pulinhos ao entrar no quarto e se jogar na cama com os cachos imitando seu movimento. Outra vez agia como se tivesse se esquecido de quem Martin era e para onde havia levado Bárbara. Karma estava se deixando levar por suas projeções amorosas na vida da irmã. Parecia a distração perfeita para ela, como um capítulo quente da novela das nove.

— Como foi? Ele te beijou? Vocês vão se ver de novo? E como vai ser quando ele voltar para Salvador? Ou vocês dois concordaram que seria apenas um lance temporário?

— Não teve beijo nenhum, Karma... — Bárbara respondeu baixinho, tentando não perder a paciência. Seu estômago se embrulhou de fome e de puro desespero.

— Teve, claro que teve. Eu vi sua cara quando entrou e ficou encostada na porta que nem as pessoas apaixonadas fazem nos filmes. — Ela deu uma risadinha, rejuvenescendo uns dez anos.

— Karma, pelo amor de Deus, você tá se ouvindo? Estávamos na vigília do irmão morto, um evento organizado pela mulher grávida de seu irmão morto, mulher essa que sofria abusos e que, ainda assim, não para de procurar o homem simplesmente porque ela não quer criar o filho sozinha. Não tem porcaria de romance nenhum nisso!

O sorriso de Karma se desfez e seus olhos se encheram de lágrimas quase instantaneamente. Bárbara, que havia se sentado na cama para explodir em palavras, ficou encarando seu rosto, só então percebendo o que tinha feito.

— G-grávida?

Nesse momento, Ira entrou no quarto, trazendo uma vasilha cheia de pipoca consigo, equilibrando-a na cintura para poder fechar a porta com a outra mão.

— Eu não ia te contar assim...

— Quem tá grávida? — Ira se aproximou lentamente da cama, estendendo a vasilha na frente de si em um oferecimento às irmãs.

O cheiro confortável da pipoca se espalhou pelo quarto e o estômago de Bárbara reclamou. Ela suspirou, se sentindo completamente exausta.

— Viviane — explicou a Ira enquanto ela se sentava na cama.

— Quem?

— A mulher do Maurício — Karma disse. Ela encarava o espaço vazio diante de si enquanto lágrimas tomavam conta de seus olhos. — Eu não posso acreditar... Co-como você soube? Martin te contou? Assim do nada?

— Ela contou. Contou para a cidade inteira. Martin não sabia.

Bárbara finalmente cedeu à pressão de seu estômago e enfiou a mão nas pipocas oleosas preparadas pela irmã mais nova.

— Transformamos uma criança em órfã antes mesmo de ela nascer. Eu não acredito, Justice — disse Karma com a voz embargada.

A pipoca se tornou uma massa seca na boca de Bárbara e foi difícil engolir o alimento junto com as palavras de Karma.

— Não, não fizemos isso. Nós livramos uma criança de ser criada por um pai abusivo, de conviver com ele. Nós a livramos de ver a mãe apanhar do pai todos os dias.

— Você não sabe se...

— Acredite, eu sei.

— Caramba, Justice, você fala igualzinho ao Papa — Ira disse de boca cheia. Seu tom de voz era despreocupado e ela também encarava o nada.

— Eu *sou* como o Papa — Bárbara disse com uma mistura de orgulho e pavor de si mesma. Nunca tinha pensado em tais palavras antes, quem dirá pronunciado, mas era verdade, não era? — Mas o que exatamente você quer dizer com isso?

Ira olhou para a porta como se o pai estivesse parado ali naquele exato momento. Bárbara seguiu seu olhar só para encontrar a porta fechada e o espaço vazio.

— Mostro quando ele for dormir — sussurrou em um tom arteiro.

Ira se levantou de súbito e saiu do quarto, se virando em direção à sala. Provavelmente tinha prometido as pipocas para o pai antes de Bárbara chegar.

Karma e Bárbara ficaram em silêncio por alguns instantes, mas o ronco do estômago da segunda quebrou a quietude.

Bárbara jogou as pernas para o lado da cama e fez menção para se levantar até que Karma a paralisou com uma pergunta.

— Como eram seus pais, Justice? Você se lembra, não é? — Sua voz era quase um sussurro abafado. Ela estava de cabeça baixa com o rosto ainda molhado.

Karma viveu no orfanato por grande parte da sua vida. Seus pais a abandonaram em alguma praça pública por aí e um agente de limpeza a resgatou, deixando-a no orfanato mais próximo. Ela era só uma criança de dois anos de idade, quando a mãe a deixou sentada num banco, prometendo que voltaria rapidinho. Karma não correu, não gritou, não chorou. Ficou apenas sentada até a mãe desaparecer. Ao menos essa era a história que ela tinha ouvido. Como seria possível se lembrar de qualquer coisa naquela idade?

— Eu gostaria de lembrar — ela continuou e sacudiu a cabeça, na tentativa de espantar novas lágrimas.

— Eu gostaria de *não* lembrar, Karma. É doloroso demais. Por isso que te digo que a vida dessa criança vai ser muito melhor sem ele. Eugostaria de nunca ter conhecido meu pai. Se ele não estivesse lá, minha mãe ainda estaria aqui. Ela era maravilhosa. Ela merecia estar aqui.

— Espero que Viviane seja boa como a sua mãe.

— Eu também.

As duas caíram num silêncio melancólico, ponderando as próprias palavras.

Karma, por incrível que pareça, soltou uma risada, que escapou junto com uma lágrima teimosa.

— O que foi? — Bárbara perguntou, surpresa com o riso.

Karma balançou a cabeça, limpando o rosto, e um sorriso gradualmente apareceu em seus lábios.

— Talvez você possa ajudar essa criança já que vai ser a *titia* dela quando estiver junto com Martin.

Bárbara riu e empurrou Karma, que começou a rir alto.

— Você é terrível, Karma!

Ao decorrer da noite, elas esperaram.

As irmãs ficaram na sala de estar, cuidando de seus afazeres e trocando olhares toda vez que Bernard Gastrell bocejava enquanto assistia televisão. Parecia proposital, uma pirraça. Elas foram para cama e ele ainda estava acordado lendo um livro, sentado na poltrona da sala com seus óculos quadrados.

Era uma ironia que fosse dormir tão tarde enquanto costumava utilizar a frase "um homem preparado, é um homem descansado" toda vez que insistia em despertar as filhas antes do sol.

— Mas nós não somos homens — rebateu Ira certa vez, rolando na cama e colocando o travesseiro no rosto.

— Então, precisam estar mais preparadas ainda — ele retrucou em seguida.

Bárbara estava acordada tentando não pensar em nada. Os olhos já haviam se acostumado com a escuridão e a sua mente ficou imaginando diferentes formas desenhadas no teto por sombras vindas da janela.

Era tarde quando a luz da sala se apagou, mergulhando sua visão numa nova camada de breu.

Demorou cerca de quinze minutos para ela sentir a mãozinha de Ira em seu ombro.

— Vamos.

Elas acordaram Karma — Bárbara não entendia como ela havia conseguido pegar no sono com tamanha curiosidade pairando sobre suas cabeças — e Ira as guiou.

O quartinho cheirava a poeira e mofo que fazia o nariz de Bárbara coçar. Ela conteve um espirro.

Utilizando-se da lanterna do celular, Ira abriu uma caixa de papelão e retirou uma fita, sim uma fita cassete, de dentro e entregou a Bárbara. Nela, havia uma tira branca colada na qual se lia: "*in case I get caught, make this viral*". Se eu for pego, faça isso se espalhar.

— O que é isso? — Bárbara perguntou, virando a fita nas mãos.

— É uma fita — Karma respondeu.

Bárbara revirou os olhos.

— Isso eu sei!

— Aqui — Ira pegou a fita das mãos de Bárbara, se adiantando para impedir uma possível discussão entre as irmãs.

Ela as conduziu para o canto do cômodo onde havia uma televisão antiga de tubo e um aparelho de vídeo cassete.

Ira ligou a TV num chiado cinzento e abaixou rapidamente o volume no botão da frente. Bárbara ficou ligeiramente impressionada por ver uma garota da idade dela lidando tão bem com um aparelho que não fazia parte da sua geração. Quantas vezes será que tinha assistido aquela fita?

Ira empurrou o retângulo no aparelho e apertou o *play* no controle remoto. A imagem de um Gastrell jovem surgiu. Ele tinha aquela mesma expressão ingênua contida na foto do jornal e, de certa forma, era também a mesma que sustentava até aquele momento da vida. No vídeo, seu cabelo não estava esticado para trás como na foto, mas sim despenteado, cobrindo parte do rosto.

Ele era bonito, parecia um daqueles garotos largados e rebeldes que tocavam guitarra, fumavam escondido e raramente lavavam os cabelos. Parecia um garoto de filme. Não um *serial killer*. Ele tinha cerca de trinta e poucos anos naquele vídeo, mas sua aparência era de um menino de dezessete.

Sua voz soava embolada, não embriagada por alguma substância, mas como se ele tivesse preguiça de falar. Seu sotaque parecia ainda mais acentuado.

— *If you're watching this it's because I'm in a cell. Or probably dead.* — Ele abriu um pequeno sorriso e ajeitou uma mecha de cabelo atrás da orelha. *Se você está assistindo isso é porque eu estou preso. Ou provavelmente morto.* — *But, you have to know that I don't regret it.* — *Mas vocês precisam saber que eu não me arrependo.* Seu sorriso desapareceu, dando lugar a uma expressão dura que envelheceu seu rosto quase que instantaneamente. E seguiu ainda em inglês: — *Cada pessoa que matei... elas mereceram. Eu deixei suas línguas e escrevi "justiça" nelas para que todos soubessem que foram mortos porque fizeram algo ruim. Pode pesquisar. Eles eram abusadores, estupradores, pedófilos, mataram inocentes. Eles eram uns merdas, racistas e homofóbicos. Eu matei pessoas culpadas. Não estou dizendo que sou um santo. Só estou dizendo que estou fazendo justiça com minhas próprias mãos. Eu sou O Justiceiro. Eu sou o castigo deles.*

A imagem foi cortada abruptamente, trazendo de volta o ruído cinzento.

Bárbara estava de dentes travados sem nem perceber. Ela aliviou a tensão no maxilar e finalmente desviou os olhos da televisão. Ira a desligou.

— *Like father, like daughter* — Karma falou como um fantasma. *Tal pai, tal filha.*

Bárbara tocou o seu braço. Elas trocaram um olhar.

— Com quem vocês acham que ele estava falando? — Ira perguntou, tirando a fita do aparelho e oferecendo a uma das duas.

— Sinceramente? — Bárbara perguntou, pegando a fita das mãos dela. — Eu acho que ele estava falando com a gente.

17

VISITAS INESPERADAS

— Mas a gente ainda nem tinha nascido — argumentou Ira.

— Mas ele sabia que a gente ia nascer, ele sabia que teria filhas. Ele já sabia. Desde esse momento — Bárbara justificou.

As meninas caíram em um silêncio contemplativo até Ira colocar a fita de volta na caixa empoeirada e elas retornarem para o quarto, para suas camas, sem falar mais nada.

Só quando estava de volta à escuridão e à quietude da madrugada, Bárbara percebeu que Ira a havia comparado com o pai por causa daquela fita, por causa daquelas palavras. Ela poderia até desconfiar que Ira sabia de algo sobre ela, mas duvidava.

Talvez fosse evidente. Talvez a culpa escorresse por seus poros todos os dias. Mas Gastrell não se sentia culpado, nunca se sentiu, e aquela fita era só uma evidência diante de muitas outras.

Bárbara precisava admitir para si mesma que, frequentemente, ela não sentia culpa, não pelo pai ou por Maurício. Mas ela queria sentir culpa e, às vezes, fingia. Tinha um sentimento esmagador no estômago que apelidava de remorso, mas não sabia se era de verdade. Contanto que acreditasse que sentia, poderia deitar a cabeça no travesseiro à noite.

O dia amanheceu e ela não tinha pregado o olho.

Assim que o sol nasceu, Gastrell despertou as filhas, exigindo que, *mais do que nunca* – foram as palavras que ele usou – elas voltassem a treinar com afinco.

A família Gastrell fez uma trilha conhecida. Caminharam pela mata completamente em silêncio, ouvindo apenas o farfalhar das folhas e os zumbidos dos mosquitos. Ocasionalmente, Bárbara analisava Gastrell, os traços da juventude que ele trazia consigo, as marcas do Justiceiro que pesavam em seu olhar e envelheciam seu semblante.

Tinha tantas coisas que gostaria de lhe perguntar, mas nunca perguntou e jamais perguntaria.

Depois do treino, seguiram normalmente com a rotina, pelo menos, o mais normal possível.

O dia de Bárbara foi cercado de sussurros, fofocas sobre Martin e ela, sobre a família dela e a festa no lago, o garoto desaparecido...

A pressão apertou a sua garganta quando encontrou uma visita inesperada do lado de fora da escola. Bárbara pensou em ignorar a jornalista parada de braços cruzados do outro lado da rua, e seguir para dentro do ônibus escolar.

— Bárbara! — ela a chamou pelo nome, acenando como se fossem velhas conhecidas.

— Quem é essa? — Karma quis saber, parando ao seu lado.

As crianças e jovens passavam por elas, reunidas em grupinhos, conversando alto e enchendo os bancos do veículo, depressa.

— Não sei bem — Bárbara respondeu.

Deixou a irmã para trás, caminhando de cenho franzido para perto da mulher que a esperava.

— Nós nos conhecemos? — Bárbara questionou em um tom inocente como se não fizesse ideia de quem aquela mulher poderia ser.

— Teresa Batista, redatora do Salvador Notícias. — Ela estendeu a mão.

— Bárbara Justice. — Ela cedeu ao aperto de mão. — Posso te ajudar em alguma coisa?

— Eu queria te fazer algumas perguntas. Podemos conversar?

— Uma conversa registrada? — Bárbara ergueu uma sobrancelha.

Teresa riu, apertando a jaqueta do terninho cinza que usava sobre o corpo. Como ela aguentava usar aquela roupa debaixo daquele sol era impressionante.

— Não, se não quiser.

— Não tenho muita coisa para dizer, moça. E, aliás, sou menor de idade. — Bárbara gesticulou para o uniforme como se fosse uma evidência incontestável. Tinha poucos meses para se aproveitar daquela desculpa.

— Eu não sou da polícia, Bárbara. Só queria conversar sobre a festa que você e suas irmãs organizaram recentemente.

— O que é que tem? — questionou soando como uma criança birrenta.

— Podemos ir para um lugar mais reservado? Eu te pago um café — ofereceu.

— Desculpa, não. — Bárbara virou as costas, mas a mulher deu uma corridinha para bloquear o seu caminho.

— Bárbara, essa é uma ótima chance para você contar a história pela sua visão, deixar evidente que você e suas irmãs não têm relação com o que está acontecendo — insistiu.

— Não preciso me explicar...

— Estou aqui há pouco tempo e sei que a cidade fala sobre vocês, sobre o seu pai. Acho estranho e ao mesmo tempo fascinante...

A mulher sustentava um sorriso inabalável no rosto. Bárbara franziu o cenho.

— Fascinante? É sério? — Bárbara desdenhou, sacudindo a cabeça incrédula. — Com licença, dona.

Ela fez menção para sair mais uma vez, mas a mulher estendeu as mãos, pedindo que esperasse.

— Bárbara, se você acha que não tem nada a dizer... não vou insistir. Aqui. — Ela estendeu um retângulo de papel. — Pegue o meu cartão. Caso se lembre de algo, ou complete dezoito anos nesse meio-tempo, e queira conversar — ironizou.

Bárbara pegou o cartão de má vontade e observou a mulher lhe dar as costas. O avermelhado do seu cabelo ficava mais evidente sob a luz do sol.

Uma dor de cabeça insistente a assolou no caminho de casa e, ao chegar, mergulhou na cama de bom grado.

Ela caiu em um sono profundo que não foi interrompido. Todos pareciam imersos nos próprios afazeres.

Ao abrir os olhos, ainda de uniforme e morrendo de fome, Bárbara se deu conta de que era noite e que provavelmente tinha estragado a sua rotina de sono pelos dias a seguir.

Levantou-se cambaleante até a cozinha, meio desnorteada com o horário. Gastrell e Ira estudavam inglês na mesa de madeira do cômodo. Ira estava apontando para uma imagem de uma linda praia de areia branca e águas cristalinas na tela do notebook.

— *We can do a lot of fun things at the beach...* — *Podemos fazer muitas coisas divertidas na praia.*

Bárbara se sentiu como um fantasma observando. Desejou poder ser um fantasma na escola. Se ninguém realmente ligasse para a sua vida talvez fosse mais fácil lidar com a situação. Ninguém falava *com* ela, mas todos falavam *sobre* ela e até a jornalista sabia disso.

Bárbara jantou, tomou banho e se enfiou em roupas confortáveis, o tempo todo pensando no que a mulher tinha dito. Seu corpo pesava de exaustão e, ao contrário do que pensou, conseguiu pegar no sono outra vez com facilidade até ser perturbada por uma batida de leve no vidro da janela acima da sua cama.

Tap, tap, tap.

Ela se sentou, atordoada e olhou ao redor, constatando que suas irmãs estavam dormindo. Arrastou-se para fora da cama e tomou um susto, dando um pulo para trás e esticando a barra da camisa para baixo sobre os shorts, quando se pôs na frente do vidro e se deparou com o rosto de Henrique do outro lado. Ele abriu um sorriso sem dentes, as sardas dançando no nariz largo, e esperou.

Com cautela, Bárbara deslizou a janela para o lado e arregalou os olhos para ele, exigindo silenciosamente que ele se explicasse.

— Encontraram o corpo de Ulisses, o outro menino — sussurrou Henrique. Sua voz parecia alta demais no meio do silêncio.

A notícia, entretanto, não a chocou tanto quanto ele esperava.

— Bárbara, ele...

— *Shhh*! Vá até a porta da frente, vou abrir para você.

Ele anuiu com a cabeça e sumiu das vistas dela em um piscar de olhos. Bárbara fechou a janela e foi até a sala de estar. Parte dela estava hesitante em abrir a porta para o garoto, mas ela ignorou a desconfiança de sua mente.

A porta rangeu, trazendo uma careta para o rosto dos dois. Bárbara esperou, mas ninguém apareceu para verificar a origem do som.

Seria difícil convencer as irmãs que não namorava com Henrique se elas a flagrassem tentando colocá-lo para dentro de casa no meio da madrugada.

Henrique acendeu a lanterna do celular e foi tateando pelo caminho.

— Não aponte para o corredor — instruiu Bárbara aos sussurros.

Ela deixou a porta aberta para evitar que rangesse mais uma vez. O vento frio o seguiu, causando arrepios em Bárbara.

Bárbara e Henrique se sentaram no sofá. Ele apagou a lanterna e os dois ficaram em silêncio por alguns instantes como se precisassem que os olhos se acostumassem com a escuridão para então falarem.

— O que tá fazendo aqui?

— Precisava te contar o que descobri. Encontraram Ulisses...

— E por que isso é da minha conta? Ou da sua? Já temos mortos o suficiente para nos preocuparmos.

— Véi, você não entende. Encontraram Ulisses no lago com um bilhete dentro da boca.

— Um bilhete?

— Estava escrito "justiça". E adivinha? Foram checar e o Thiago também tinha um.

Bárbara ficou parada, encarando apenas a sombra de Henrique e a parte branca de seus olhos. A respiração dele estava próxima e os sussurros refletiam na pele dela juntamente com o medo.

— Isso é surreal, mano. É coisa de *serial killer*. Tem um padrão... Você acha que podem culpá-lo por Maurício?

— *Serial killer*?

Ela começou a se sentir idiota ao repetir as palavras-chaves do que Henrique dizia.

— Sim. — Ele anuiu e depois respondeu em voz alta, pensando que ela não podia enxergar seus movimentos.

— Não. Maurício não vai aparecer com um bilhete na boca. Ele não vai aparecer nunca.

— Eu sei, mas... sei lá.

Eles ficaram em silêncio outra vez por um instante. Henrique puxou o ar pela boca antes de voltar a falar.

— Agora estão desconfiando da namorada do Thiago. Estão atrás dela — prosseguiu.

— Oxe, mas ela não está em outra cidade? — perguntou Bárbara.

— Quando se trata de vingança, todos os fantasmas do passado são suspeitos.

— E o que Ulisses teria a ver com tudo isso?

— No caso dele, estão desconfiando do cara que ele espancou.

— Que cara?

— Ulisses estava envolvido em um caso de homofobia que nunca foi resolvido. Ele quebrou a cara de um menino só porque ele era gay. Não deu em nada para ele.

— Até agora...

— É, até agora...

Mais silêncio.

Bárbara ainda não entendia por que Henrique tinha que contar aquilo para ela no meio da madrugada quando eles se veriam dentro de poucas horas, na escola. Ela expressou aquilo em voz alta.

— Só... estava sendo difícil dormir com toda essa informação na cabeça. Eu precisava de alguém para compartilhar — disse ele.

Então algo ocorreu a Bárbara: Henrique era como ela. Todo mundo notava e comentava como ela era introvertida e não tinha amigos, e parando para pensar, ela nunca tinha visto Henrique conversando com mais ninguém. Isso a consolava um pouco. Afinal, talvez ele não tenha começado a conversar com ela unicamente por causa de Karma. Henrique se refugiou na solidão de Bárbara.

Ela conteve o impulso de abraçá-lo.

— Ah — Bárbara respondeu por fim.

— Bárbara?

— Oi?

— Você tá saindo com o Martin, é? — perguntou hesitante, como se a pergunta estivesse há muito tempo em sua cabeça, mas precisasse de coragem para colocá-la para fora.

Bárbara suspirou irritada e agradeceu por não o ter abraçado, pois agora estava com vontade de estapeá-lo.

— Até você, Henrique? Mas que merda! Não, eu não tô saindo com ele. Que inferno!

— Desculpe, desculpe. É que tá todo mundo comentando.

— As pessoas comentam muito sobre muitas coisas e nem sempre são verdade — decretou depois de soltar um palavrão.

— Você acha que é verdade o que estão comentando sobre a mulher do Maurício, então?

— O quê? — O tom de voz dela abaixou ainda mais.

— Estão dizendo que ela tá grávida — ele respondeu, cautelosamente, presumindo que Bárbara não soubesse.

— É verdade. — Ela suspirou, desejando poder desmentir aquela fofoca.

— Como você sabe?

— Eu estava lá quando ela contou pra cidade toda.

— Talvez ela esteja querendo se inocentar — argumentou ele.

— Não acho que ela mentiria sobre isso. — Bárbara balançou a cabeça, resoluta.

— Merda...

— É, pois é.

— Como vocês estão depois dessa notícia? — Ele quis saber, apoiando o cotovelo no braço do sofá. Seus olhos vasculhavam o rosto de Bárbara, em busca de uma resposta genuína.

— Com vocês, você quer dizer Karma — retrucou com escárnio.

— Ela também.

— Você deveria chamá-la para sair, Henrique. Ela poderia usar um momento de distração.

— Ela não aceitaria. Você mesma disse que ela não sai com caras da minha idade.

— Eu disse que ela gostava de caras mais velhos, mas não exclusivamente.

Ele ficou em silêncio, ponderando as palavras.

— Ela é areia demais para o meu caminhãozinho.

— Ah, isso é, definitivamente.

Eles riram baixinho e seguiram conversando até o sol ameaçar se levantar. Ela expulsou Henrique às pressas ao ouvir ruídos vindos do quarto de Gastrell. Ele chegou até a sala de estar no exato momento em que ela fechou a porta, ecoando um novo rangido.

— Estava lá fora? — Gastrell perguntou, confuso. Coçava o cabelo branco e puxava a calça do pijama para cima. Naquele momento parecia mais jovem do que realmente era.

— É, fui ver o sol nascendo.

Gastrell se espreguiçou com um bocejo e se sentou em sua poltrona.

Bárbara não se lembrava de o ter visto cansado antes. Geralmente, quando ela acordava, ele estava de pé, sempre revigorado e empolgado com o início de um novo dia. Nunca lhe passou pela cabeça que primeiro ele acordava sonolento e preguiçoso.

Mais uma vez, ela se perguntou o quanto realmente conhecia Bernard. Depois daquela fita cassete era difícil não o enxergar de um jeito diferente.

— Por que acordou tão cedo, *Luv*? — ele perguntou com um novo bocejo.

— Dormi demais ontem de tarde.

— Bom, queria aproveitar pra te mostrar uma coisa. Pode faltar aula hoje? Tem *uma* lugar que quero te levar. — Gastrell sorriu. Aquele sorriso calmo e sereno de que tudo estava no seu devido lugar mesmo quando não estava.

Bárbara concordou, ansiosa para que fosse uma boa notícia. Ela precisava de uma boa notícia.

— Acorde as suas irmãs — ordenou, sustentando a expressão de leveza.

18

UMA BOLHA DE CALMARIA E LIVROS

Gastrell pegou o carro – algo que raramente fazia – e levou as três filhas até o centro. A cidade tinha uma ambiência diferente naquele horário. O ar frio, as árvores cercadas de passarinhos cantantes, as lojas ainda fechadas e as ruas imersas num silêncio tranquilo, sem nenhuma criança correndo, motos passando ou música alta tocando.

Ele parou perto da praça, diante de um espaço comercial com placa de "aluga-se" na porta de vidro, embaçada levemente pela névoa da manhã. Todos saíram do carro, encarando o sol que se fortalecia. Gastrell removeu a placa e abriu a porta com a chave.

— O que é isso? — Ira perguntou com um sorriso, olhando ao redor da grande sala praticamente vazia com piso de madeira e cheiro de poeira.

— Por enquanto nada, em breve, *um* livraria — contou Gastrell. Ele cruzou os braços e encostou na parede para se deleitar com a surpresa das filhas.

— *Nossa* livraria? — perguntou Bárbara também abrindo um sorriso. Ele fez que sim com a cabeça. — Papa!

— Refúgio dos Livros! — entoou com orgulho.

Ela não se conteve, correu e o abraçou forte, sentindo a maciez de suas roupas e o cheiro familiar da sua colônia refrescante.

Quanto tempo havia desejado que existisse uma livraria na cidade? Pedia seus livros pela internet e demoravam semanas, às vezes meses, para chegar. Apesar de ter uma estante cheia, sentia falta de entrar numa livraria e inspirar aquele cheirinho de livro novo junto com a sensação que só um lugar assim podia transmitir; a euforia de visitar lugares jamais explorados, conhecer personagens diferentes e ao mesmo tempo iguais a ela, poder mergulhar em um milhão de realidades diferentes da sua. Um dia, quem sabe, escrever a sua própria história.

Bárbara Justice não havia entrado em muitas livrarias, mas se lembrava de todas as vezes que havia visitado uma e jamais esqueceria a sensação.

— Obrigada, obrigada, obrigada — entoou, saltitante.

— Não me agradeça ainda. Vocês vão ter que ajudar. *A lot!* — E muito! —Terão turnos de atendimento depois da escola e ainda tem um monte de caixas para chegar.

— Caixas de livros! — exclamou Bárbara, maravilhada.

— Vamos ganhar salário? — perguntou Karma, levemente desinteressada, enquanto inspecionava uma parede forrada de prateleiras empoeiradas. Ela passou o dedo pela superfície e assoprou com uma careta.

— E desconto de funcionário!

Tudo entrou em movimento da noite para o dia, enquanto a cidade de Estrada dos Refúgios fervilhava com os rumores sobre um *serial killer*, a família Gastrell, aos poucos, montava a sua livraria. Era como se vivessem em uma bolha, mas que infelizmente não se estendia à suas mentes.

Frequentemente, Bárbara se pegava criando possibilidades para o que estava acontecendo. Era coincidência demais que a palavra escolhida para enfiar na boca das vítimas fosse logo "justiça", seu segundo nome e a autointitulação de Bernard?

Talvez Henrique estivesse certo sobre a vingança. A questão era que trouxeram a namorada de Thiago e o rapaz agredido por Ulisses e ambos foram inocentados rapidamente devido aos seus inegáveis álibis.

A bolha aparentemente era visível para Martin. Ele não deu as caras nem procurou por Bárbara depois das notícias de Viviane, que inclusive, foram parar na televisão junto com mais uma de suas súplicas por informações sobre Maurício.

Bárbara sentiu a falta de Martin, mas não no sentido de afeto, pelo menos era o que dizia para si mesma, mas o peso da ausência em si. Às vezes, parecia que ele tinha ido embora, voltado para Salvador e seguido com sua vida. Talvez ele tivesse feito justamente aquilo. Bárbara duvidava. Não com a existência da gravidez de Viviane.

A bolha se tornava mais fina toda vez que ligavam a TV e se deparavam com as notícias. O rosto de Thiago, Ulisses, Maurício em *looping* de diferentes canais.

A polícia não tinha ideia de quem era o culpado de nenhuma daquelas mortes, mas as investigações seguiam.

Na livraria, Bárbara instruía alguns entregadores a levarem as caixas de livros para dentro da loja, animada para esquadrinhar cada um daqueles títulos. Grande parte das estantes já estava abarrotada de obras literárias. Aquela era a última remessa.

Ela mal podia conter o sorriso enquanto os homens entravam, deixando as caixas no chão. A garota assistia a caminhonete ser descarregada, parada na calçada em frente ao estabelecimento, torrando debaixo do sol ardente.

— Quanto livro! Precisa de ajuda? — A voz de Henrique veio de trás dela, a fazendo girar nos saltos baixos das botas.

Henrique aparecia do nada com tanta frequência que perdeu o poder de assustá-la. Certa vez, chegou a apelidá-lo de Mestre dos Magos.

— Ira está lá dentro. Ela vai me ajudar.

— Um par extra de mãos com certeza vai agilizar o trabalho — disse, passando por ela e desviando de um dos homens barbudos que carregava uma caixa.

— Você só tá curioso pra ver como está ficando antes de todo mundo — acusou, seguindo-o com um sorriso.

Eles mergulharam no ar-condicionado. A pele suada de Bárbara se arrepiou com o choque térmico, porém estava mais do que grata por fugir do sol e do calor.

— E se for? Você me deve — brincou ele, mas isso desfez o sorriso de Bárbara. — Ah, pera aí, eu tô brincando.

— Eu sei. — Ela deu um sorriso sem graça. — Mas, de certa forma, é verdade.

— Deixa disso, criatura.

Ela se abaixou diante de uma das caixas e cortou a fita adesiva com um estilete.

— Cadê sua irmã? — perguntou Henrique.

— Na salinha dos fundos fazendo inventário.

— Esse lugar tá ficando incrível — ele continuou, enquanto observava o entorno.

Estava, de fato. As estantes e o chão de madeira escura, as luzes de lâmpadas amarelas penduradas no teto, os pôsteres de livros e as poltronas pretas e marrons. E, ah, os livros. A melhor parte eram os livros de todos os gêneros, tamanhos, capas coloridas e sombrias. Bárbara respirou fundo, admirada.

— Tá mesmo, né?

Henrique passou os dedos pelas estantes que estavam preenchidas, lendo a lombada dos livros.

— Vamos encher aquela ali — disse Bárbara, apontando para as prateleiras do canto ao mesmo tempo em que se levantava.

Henrique passou na sua frente e carregou a caixa para mais perto da estante que ela havia indicado. Dentro dela, havia vários livros iguais, um romance jovem adulto famoso. Bárbara já tinha lido e gostado, então começou a tagarelar sobre a história enquanto Henrique e ela preenchiam as lacunas.

Estava perto de contar o final quando Karma entrou e o sininho da porta soou.

— Oi — ela disse, entrando e colocando a bolsa preta de lado no balcão.

— Demorou, hein, minha filha? — Bárbara reclamou, percebendo que ela estava arrumada demais para trabalhar.

Karma se livrou da jaqueta e dos sapatos de salto e se juntou a Bárbara e Henrique perto das caixas.

— Antes tarde do que nunca, né? — respondeu simplesmente e passou a colocar os livros na estante. Bárbara estreitou os olhos.

Henrique estava parado com um livro na mão, observando Karma, maravilhado. Parecia um presidiário recém-liberto que não via o sol há anos.

— Karma, você conhece o Henrique, certo?

— Certo. — Ela sorriu para ele. Ele sorriu de volta, constrangido, e posicionou o livro que estava segurando junto ao que ela havia acabado de colocar.

— O que você acha de ir a um encontro com ele?

— Bárbara! — ele exclamou, surpreso.

— O quê? — Bárbara riu.

Ela deu a volta na caixa e segurou Henrique pelas bochechas.

— Fala sério, ele é legal, descolado, olha só esse sorrisinho.

— Eu não sei do que ela tá falando — ele disse com a voz abafada pelos dedos dela em seu rosto.

— Não se faça de tímido, Henrique.

— Mas vocês dois não estão... — Karma começou.

— Não! — os dois disseram ao mesmo tempo.

Karma riu.

— Tudo bem. Pode ser, então.

— Sério? — Henrique perguntou a ela com os olhos arregalados e as sobrancelhas erguidas de surpresa.

— Mas você vai ter que falar por si mesmo quando sairmos.

— Sim, senhora.

Karma sorriu de novo.

— De nada — Bárbara disse, voltando ao seu lugar e pegando um livro da caixa. — Agora, como eu ia dizendo, no final do livro...

— Espera, estão falando desse livro aqui? — Karma ergueu um exemplar.

— Sim.

— Mas eu ainda quero ler!

— Você nem gosta de ler, Karma.

— Agora eu trabalho em uma livraria, tenho certeza de que o hábito vai nascer sozinho. — Karma entoou como se aquilo fosse um fato científico e deu de ombros com simplicidade.

— Até parece, né? Tem um monte de livros meus lá em casa e você nunca pegou nenhum.

— Que você saiba — provocou, folheando o romance, interessada.

— Karma Gastrell, você anda mexendo nos meus livros?

A tarde seguiu entre conversas, histórias e discussões amigáveis. A bolha que separava os Gastrell do caos da cidade de Estrada dos Refúgios se fortaleceu um pouco mais. Bárbara sabia que ela estava prestes a estourar, mas decidiu aproveitar o máximo que podia enquanto existisse.

19

DÈS VU

Bárbara e Karma chegaram em casa inundando o ambiente de conversas e risos. As duas foram direto para a cozinha, movidas pelo cheiro de sopa.

Ira tinha ido embora mais cedo da livraria e deixou as duas para trás com Henrique, arrumando as estantes. A mais nova estava sentada à mesa com um prato fundo e vazio diante de si.

— Que milagre é esse? — Gastrell perguntou, colocando a panela escaldante em cima de um pano de prato. — Vocês duas em paz.

É a bolha, Bárbara queria responder, mas se manteve calada, guardando o conceito metafórico para si mesma.

Karma deu de ombros e elas se sentaram. Depois que todos serviram suas sopas e pegaram seus pães, Gastrell anunciou:

— Tenho *um* boa notícia.

— Outra? — Ira questionou.

Bárbara largou a colher e olhou para o pai em expectativa. Boas notícias em série a assustavam. Ela era do tipo que acreditava que para alguma coisa boa acontecer, uma ruim tinha que vir em seguida. Era o equilíbrio da vida.

Entretanto, talvez aquelas coisas boas estivessem vindo atrasadas depois de tanto caos.

— Antes que a Refúgio dos Livros abra, quero viajar com vocês. Vamos para Salvador no fim de semana — Gastrell comunicou.

Ira e Karma soltaram exclamações de empolgação.

— Vamos ficar *numa* hotel perto da praia e curtir o mar — ele disse, olhando para Bárbara na tentativa de tranquilizá-la.

Nada de andar pela cidade e lidar com a chance de obter memórias indesejadas ou ver conhecidos de uma outra vida. Não que ela achasse que poderia reconhecer alguém. Ninguém a reconheceria, certamente.

— Vou arrumar minhas coisas! — Karma exclamou, esquecendo-se por completo do jantar.

Bárbara, por sua vez, voltou a se concentrar na sopa enquanto tentava se convencer de que aquela viagem seria uma boa coisa para ela e para a família.

O dia seguinte passou como um borrão, repleto de conversas sobre a mesma coisa: Karma falando sobre a praia, bronzeado, biquínis e soteropolitanos.

Logo estavam dentro do carro de Gastrell, na estrada escurecida, iluminada apenas por pequenos pontos laranja na divisão entre as pistas que enfeitavam o asfalto da BR.

Tinha algo de mágico naquele percurso. Bárbara sempre gostou de viagens de carro. Estava ouvindo um *audiobook* nos fones de ouvido e, por ela, a viagem já tinha valido a pena só de sentir o vento no rosto e ver as luzes do caminho.

A magia se rompeu ao pararem no pedágio, mas foi momentâneo. Não demorou para que voltasse a se entreter com a paisagem urbana do centro comercial e das pracinhas das cidades no trajeto até Salvador.

Começou a reconhecer as ruas assim que entraram na capital, cinco horas depois de terem saído de Estrada dos Refúgios.

Bárbara fechou os olhos desejando adormecer, assim como tinha acontecido com Ira, e só acordar quando ouvisse o som das ondas quebrando nas pedras. Não dormiu, mas só abriu os olhos de novo quando Gastrell disse:

— Chegamos.

Karma sacudiu Ira para que acordasse e a família saiu do carro, cada um levando sua pequena bagagem consigo. O ar cheirava a salitre e Bárbara reconheceu uma faísca da antiga empolgação que costumava sentir ao sair para um passeio escolar.

O vento bagunçava os seus cabelos de um jeito alegre que quase não combinava com o horário.

Um jovem de cabelos compridos se aproximou, acompanhado de uma senhora, se oferecendo para carregar a bagagem, algo que só Karma permitiu por ter mais sacolas para levar.

— Bem-vindos à pousada Recanto das Flores. Meu nome é Rosa, podem me chamar para o que precisarem. Vocês são os Gastrell, correto? Os quartos de vocês são os números três e quatro. Por aqui, por favor. — Ela ofereceu um sorriso confortador que acentuava suas rugas ao redor dos olhos e boca.

A senhora de pele negra usava um vestido branco e tinha os cabelos cinzentos, presos em uma trança comprida.

De bom grado, a família a seguiu por uma escadinha de madeira que os direcionava a um corredor cheio de portas para os quartos.

Ela entregou a chave do quarto número três para Bárbara.

— Obrigada.

Bárbara abriu a porta e foi tomada por mais uma rajada de vento. A porta da varanda estava escancarada, sacudindo as cortinas brancas.

— Uau — disse Ira por atrás do ombro de Bárbara.

Elas duas e Karma entraram devagar no quarto, absorvendo o aroma de roupa lavada misturado ao cheiro do mar. Karma tratou de correr para uma das duas camas de casais e se jogou nela.

— Eu durmo sozinha. *Primeirinha* — proclamou.

— Primeirinha? Quantos anos você tem? Sete? — Ira retrucou.

Bárbara ignorou a discussão das irmãs, colocou sua mochila no chão e andou até a varanda.

Todo temor de Bárbara sumiu assim que ela pôs os olhos no mar escuro se mesclando com o céu num tom tão intenso de azul que era quase preto. As ondas quebravam pacificamente como se tudo no mundo estivesse bem. A bolha se fortaleceu.

— Vocês já ficaram tristes por ver algo tão bonito? — perguntou sem piscar os olhos.

— Já. Tem uns vestidos de marca que a Kylie Jenner usa tão lindos que me deixam triste porque sei que nunca vou usar — Karma suspirou.

Bárbara olhou para ela, flagrando a irmã com um travesseiro no colo e um olhar sonhador.

Bárbara e Ira riram.

— Acho que ela quis dizer algo mais profundo — Ira disse, se juntando a Bárbara na varanda. — É muito lindo mesmo.

Karma chegou por trás delas e observou a praia também.

Bárbara lamentava que jamais poderia ser tão pura quanto aquela paisagem que se erguia firme e bela, apesar das tentativas incessantes da humanidade em destruí-la. Bárbara queria ser como o mar, forte e harmonioso, como a areia firme, mas maleável, queria ser como a lua e seu reflexo brilhante para alguns, soturna para outros. Queria ser um conjunto de tudo aquilo que não sentia.

Aquela paisagem era de paz.

Bárbara era violência.

Na manhã seguinte, o vento se tornou ainda mais revigorante. As meninas acordaram cedo e chegaram na praia antes de Gastrell, que conseguiu encontrar uma cadeira similar à que se sentava no píer perto de casa.

Mexendo no celular com seus fones no ouvido, Karma se deitou de bunda para cima numa canga colorida estendida na areia enquanto Bárbara e Ira brincavam na água, mergulhando nas ondas.

— Somos sereias? — Ira perguntou.

— Claro que sim.

E, de fato, seus cabelos ficavam meio místicos ondulando na água salgada.

— Mas somos sereias guerreiras e temos que encontrar o rei que foi sequestrado por tritões do mal — completou, entrando na brincadeira.

Ira riu e mergulhou na onda seguinte com as mãos na frente do corpo, na tentativa bem-sucedida de se parecer mesmo com a criatura fantástica.

Bárbara mergulhou atrás dela, recebendo de bom grado a força das águas. Era revigorante estar no mar, fortalecia a paz que sentiu na noite anterior. Queria que aquilo durasse em seu coração, mas sabia que não duraria.

Ao emergir, viu de longe na areia a cadeira de Gastrell vazia e Karma conversando com um rapaz bronzeado e desconhecido. Ele se sentou ao lado dela, apoiando os braços nos joelhos, e ela se ergueu para conversar com ele.

Ela tinha o seu sorriso de flerte no rosto.

Não demorou para que os dois se levantassem de mãos dadas e sumissem de vista.

Quando Karma voltou, desacompanhada, Bárbara, Ira e Gastrell estavam se deliciando com mini acarajés e abarás que vinham num pratinho de isopor. A areia grudava nos pés enrugados de Bárbara e a água salgada ainda escorria por seus poros.

Karma estava molhada, com uma mancha escura no short jeans e o cabelo puxado para trás, os cachos voltando a enrolar, lutando contra o peso da água.

— Onde você estava? — Bárbara perguntou antes de Gastrell.

— Numa festa na piscina no condomínio aqui atrás. — Ela apontou para os prédios na beira da praia.

Gastrell levantou a mão para Bárbara pedindo que ela lhe deixasse falar. Ele ainda estava mastigando, com os lábios sujos de azeite de dendê.

— Karma, você precisa ter cuidado com quem sai. Você *non* sabe da intenção de desconhecidos — alertou, limpando os dedos na camisa de proteção solar que se estendia sobre a barriga protuberante.

Ela fez uma careta e sentou-se na canga, de braços cruzados como se fosse uma menina mimada. Ela era uma menina mimada.

— Estava aqui pertinho. Não sou tão ingênua.

— Não parece — Bárbara murmurou.

— Pelo menos eu me divirto — alfinetou.

— Ah, filha, estou me divertindo muito, não preciso de nenhum *macho* para isso. — Ela revirou os olhos, esticando a mão para pegar mais um acarajé no pratinho. O cheiro da comida inundava o espaço ao redor da família.

Karma abriu a boca, indignada.

— Escuta aqui...

— *Enough*! Se começarem a brigar vou ter que dar *um* de "pai" e mandar vocês para quarto — Gastrell impostou a voz, incomodado.

Bárbara e Karma se calaram. A primeira pescou por mais um acarajé.

— Você não ia sair com o Henrique, Karma? — questionou Bárbara depois de um tempo.

— Eu vou. O que isso tem a ver? Somos noivos prometidos só por que eu concordei em sair com ele?

— Henrique? — Gastrell franziu o cenho. — Esse garoto não era o seu *boyfriend*, Luv?

— Papa! Até você?

Ira segurou uma risadinha, engasgando-se com o abará.

Bárbara revirou os olhos enquanto Ira tossia.

— Henrique gosta de Karmaaaa — falou, irritada.

— Que confuso — Gastrell comentou, por fim.

Algumas horas depois, o sol se pôs como uma pintura laranja no horizonte, iluminando o céu. Aquela imagem beirava a magia, e Bárbara teve um *dès vu*: a sensação de que aquele instante ficaria gravado eternamente em sua memória. Um momento bom para variar.

A noite chegou outra vez, acompanhada da impressão de que aquela pequena viagem tinha durado vários dias. Os músculos dos braços e das pernas de Bárbara doíam e o pescoço estava duro e tenso. Nadar no lago calmo não era nada comparado a nadar contra a maré forte. Até Ira havia reconhecido isso quando estavam à mesa jantando moqueca de camarão.

Ah, a moqueca. A comida a deixou maravilhada, junto com todas as coisas que tinha consumido durante o dia, deleitando-se no tempero apimentado e no azeite de dendê.

Os gostos e os cheiros a deixavam nostálgica, lembrando de uma época da infância em que ainda pensava bem de seu pai biológico e admirava a sua família, enxergando-a como um vínculo feliz.

Olhando agora para a sua família ao redor da mesa comprida, sentia a mesma admiração e torcia com todas as forças de seu pensamento para que dessa vez isso durasse para sempre. Apesar de tanto querer, Bárbara não conseguia afastar o mau pressentimento de que uma lástima aconteceria com eles. A sensação sempre estivera com ela, mas agora parecia se aproximar sorrateiramente com a promessa de transformar aqueles bons momentos em lembranças dolorosas do mesmo jeito que as lembranças de sua antiga família.

Bárbara sentia-se mais próxima da beleza da noite, a cor negra da pele havia se intensificado devido ao sol forte e o uso inadequado de protetor solar. Depois do jantar, se retirou para o quarto em busca de um hidratante para aliviar o ardor da pele enquanto o resto da família se entretinha com sinuca e pingue-pongue no pequeno salão de jogos da pousada.

Ela abriu a gaveta designada para Karma e de lá pescou um creme. Sua pele se refrescou com a sensação e ela se deitou na cama aproveitando também o cheio de jasmim e o vento vindo da varanda.

Sentiu o colchão vibrar e esticou os lençóis em busca do celular. O nome de Henrique apareceu na tela.

— Henrique! Meu Deus, você ia amar tudo isso. A praia é tão relaxante. Até o vento parece diferente, você precisa ver, eu...

— Bárbara. — A voz dele estava contida, sombria, cansada.

Ela se calou. Seu estômago gelou.

Ela deveria saber. A bolha estava prestes a estourar.

Bárbara hesitou, querendo aproveitar os últimos segundos de escapismo.

— Você está criando o péssimo hábito de me dar más notícias — adivinhou. — O que é dessa vez?

— Encontraram mais um corpo no lago — informou Henrique.

— O quê?

— Um homem de meia-idade. Histórico de estupro não resolvido. O mesmo bilhete na boca.

— Quando?

— Ele sumiu na sexta. O corpo foi encontrado hoje.

— Algum suspeito?

— Até agora não.

— Eu te ligo depois.

Ela largou o celular em cima da cama e voltou para o salão de jogos.

— Papa, posso falar com você um segundo? — pediu baixinho, tentando disfarçar a urgência em sua voz.

— *In a minute, pumpkin.* — Ele fez um sinal com o dedo para ela, pedindo um minuto, e se posicionou com o taco de sinuca. Acertou a bolinha branca que bateu na vermelha e a fez entrar na caçapa.

Bárbara suspirou, impaciente.

Ira exclamou algo inteligível em frustração. Ela estava bronzeada num tom avermelhado, assim como Gastrell, enquanto Karma, encostada na beirada da mesa com um taco em uma mão e o celular no outra, tinha acentuado o seu tom de pele marrom e quase brilhava contra a luz da lâmpada amarelada.

Gastrell sorriu e deixou o seu taco em cima da mesa. Esperou que Bárbara o guiasse e a seguiu.

Ela se dirigiu para o quarto dele, exigindo que abrisse a porta em silêncio. Ele ergueu as sobrancelhas, mas não contestou.

A garota entrou logo atrás dele e cruzou os braços como se esperasse uma confissão.

— O que foi? — Ele se encostou na parede com os braços cruzados nas costas. Seu tom não era rude, mas um pouco incomodado por ter sido arrancado do jogo.

— Você tá agindo outra vez? — interpelou.

— Como assim?

— O Justiceiro está agindo outra vez?

— O quê? Por que isso? — Ele passou por ela calmamente e se sentou na cama de casal. Gastrell imitou o gesto da filha, cruzando também os braços.

— Apareceu hoje o terceiro corpo no lago com um bilhete escrito "justiça".

— E o que tenho a ver com isso, Bárbara? Eu não deixava corpos para trás, *non* é? Nunca guardei "lembrancinhas" comigo.

— Lembrancinhas? — ecoou ela, confusa.

— Sabe como a maioria dos assassinos em série leva algo *do* vítima e monta uma coleção? Eu nunca fiz isso. É burrice guardar evidências dentro de casa.

— Não guardava lembrancinhas, mas deixava suas línguas com a mesma palavra, não era?

Bárbara pensou ter visto um pequeno sorriso em seus lábios que sumiu na mesma rapidez com que surgiu.

— Eu nunca *te contar* isso e a polícia nunca *divulgar* esses fatos... acho que *non* queriam deixar a população em pânico. *Enton...* Como você sabe?

Ela hesitou, soltando os braços ao lado do corpo.

Gastrell leu a expressão dela e o sorriso voltou. Não era um sorriso de contentamento, mas apenas uma reação cínica automática de seu corpo. Bárbara acreditava que ele a usava como mecanismo de defesa, para parecer inabalado diante das coisas.

— Você assistiu a fita — concluiu.

Bárbara se limitou a anuir.

— Eu que deveria te perguntar se o Justiceiro está agindo de novo, nesse caso, a Justiceira. O português e seus artigos...

— O quê? — Ela sacudiu a cabeça, incrédula e indignada.

— Não sei se você está tentando me manipular ou se realmente desconfia de mim. Mas não sou eu que estou mentindo aqui.

Bárbara soltou uma risada sem humor.

— Eu sabia que tinha mais um desaparecido — informou Gastrell, erguendo uma sobrancelha para ela.

— Como? — A filha se encaminhou para a poltrona ao lado da televisão e afundou no falso couro preto, sua pele ardida se grudando ao estofado.

— Você tem suas fontes, eu tenho as minhas... — Ele não desgrudou o olhar dela. Gastrell estava desafiando Bárbara a contar o que ele achava ser verdade ou a contar uma mentira que o convencesse.

Ou talvez aquilo tudo fosse um jogo para despistá-la.

Bárbara nunca pensou que deixaria de confiar nele, mas a desconfiança de sua mente se alastrava para todos que conhecia a ponto de imaginar se a fonte dele não seria o próprio Henrique. Talvez fosse.

— Foi por isso que nos trouxe aqui? Por que já sabia de tudo? — questionou ela.

— Eu te dei um álibi.

— Não preciso de um — Bárbara rebateu.

— Às vezes precisamos e *non* sabemos.

— O que está dizendo, Papa?

Ele ficou calado e deu de ombros, habilidosamente dobrando as pernas em cima da cama.

— *Non* dei o seu nome à toa, *Justice* — disse finalmente, se demorando na pronúncia.

— Eu não tô fazendo isso — decretou Bárbara, se esforçando para analisar as linhas de expressões do rosto dele.

Gastrell se manteve impassível. Ele era bom demais em esconder suas reações.

— Se *non* é você e *non* sou eu, quem é?

— Alguém que admira o seu trabalho — deduziu.

— E que é esperto o suficiente para nos fazer duvidar uns dos outros — complementou ele.

— Alguém que sabe que você é o Justiceiro — completou Bárbara.

20

FANTASMAS

A última frase o pegou de surpresa, apesar de ser óbvia. Seu rosto o traiu com uma expressão: a boca entreaberta e as sobrancelhas erguidas. Alguém o tinha vencido em seu próprio jogo de esconde-esconde.

Gastrell fechou a boca e encarou Bárbara.

Ainda não estava cem por cento convencido de que não era ela a nova Justiceira. Ela não perderia mais tempo desmentindo.

— Chame suas irmãs para dormir. O dia foi longo e viajamos amanhã de manhã — anunciou, se levantando da cama e puxando as cobertas.

— Não íamos embora à noite?

— Vamos voltar mais cedo.

— Por que não voltamos nunca mais? — sugeriu Bárbara.

Gastrell balançou a cabeça com um sorriso amargo.

— Porque *non* vamos fugir. — Seguiu puxando os lençóis, sem olhar para ela.

— Você fugiu uma vez.

Ele soltou a colcha bordada da cama com impaciência.

— E você também! *Non* vamos fazer isso outra vez.

Bárbara engoliu em seco e saiu do quarto. Ela sabia o que ele estava dizendo nas entrelinhas. Bernard, ou melhor, Hayhurd estava lisonjeado com seu admirador. Ele queria desmascará-lo por orgulho e por vergonha de ter sido descoberto.

Ela desceu e chamou as irmãs que protestaram até o momento em que se deitaram.

— O que você disse a ele? — Karma pressionou, indignada com a notícia de que a viagem acabaria mais cedo.

Porém, Bárbara a ignorou, virando-se para o lado e fechando os olhos. Ouviu as ondas pelo que pareceram horas e, assim, o sono veio.

Uma nova mensagem no celular a acordou antes do nascer do sol. Ainda grogue de sono, Bárbara hesitou, temendo que fosse Henrique com mais notícias terríveis e por pouco não adormeceu outra vez. Por fim, a curiosidade venceu e quando pegou o aparelho, se surpreendeu ao ver uma mensagem de Gastrell:

Troque de roupa e venha comigo. Não acorde as outras.

Tomando cuidado para manter o silêncio, Bárbara tirou a camisa larga, colocou um vestido azul por cima dos shorts de pijamas e saiu do quarto, deixando até mesmo o celular para trás.

Gastrell estava parado no corredor e se virou para ela, oferecendo-lhe um de seus casacos jeans, havia antecipado que ela esqueceria de pegar o próprio agasalho.

— O que está acontecendo? — a menina perguntou, aceitando a peça. O casaco a engolia. Era quase do mesmo tamanho que o vestido.

— Antes de irmos para casa, quero que venha comigo num lugar.

Suas vozes baixas pareciam altas demais no silêncio frio do que ainda era a madrugada. Dava para ouvir as ondas ao longe, mas nada além disso. Ele a conduziu até a garagem da pousada e entraram no carro. A atmosfera estava morna lá dentro em contraste com o vento gelado que açoitava o rosto de Bárbara com seus próprios fios de cabelo.

A ansiedade corroeu o estômago da garota enquanto Gastrell dirigia, cada vez mais perto do núcleo de Salvador. Lugares familiares, porém, há muito desconhecidos, enchiam a sua visão.

Toda a experiência parecia um sonho de tão singular e, por um instante, ela se perguntou se ainda não estava no quarto mergulhada na inconsciência. Percebeu que era real quando pararam no cemitério.

Ela seguiu Gastrell em silêncio pelo vasto terreno verde e cinza. A grama estava úmida de orvalho e a quietude era ainda maior que na pousada.

— Aqui — ele disse, parando de súbito em frente a uma lápide indistinta.

Bárbara hesitou e seus olhos encheram de lágrimas antes mesmo de ler o nome escrito na pedra de mármore.

"Paola Silveira – filha e mãe amada"

O choro irrompeu por sua garganta como se estivesse esperando há anos para sair e ela cobriu a boca com a mão. Ajoelhou-se, arranhando os joelhos, e tocou na pedra fria.

— Por que me trouxe aqui? — perguntou a Gastrell assim que conteve os soluços.

Ela nunca tinha visto o túmulo da mãe antes. Nunca havia chorado a sua morte além do dia do ocorrido. Tentava ignorar que aquele fato era real, mas era. Estava diante dela.

Gastrell se abaixou ao seu lado e a abraçou por alguns instantes, então se afastou, segurando-a pelos ombros e disse:

— Queria que se lembrasse porque chegou até aqui. Porque você é quem é. Nunca se esqueça: *you're justice*. — Você é a justiça.

Ela balançou a cabeça, negando as suas palavras. Encarou a lápide e o nome da mãe. Seu coração estava tão pesado quanto aquela pedra era.

Deixou-se ser acalentada por Gastrell por algum tempo, colocando para fora toda angústia e saudade em seu peito.

Quando voltaram para a pousada, Gastrell bateu na porta do quarto delas. Bárbara entrou antes de ouvir uma resposta. Podia sentir as lágrimas secas endurecendo o seu rosto.

Ela enfiou o resto das coisas na mochila enquanto seu pai sacudia a filha mais nova gentilmente, pedindo que acordasse.

Ira se levantou, sonolenta. Ele lhe ofereceu um sorriso.

— Está na hora de voltar para casa, *pumpkin.*

Bárbara se sentou na cama e pensou mais uma vez em sugerir a fuga, mas àquela altura a ideia parecia absurda até mesmo para ela. Se fugissem se declarariam mais culpados do que de fato eram.

Ao chegar a essa conclusão, se levantou, decidida a seguir em frente. Precisava parar de fugir e encarar a vida.

Era hora de voltar para casa.

A viagem de volta foi um grande contraste com a de ida. Todos estavam em silêncio, a paisagem e o *audiobook* não foram capazes de transportar Bárbara para longe da realidade. A bolha tinha estourado, afinal de contas. A paz anterior tinha sido deixada na costa marítima de Salvador, Bahia.

Ao chegarem em Estrada dos Refúgios era noite outra vez e a polícia cercava o lago juntamente com alguns homens de terno e gravata que faziam anotações.

Gastrell abaixou o vidro do motorista e cumprimentou o grupo com uma continência breve. Nenhum deles respondeu.

Para Bárbara, a sensação de entrar em casa outra vez parecia alienígena. Era como se não se deitasse na própria cama há anos, mas só havia se passado dois dias.

Por trás dos olhos, vieram lembranças do sangue de Maurício empoçado na mesa da cozinha. Como uma lembrança dessa poderia fazer parte do lugar que ela chamava de lar?

A família permaneceu em silêncio até a hora de dormir. De repente, todos eram fantasmas assombrando a moradia.

No dia seguinte, na escola, os cochichos eram violentos e atingiram até mesmo Karma que recebeu uma série de questionamentos e foi afastada pelas próprias amigas. Bárbara não tinha avisado a ela que não podia confiar nelas?

Por causa disso, ela foi se sentar com Bárbara e Henrique no pátio na hora do intervalo.

Os dois olharam para ela, pasmos, quando a garota se sentou no banco de cimento ao lado de Henrique. Ele tinha chegado em silêncio – para variar – e ficou ao lado de Bárbara, sem nenhuma notícia para compartilhar dessa vez. Apenas comia seu salgadinho enquanto ela lia. Foi então que Karma chegou.

— O que vocês fazem no intervalo?

— Leio.

— Como.

Eles responderam ao mesmo tempo e ela balançou a cabeça, observando ao redor. Seus supostos amigos estavam sentados numa mesa não muito longe dali. Alguns comiam, outros tiravam fotos e discutiam coisas que não conseguiam entender.

— Hum, que tal sairmos hoje à noite? — Henrique perguntou do nada, trazendo a atenção das duas meninas.

— Hoje é inauguração da livraria — disse Bárbara antes que Karma pudesse.

— Podemos ir amanhã — sugeriu ele.

Karma abriu um sorriso que parecia amável à primeira vista, mas Bárbara sabia que tinha uma camada de presunção por trás. O interesse de Henrique amaciava seu ego.

— Podemos sim — confirmou com uma voz doce e olhou para baixo por um segundo e depois de volta para Henrique. Só faltava mesmo bater os longos cílios para completar a expressão de desenho animado.

Henrique ofereceu seus salgadinhos a Karma com um sorriso bobo e os dois engataram em uma conversa que Bárbara se esforçou para não prestar atenção.

Ela havia começado a ler um livro novo, recém-adquirido – não-oficialmente – na Refúgio dos Livros, e estava começando a se entrosar completamente em um novo mundo quando o sinal tocou, a puxando de volta para a realidade.

Percebeu, enquanto andava até a sala de aula, o quanto estava ansiosa para terminar a escola, mesmo sem muita certeza do que faria a seguir. Pelo menos poderia ler sem ser interrompida pelo sinal. Ou pela irmã.

Bárbara passou pelo professor Robson já preparada para ouvir as ladainhas sobre a faculdade.

Não demorou muito para a classe se tornar uma bagunça e era sempre essa a desculpa/tortura psicológica que ele usava para deixar os alunos em silêncio.

— É assim que vocês estão pensando em entrar na faculdade? Lá não é assim que funciona, não, meus queridos. Vocês não estão mais no Ensino Fundamental, se não levarem isso aqui a sério, não vão passar em nenhum vestibular, nenhuma faculdade vai querer vocês — cuspiu o monólogo inteiro quase sem respirar.

Atrás de Bárbara, uma voz murmurou palavras ininteligíveis.

— O que você disse aí, Henrique? Pode compartilhar com a sala toda, não seja tímido — o professor encorajou, sarcástico.

Henrique suspirou.

— Eu disse: e se a gente não quiser nenhuma faculdade?

Quase deu para ouvir o assombro coletivo da turma.

Robson se aproximou com um sorriso impaciente.

— Isso aí é entre você e os seus pais, mas essa escola é a melhor do estado, se não pretende ir para a faculdade deveria dar a sua bolsa para quem realmente se importa.

Bárbara se virou para olhar para a cara do professor, o rosto esquentando de raiva. Odiava quando usavam a bolsa de estudos como argumento em qualquer discussão.

— Algum problema, Bárbara? Quer defender o seu amigo?

Ela engoliu em seco, se encolhendo por cada olhar que se virou para ela.

Bárbara ajeitou o corpo para frente e se forçou a empinar o queixo, mas se manteve sem responder.

— Foi o que pensei. Mas, voltando à aula, que realmente é o que vocês vieram assistir, espero eu... — Robson voltou para a frente da turma e começou a escrever no quadro, mas a atenção de Bárbara tinha se dispersado completamente. As mãos suavam na caneta e a garota passou todo o período achando que os colegas estavam olhando para ela, cochichando sobre ela.

Além disso, começou a pensar nas palavras de Henrique. Ele parecia se esforçar demais nos estudos para alguém que não tinha aspirações para além daquele lugar. A pergunta tinha que ter um motivo.

Escola Santa Sofia... afinal, de quem tinha sido a ideia de colocar a melhor escola do estado numa cidade onde não havia universidades?

Quando a aula acabou e o sinal tocou, Bárbara ouviu comentários no corredor sobre como os bolsistas, Henrique e ela, poderiam ficar juntos em Estrada dos Refúgios criando galinhas. Bárbara revirou os olhos e passou, andando rápido na esperança de não ser notada.

Encontrou Henrique na biblioteca e foi sua vez de interrompê-lo lendo um livro.

— O que foi aquilo? — perguntou Bárbara, sentando-se à sua frente.

— O quê?

— Na aula... você não quer ir para a faculdade?

— Não iria nem se quisesse. — Ele riu sem humor e se ajeitou na cadeira, sem tirar os olhos do livro. Bárbara não reconheceu o título.

— Por que não, Henrique? Você estuda tanto, aposto que...

— Você não sabe nada da minha vida, Bárbara. Pode não parecer, mas meu único sonho não é ajudar você e sua família a esconder crimes — ele sussurrou irritado.

O estômago de Bárbara congelou. Era a primeira vez que via Henrique tão sério. Nem nos seus piores surtos sobre o ocorrido falava com tanta frieza na voz.

Ela ficou quieta, piscando devagar. Parecia ter levado um tapa.

A mandíbula de Henrique tensionou visivelmente e ele suspirou, fechando o livro.

— Desculpe. Eu não quis...

— Não, não. Eu que tenho que me desculpar. — Bárbara se levantou, pronta para sair. A decepção amargando a boca.

— Pera aí, Bárbara. Foi mal, desculpe, só estou descontando minha frustração em você. Não vai.

Ela voltou a se sentar e esperou.

Queria aceitar as desculpas dele, mas seu corpo, mais especificamente seu estômago, se recusava a relaxar depois daquele pequeno ataque verbal.

— Meu pai me falou que preciso ficar aqui e trabalhar para que minha família possa manter a casa da roça. Foi assim com meu irmão, vai ser assim comigo. Nada de faculdade, nada de sair da cidade, nem um tostão para me mudar, mesmo se eu passar numa universidade federal, o que, particularmente, acho difícil.

Bárbara se lembrou da figura do pai de Henrique com a lata de cerveja na mão e um sorriso de escárnio. Ele era um homem que vivia para humilhar o filho, fazer chacota dos seus estudos, exigindo coisas que nem ele conseguia prover para sua família. Um hipócrita.

— E se você conseguir o dinheiro? — sugeriu ela, suavizando a expressão.

— Como? Dos bicos que faço, a maior parte vai para ajudar nas contas. Às vezes tenho que mentir para poder ficar com um pouquinho da grana, porque meu pai não me dá nada.

Bárbara mexeu as mãos, inquieta.

— Se você quer estudar, temos que dar um jeito para que consiga, mas você tem que admitir que é o que você quer.

— *Temos*?

— Eu sei de um lugar que está contratando... se tiver interesse.

— É sério?

— Henrique, o seu sonho pode não ter sido realizado ao ajudar minha família — Bárbara provocou e ele riu. — Mas você ajudou e todos nós somos gratos. Acredito que gratidão é uma parada que precisa ser demonstrada. Se você precisa de um emprego...

— Vocês me arranjam um?

Bárbara deu de ombros.

— Você me arranja empregos, encontros... O que eu faria sem você, hein?

Bárbara sorriu e deu de ombros mais uma vez.

— Estaria completamente perdido, eu acho.

Henrique gargalhou, recebendo um olhar feio da bibliotecária.

À tarde, Bárbara, Gastrell e as irmãs se dedicaram aos últimos retoques na livraria e nas coisas relacionadas à inauguração. Haveria *drinks* e comidinhas especiais que não envolvessem dedos gordurosos em capas de livros.

Ao cair da noite, Bárbara fez um esforço para se arrumar um pouco mais, escolhendo um vestido preto para usar. Entretanto, manteve as botas, elas eram como um escudo de proteção.

A família Gastrell se reuniu na porta e Papa cortou uma fita vermelha cerimonial, recebendo aplausos de uma pequena plateia que se formou na frente do estabelecimento. Bárbara não sabia que os moradores se importavam com a inauguração de uma livraria.

O jornal local estava presente para cobrir o evento. Dois jovens, um homem e uma mulher, com aparência descolada apareceram pedindo fotos e depoimentos. Porém, não foram os únicos. Teresa, a jornalista de cabelos avermelhados, rondava a livraria, escrevendo no bloquinho, olhando os títulos nas prateleiras e até chamou Gastrell para uma entrevista. Bárbara se esforçou ao máximo para ignorá-la.

— O que você tem a dizer ao público de Estrada dos Refúgios que não tem o costume de ler? — Bárbara a ouviu perguntar a ele antes de dar as costas. O tom de voz da mulher era gentil, porém cheio de malícia por trás.

Assim que Bárbara entrou no estabelecimento e se postou atrás da caixa registradora, Martin surgiu.

Ela fingiu não o ter visto.

Ele passou algum tempo analisando as prateleiras, virando a cabeça de lado para ler as lombadas dos livros. Ele usava uma calça preta e camisa branca de mangas compridas que parecia quente demais para o clima. Seus cabelos castanho-claros estavam molhados como se ele tivesse acabado de sair do banho. A barba por fazer o deixava com um aspecto de mais velho e cansado.

Uma mulher de trinta e poucos anos se dirigiu até o caixa e comprou um livro, distraindo Bárbara da tarefa de observar Martin. Ela deu um pequeno pulo quando sua figura surgiu de trás da mulher, assim que ela saiu de perto do balcão e sumiu pelas portas de vidro.

Martin depositou o livro de suspense com uma nota de cinquenta reais em cima da superfície e lhe ofereceu um sorriso fraco de sobrancelhas tortas.

— Boa noite — Bárbara disse, pegando o livro para passar o leitor de código de barras.

— Desculpe por ter sumido — ele começou dizendo. Bárbara deu de ombros como se não fosse grande coisa. — Tive que resolver algumas coisas.

— Tá tudo bem? — perguntou, indiferente, colocando o livro na sacola personalizada da livraria. O nome "Refúgio dos Livros" fazia um meio arco acima do desenho de um livro aberto.

— Tá sim. Só... essa coisa com a Viviane... loucura total.

Bárbara concordou, apenas movendo a cabeça.

— Ela não pode ficar sozinha, sabe? E os pais dela não são daqui.

— Nem você — lembrou ela.

— Mas talvez eu fique um pouco. Tenho motivos para ficar.

Ela olhou em seus olhos, buscando interpretar suas palavras. Claro que ele falava de Maurício e Viviane, mas ainda assim seu estômago se embrulhou.

Bárbara entregou a sacola a ele, junto com o troco.

— Espero que goste da leitura.

Ele pegou a sacola das mãos dela, se demorando um pouco. Suas peles se tocaram e seus olhares também.

— Te vejo por aí? — ele perguntou.

— Provavelmente — ela respondeu e voltou a mexer no caixa. Quando ergueu os olhos, ele não estava mais lá.

Ela soltou o ar, sentindo um peso se instalar em sua garganta.

Quando estava com Martin mal conseguia distinguir suas emoções. Elas pareciam boas e ruins ao mesmo tempo. Seu nervosismo provinha de fontes diferentes que não sabia como interpretar.

Sentiu um olhar julgador em seu perfil e se virou para ver Gastrell observando-a. Conversava com uma mulher e tinha um livro na mão. Na verdade, era a mulher quem falava. Ele não parecia prestar atenção.

Ela sorriu, um sorriso sem dentes que dizia que tudo estava em seu devido lugar. Mas será que estava?

21

ENCONTROS E PARTIDAS

Bárbara ficou no atendimento do caixa por algumas horas. A livraria estava vazia naquele momento, o alvoroço da inauguração tinha passado. Só se ouvia o zumbido do ar-condicionado, o virar de páginas do livro que Bárbara estava lendo, o cochichar de Ira e Gastrell conversando e ocasionais risadinhas de Karma que mexia no celular. O som de carros e motos passando e de conversas na rua eram abafados pelo vidro.

Bárbara matutava a ideia de anexar uma cafeteria ao estabelecimento quando Viviane entrou, fazendo o sininho na porta soar e toda a família Gastrell virar a cabeça.

— Boa noite — sussurrou ela, com um sorriso amigável.

Bárbara respondeu ao cumprimento, sem graça.

A mulher de cabelos cacheados, tingidos de loiro, rumou diretamente para a prateleira de livros infantis. Sua barriga continuava lisa e magra, mas ela pousou a mão sobre ela inconscientemente.

Com a garganta apertada, Bárbara a observou escolher um título infantil. Como seria a vida daquela mulher criando um bebê?

Ela deslizou o olhar para Karma que segurava o celular de forma inerte enquanto acompanhava Viviane com o olhar. Seus olhos estavam cheios de lágrimas.

Viviane se dirigiu até o caixa e colocou um exemplar de Peter Pan em cima do balcão.

Bárbara piscou.

— Esse livro é muito bom. Ótima escolha — parabenizou a mulher, passando o leitor no código de barras.

— Sim, era meu favorito quando criança. Gostaria que minha filha lesse também. No crédito, por favor. — Depositou o cartão na máquina e digitou os números da senha.

— Filha? — Bárbara pegou a máquina de volta, evitando o seu olhar. Imprimiu a nota fiscal e lhe entregou.

— Sim. Fiquei sabendo que será uma menina. — Ela passou a mão na barriga de novo. Era óbvio que presumia que todos sabiam da gravidez. Confiava no poder da rede de fofocas da cidade de Estrada dos Refúgios. Além disso, também tinha visto Bárbara ao lado de Martin na noite do grande anúncio. — Não é maravilhoso?

— Maravilhoso! — repetiu Bárbara e forçou um sorriso, lhe entregando o livro após colocá-lo dentro de um saco.

— Pode me dar um marcador? — pediu. — Gostaria de ler a história de novo também.

Bárbara fez que sim com a cabeça e se abaixou para buscar o pedido na prateleira embaixo do balcão. Demorou um segundo a mais que o necessário para esconder sua respiração profunda.

A garota se ergueu outra vez e entregou a tira de papelão colorido com o nome da livraria.

Viviane pegou o marcador lentamente, observando o rosto dela.

— Você não precisa ter pena de mim, tá bom?

— Oi?

— Eu consigo ver nos seus olhos. *Pobre mulher, vai criar esta menina sozinha*. Mas saiba que mesmo se meu marido não voltar, vou me sair muito bem.

— Não tenho nenhuma dúvida disso. — Bárbara espalmou as mãos no balcão, desejando poder apertar as mãos de Viviane. — Você será uma mãe muito boa. Olha! Está comprando Peter Pan e tudo, já tem o meu total respeito.

A mulher sorriu. Algo em sua expressão havia mudado para um tom tão emocionado quanto surpreso. Sem nenhum motivo aparente, esperava que Bárbara fosse rude com ela.

— Você estava com Martin na vigília, não foi?

Bárbara se controlou ao máximo para não direcionar seu olhar para Gastrell – sabia que ele estava ouvindo – e seu estômago se contorceu. Ela confirmou com um aceno. Deveria ter adivinhado que não conseguiria esconder a informação do pai por muito tempo.

— Acho que ele gosta de você — confidenciou Viviane, falando baixinho.

Bárbara riu de um jeito descontrolado e balançou a cabeça.

— Oxe, não. Ele só precisa de uma amiga — esclareceu.

Com um sorriso cúmplice, Viviane depositou a mão morna em cima da dela, apertou de leve e saiu da livraria.

Assim que a porta se fechou, Bárbara soltou o ar.

A família Gastrell chegou em casa, mergulhada em um silêncio cansado. Ira se jogou no sofá e ligou a televisão sem nem prestar atenção ao que estava passando. Parecia perdida em pensamentos distantes.

Bárbara e Karma foram para o quarto e a irmã do meio passou a se movimentar pelo cômodo de forma hesitante, parecendo à beira de fazer uma pergunta que Bárbara provavelmente não gostaria de responder.

Bernard se sentou à mesa da cozinha tomando uma xícara de café preto e, quando Bárbara apareceu no cômodo, esperava por um turbilhão de perguntas que gostaria menos ainda de responder, mas nenhuma interrogação foi feita.

Ele empurrou o quente-frio na direção dela que aceitou de bom grado, antecipando o gostinho do café em sua língua.

— Poderíamos adicionar um café à livraria — sugeriu em voz baixa, contida.

— É um *bom* ideia — confirmou Gastrell.

Ele olhava para ela em expectativa. Queria que ela falasse primeiro.

Ela não falou. Bebericou do café, aquecendo as mãos na caneca. Mesmo que o clima não estivesse frio, se sentia gelada por dentro.

— Você vai machucar o seu coração, Bárbara — Bernard disse, finalmente.

Ela se virou para ele. A pergunta estava apenas no olhar.

— Se envolvendo com a família de sua vítima — completou.

— Ele não é *minha* vítima, foi um acidente, e-eu... Karma...

Ela suspirou, nada que dissesse justificaria o que houve e não retiraria a verdade do que seu pai estava dizendo: ela machucaria o próprio coração.

Gastrell descansou as mãos em cima da mesa. Bárbara estendeu a mão em sua direção e ele a apertou. Sua pele era quente e áspera, confortável, acalentadora.

— Papa?

— Sim, *Luv*?

— Pode dar um emprego ao Henrique na livraria? — ela pediu, hesitante.

A expressão de Gastrell se tornou divertida e ao mesmo tempo, surpresa e confusa.

— Vou pensar no seu caso.

Bárbara sorriu.

Os dois ficaram mais algum tempo na cozinha, aproveitando o silêncio.

No dia seguinte, a vontade de ir para a escola era quase nula. Bárbara estava de mau humor, não queria ver ninguém, conversar com ninguém. Infelizmente, não podia se dar ao luxo de faltar aula tão perto do fim do período. E havia também o fato de que um dia ausente dava margem para a criação de mais fofocas na cidade.

Ao chegar no Santa Sofia, se deparou com a empolgação de Henrique que lhe enchia de perguntas sobre Karma uma vez que eles sairiam mais tarde, naquele mesmo dia.

— Você tem que fazer as perguntas a ela, Henrique. Está acabando com a magia de conhecê-la perguntando tudo para mim — Bárbara disse, irritada, querendo voltar para o seu livro.

Aquele costume de encontrá-lo no intervalo estava diminuindo consideravelmente o seu, já afetado, ritmo de leitura.

— Tem razão. Só tô nervoso. Quero que dê tudo certo. — Ele enfiou a mão no pacote de salgadinhos e encarou o nada, pensativo.

Bárbara suspirou e revirou os olhos, se dando por vencida.

— Ela gosta de trufas de morango, girassóis e de fazer *stories* no *Instagram*. Só não se esqueça de marcar o *user* dela.

Henrique riu. Bárbara o encarou sem esboçar nenhuma reação, querendo demonstrar que não estava brincando. O sorriso dele sumiu e ele anuiu. Karma levava o Instagram muito a sério.

O dia se arrastou mais lentamente do que Bárbara gostaria. Depois de passar a tarde na livraria, que teve um fluxo menor de clientes do que o dia anterior, à noite voltou para casa, sentindo as pernas pesadas e os olhos secos e miúdos. Não estava acostumada a passar tanto tempo de pé, focada em uma tarefa que não fosse ler.

Deitou-se no sofá e cambaleou na beira do sono. Alguém bateu na porta, despertando Bárbara de um cochilo inesperado e não planejado.

— Ainda não *tô* pronta! — gritou Karma de dentro do quarto.

Ela esperou, desejando que outra pessoa fosse abrir a porta, mas ninguém apareceu. Bateram outra vez.

Ela suspirou e jogou as pernas para fora do sofá, se arrastando até a porta. Ao abri-la, se deparou com a figura de Martin, usando um suéter preto e calças jeans.

— O que faz aqui?

Ele sorriu.

— *Eita*, boa noite para você também.

— Bárbara? — Henrique foi se aproximando por trás de Martin. Carregava uma caixa de trufas e usava camisa social também preta com calça jeans.

— Henrique! — Ela desviou de Martin, descendo os pequenos degraus da porta e puxou o amigo pelo braço, o empurrando para dentro logo depois. — Karma ainda está terminando de se arrumar. Pode entrar. Senta aí!

Ele lhe direcionou um olhar questionador, que ela respondeu com uma expressão confusa. Os dois passaram por Martin. Bárbara se apoiou na maçaneta da porta como se estivesse prestes a fechá-la.

— Então, posso ajudar com alguma coisa, Martin?

— Pode, sim senhora. Vim levá-la para jantar — esclareceu como se tivessem planejado aquilo há muito tempo.

— O quê? — Karma perguntou, chegando na sala de estar com seus saltos agulha batucando no piso.

Henrique, que estava se sentando no sofá, se ergueu rapidamente, passando a mão pela camisa enquanto olhava embasbacado para Karma.

— Você tá muito bonita, Karma.

Karma olhou para Henrique e lhe ofereceu um meio sorriso agradecido, mas sua atenção permaneceu em Martin e Bárbara.

— Acho que não é uma boa ideia — Bárbara disse, se voltando para Martin.

— Eu só quero te compensar por me fazer companhia na vigília.

— Não precisa...

— A gente deveria ir saindo. — Henrique se esforçou para chamar a atenção de Karma. — Eu fiz reservas no restaurante.

— Claro!

As interações se sobrepuseram junto com as palavras não ditas e olhares trocados. Henrique e Karma passaram por Bárbara e Martin. O carro do pai de Henrique estava estacionado na frente de casa, logo atrás do de Martin, e a imagem do veículo trouxe à tona uma lembrança que fez Karma hesitar.

— Eu achei melhor que fôssemos de carro, não pensei que...

— Não tem problema. — Karma sacudiu a cabeça, balançando os cachos grossos e bem definidos.

— *Tá* tudo bem com o seu carro, cara? — Martin perguntou, se virando para eles.

Henrique abriu a boca por alguns segundos antes de responder.

— Tá, sim. Vamos, Henrique. — Karma deu a mão a ele, o puxando em direção ao carro e Henrique seguiu sem protestos.

Martin riu de sobrancelhas franzidas, estranhando a resposta de Karma.

— Boa noite, Martin — Bárbara disse, pronta para fechar a porta.

— Espera! — Ele apoiou a mão na porta, a empurrando de leve. Foi um gesto sutil, mas que deixou Bárbara nervosa. Um flashback de Maurício encostando Karma à pia de porcelana passou por sua cabeça. Bárbara esticou os dedos da mão duas vezes. — Não vai mesmo aceitar sair comigo?

— O que você quer, Martin? Eu sou só uma garota do Ensino Médio.

— Por pouco tempo. Bárbara, você exala mistério. Um mistério que eu gostaria de decifrar.

— Você não pode — ela disse, balançando a cabeça. Uma mecha de cabelo branco caiu sobre os seus olhos.

— Eu gostaria de tentar — Martin disse, dando um passo à frente e tomando a mão de Bárbara. Seus olhos azuis penetravam os dela, prendendo-a numa hipnose.

Ela queria ceder.

De repente, estava ciente da sua aparência cansada e de suas roupas desgastadas: uma camisa verde-escura folgada e calças jeans justas. Karma passou por ele de vestido e saltos, maquiada e de cabelo bem finalizado. Ele nem olhou para ela. Isso não acontecia com frequência.

Sentia-se amarga por pensar assim, por se comparar tanto com a irmã, mas não conseguia evitar.

Martin parecia sincero sobre seu discurso. Ele não teria motivo para mentir que a queria.

Ela soltou o cabelo do coque baixo. Ele sorriu, adivinhando sua resposta.

Bárbara odiava fazer o que as pessoas previam.

— Podemos ser amigos. Mas eu não vou sair com você.

O sorriso de Martin se desfez. Ele não estava acostumado a ser rejeitado. Isso era óbvio.

Parte do corpo de Bárbara se resetou, esperando que ele reagisse igual ao irmão. Seu coração acelerado esperou, mas ele quase não se mexeu.

— Eu entendo. Nesse caso, podemos comer um *podrão* na praça? Como amigos?

Bárbara olhou para trás como se esperasse que o pai fosse aparecer na sala. Ele não o fez. Ela nem sabia se ele estava em casa. Se estivesse, teria aparecido ao ouvir as vozes masculinas, certo?

— Tudo bem — ela disse, indo para fora. Se era para comer um *podrão* na praça, ela não precisava mesmo se arrumar. — Tem um cachorro-quente que eu gosto.

— Dogão da Mira? Estou familiarizado com tal especiaria. — Ele sorriu, se apressando para abrir a porta do carro para ela. O ambiente ainda estava fresco por causa do ar-condicionado recém-desligado.

Bárbara deu uma última olhada na casa amarela, esperando ver o olhar julgador de Gastrell, mas não havia sinal dele ou de Ira.

Ao chegarem na praça, Bárbara pediu o tradicional com duas salsichas e batata palha enquanto Martin pedia um simples e a observava com um sorriso discreto. Sentaram-se à mesa de cimento da pracinha, um de frente para o outro, lutando para morder os seus lanches sem fazer sujeira.

— Bom demais — Bárbara comentou com a mão sobre a boca cheia.

Martin concordou com a cabeça, mastigando seu próprio cachorro-quente.

— Então... — começou ele depois de alguns segundos desconfortáveis de silêncio. Honestamente, Bárbara estava focada demais na comida para dar início a uma conversa. Só percebeu o quanto estava faminta após a primeira mordida. — Você estava em Salvador?

— Como você sabe?

— A cidade toda estava comentando. E eu sigo sua irmã no Instagram — respondeu.

Bárbara revirou os olhos.

— Claro, por um instante me esqueci de onde moro e de quem sou.

— Parece que foi divertido. Sinto falta da praia. Quando estou lá, não vou tanto quanto gostaria.

— Foi incrível. Tive vontade de nunca mais voltar para casa — ela deixou escapar.

— Eu imagino. Paraíso tropical *versus* fofoca e onda de assassinatos. Não estaria aqui se eu fosse você.

Bárbara soltou um riso seco. Estava prestes a dar uma outra mordida, mas hesitou.

— Mas você está aqui.

— Não tenho escolha. — Deu de ombros, conformado.

— É porque você gosta de fazer a coisa certa — apontou.

— E você não? — Ele ergueu uma sobrancelha e mordeu seu cachorro-quente.

Bárbara abaixou o lanche, apoiando as mãos na mesa mal pintada de azul.

— Às vezes, o que parece ser certo, não é.

— É tudo questão de ponto de vista.

— Exato — concordou.

— Essa cidade é tão sombria... — divagou Martin. — O que você acha? Que o meu irmão faz parte da lista desse suposto *serial killer*?

Bárbara engoliu em seco e segurou uma tosse. A náusea a atingiu em cheio.

— Não sei. Provavelmente não, já que ele não foi encontrado com as mesmas características das outras vítimas.

O que ela estava fazendo? Deveria encorajá-lo a colocar a culpa em alguém que não carregasse o sobrenome Gastrell.

— Deve ser tão estranho encontrar alguém que você ama nesse estado. Como é possível que ninguém saiba quem esse cara é?

Bárbara balançou a cabeça em negativa, engolindo as palavras que desejava proferir. Dizer que poderia ser uma mulher. Dizer que havia assassinos em série especialistas em não deixar pistas. Que ela mesma escapou das consequências não só de um crime, mas de dois.

— Não confio em ninguém daqui. Todos me parecem pacatos demais para serem autênticos, sabe? Por exemplo, esse seu amigo Henrique está sempre por perto e sabendo de tudo. Como?

— Você está dizendo que desconfia do Henrique? — Bárbara riu, incrédula. — O irmão dele trabalha na polícia. É assim que ele sabe.

— Conveniente. — Martin deu um muxoxo.

— Além do mais, nada nessa cidade é segredo — completou Bárbara.

— Algumas coisas misteriosas continuam misteriosas. — Ele sustentou o olhar dela por um tempo que pareceu infinito, mas desviou ao dizer: — E outra, não estou dizendo que desconfio dele. Foi só um exemplo.

— Bem, você é um forasteiro. Tudo só começou a acontecer depois que você chegou — acusou meio de brincadeira, meio falando sério.

— Isso só se você não contar o que aconteceu com o Maurício — ele disse com uma sombra no olhar que agora estava distante.

Não estou contando. Bárbara pensou.

— Então, você vai ficar aqui até seu irmão aparecer? — ela perguntou depois de um tempo.

— Sim, mas já perdi as esperanças sobre isso. Não acho que ele vai aparecer. — Ele amassou o guardanapo sujo de molho, fechando a mão em punho em cima da mesa.

Bárbara queria proferir palavras de conforto, mas não conseguia ser tão cara de pau. Ela estudou a expressão tensa do rapaz à sua frente.

— É tão ruim assim?

— O quê?

— Ter que ficar aqui.

Martin deixou o rosto relaxar e soltou o guardanapo sobre a mesa.

— Vai ser um pouco pior quando minha única amiga for embora.

Bárbara cruzou as pernas em cima do banco de tampo redondo e abriu um sorriso entristecido.

— Sua amiga pode ficar mais tempo do que você imagina — decretou.

— Vou ser muito egoísta se eu disser "tomara"? — perguntou, olhando para os próprios tênis sujos de lama. — Não sei se estou pronto para enfrentar tudo sozinho.

— Tudo bem ser egoísta de vez em quando — consolou Bárbara.

— Você deveria ouvir seus próprios conselhos, sabia? — Ele balançou a cabeça, rindo.

— Ué, por que diz isso?

— Acho que a única coisa que te manteria aqui em Estrada seria sua família. Não pense neles quando chegar sua hora de ir embora, Bárbara.

— Você tá aqui por causa da sua família também. Viviane...

— Sempre fui bom em remediar as consequências das ações do meu irmão. Você deve entender como é, não é? É mais uma questão de responsabilidade.

— Não é sua responsabilidade, Martin — Bárbara respondeu e, no fundo da garganta, sentiu um amargor. Se ela realmente fosse ouvir os próprios conselhos, pararia de lidar com as consequências das ações de sua irmã, assim como incentivava Martin a fazer.

Ele suspirou.

— Eu fiz isso, mas sei que você faria o mesmo, faria até mais, pelas suas irmãs — acusou como se lesse sua mente.

— Porque elas fariam o mesmo por mim — Bárbara rebateu de imediato. Viu o rosto de Martin se contorcer, mas num ímpeto de cruel honestidade, continuou: — Maurício faria?

— Não mesmo. — Martin riu sem humor. — Nunca fez. Mas de vez em quando a gente acha família onde menos se espera.

Bárbara tombou a cabeça para o lado. A luz amarelada do poste iluminava o rosto de Martin, refletindo em sua pele, conferindo um ar pensativo à sua expressão. Um respingo de molho de tomate enfeitava o canto do seu lábio superior.

— Tá falando de Viviane?

Martin piscou, aturdido.

— E da minha sobrinha. Não queria que ela crescesse sem a figura de um pai.

— Às vezes, não ter um pai é melhor do que ter um pai horrível — deixou escapar, sentindo raiva por um milhão de motivos diferentes.

— Com essa eu tenho que concordar.

Os dois caíram num silêncio contemplativo. O cachorro-quente, de repente, pareceu pesar no estômago de Bárbara.

— Você não adora como a gente só fala sobre coisas leves? — ironizou Martin, arrancando um sorriso genuíno na garota.

Martin a levou de volta para casa após sua declaração de que não conseguiria terminar de comer. Toda aquela conversa sobre assassinatos arruinou seu apetite.

Esperou o carro dele sumir pela estrada antes de se virar e entrar em casa para encontrar um Gastrell agitado, com marcas de suor na camisa, colocando coisas dentro de sacos e caixas.

— *Papa, what the hell is happening?* — Bárbara perguntou em inglês depois de tentativas falhas em obter respostas dele em sua língua nativa. *Que diabos está acontecendo?*

Ira, com o rosto manchado de lágrimas e uma mala de alças na mão – que transbordava roupas pelo zíper aberto – largou tudo no chão para abraçar a irmã e recomeçar um choro previamente interrompido.

— Estamos de mudança. Vamos para a Inglaterra — a garota disse.

— Pegue suas coisas — ordenou Gastrell.

— O quê? Por quê? — indagou Bárbara. Seu coração batia forte no peito, ameaçando transbordar de desespero.

Atordoado, Gastrell largou uma caixa no chão e fez o caminho para o seu quarto. As lágrimas quentes de Ira começavam a molhar a camisa de Bárbara.

— Ira, o que...? — Bárbara curvou o corpo para falar com a irmã.

Gastrell voltou para a sala, estendendo uma caixa de madeira escura para Bárbara segurar. Ela olhou para o pai de cenho franzido e ele ofereceu a caixa com mais veemência.

— *Take it!* — *Pegue!*

Bárbara aceitou a caixa de forma hesitante e abriu a tampa, lentamente, não fazia ideia do que encontraria. O que de tão terrível poderia caber naquela caixa?

Deitada no estofado escuro e manchado com um líquido viscoso, estava uma massa rosa e roxa, um pedaço de músculo irregular: uma língua com um bilhete grampeado nela.

Bárbara engoliu a bile ácida que ameaçava subir pela garganta e leu o papel, apertando os olhos: *I k who u r*

— Eu sei quem você é — o pai traduziu como se ela não pudesse.

— Papa, não podemos ir embora. Vão nos culpar por tudo — disse.

— Eles já me culpam de qualquer jeito. Eu... — Bernard parou de falar assim que ouviu um motor de carro se aproximando da casa, os pneus de borracha amassando o chão de terra.

Ele passou pelas filhas, escancarando a porta e praticamente pulando os degraus da varanda.

Bárbara deixou a caixa para trás e seguiu o homem que voou para cima dos recém-chegados.

— Karma, entre — ele ordenou antes mesmo da menina sair do carro. Henrique dava a volta com a intenção de abrir a porta para ela, mas Gastrell não permitiu que completasse sua ação.

— O que está acontecendo? — Karma perguntou, aceitando a mão de Henrique que a ajudou a estabilizar seus saltos no chão irregular.

— Está tudo bem, senhor? — Henrique perguntou, alarmado. Seus olhos castanhos estavam bem abertos.

— Você tem emprego? — A pergunta surpreendeu a todos.

— N-não, mas eu posso arranjar um se...

— *Perfect!* Você vai tomar conta da livraria para mim.

— O quê? — Henrique e Bárbara perguntaram ao mesmo tempo.

— Escute, rapaz. Eu sei que você encobriu o que aconteceu com *os meus* filhas, sei que estava lá. — Uma gota de saliva voou da boca de Gastrell. Seu rosto estava vermelho e enrugado. Bárbara nunca tinha visto o pai naquele estado. — Você está envolvido nisso, portanto, tem que nos ajudar! A não ser que eu descubra que foi você quem enviou aquela língua, você vai ficar bem.

— Língua? O que...? — Henrique piscou, atônito.

— *Meu* filha confia em você. Tome conta da livraria — pediu Gastrell.

Henrique procurou os olhos de Bárbara, sabendo que ele se referia a ela e não a Karma. Bárbara não tinha percebido, até aquele momento, que confiava nele de fato, mais do que pensava ser possível para uma pessoa de fora da sua família.

Ela fez que sim com a cabeça.

— Aonde vocês vão? — Henrique quis saber com as sobrancelhas grossas se contorcendo.

— É melhor se você não souber.

Um soluço tremido escapou da garganta de Bárbara. Ela passou por Karma e por Gastrell e – surpreendendo a todos outra vez, inclusive a si mesma – se jogou em Henrique, se chocando com ele em um abraço inesperado. Ele demorou alguns segundos para perceber o que estava acontecendo, mas lentamente pousou as mãos largas e quentes nas costas dela. Bárbara tentou guardar o seu cheiro na memória, afundando o rosto em seu ombro.

Eles se afastaram e Henrique vasculhou o seu rosto constrangido. Ele abriu a boca para falar alguma coisa, mas Bárbara deu as costas e correu de volta para a casa, sentando-se no sofá da sala, apoiando os cotovelos nos joelhos e o rosto entre as mãos.

— Então você gosta dele — Karma afirmou, apoiada na porta de casa enquanto o resto da família ainda estava do lado de fora.

— Não. Não assim.

— Eu vi, Bárbara.

Ela balançou a cabeça em negativa sem olhar para a irmã.

— Não importa, de qualquer jeito, vocês acabaram de ter um encontro. Ele gosta de você.

— Ele pensava que gostava de mim. Não acho que ainda pense isso.

Bárbara franziu o cenho e olhou para ela. Karma se aproximou e se ajoelhou na frente de Bárbara, sem preocupações quanto a seu vestido.

— Mas a verdade mesmo é que não importa porque vamos embora.

— Não importa de qualquer jeito.

— Por que vamos embora, afinal? — questionou.

Bárbara suspirou, exausta.

— Eles sabem sobre Papa.

22
UMA NOVA VIDA

Uma discussão se seguiu durante a madrugada, ponderando prós e contras em partir daquele jeito. Mas a verdade era que não importava o quanto as três meninas insistissem, Gastrell havia tomado uma decisão e nada mudaria sua opinião. Ele passou a noite empacotando tudo enquanto as filhas argumentavam e, quando o sol nasceu, a família partiu para Salvador, deixando uma quantidade enorme de coisas para trás – coisas que não eram práticas para uma fuga – incluindo os livros de Bárbara, uma parte do seu coração.

A viagem tinha um tom diferente dessa vez, um tom de partida, despedida, uma melancolia de que as coisas nunca mais seriam como antes.

Bárbara observava a paisagem com a testa encostada no vidro que vibrava contra sua pele.

— A Inglaterra é tão fria — reclamou Ira que olhava fotos e curiosidades sobre o país na internet pelo celular.

Ela estava com as pernas esticadas no colo de Bárbara e com as costas viradas para a porta.

— Tem muitas coisas divertidas para fazer no frio — Bárbara tentou consolar.

Karma suspirou alto no banco da frente, um apoio sem palavras para a declaração de Ira. As duas tinham pouco em comum, mas odiar frio era uma dessas coisas.

— Não é tão frio no verão — Gastrell comentou.

— Eu queria morar na praia — Ira resmungou ainda mais baixo como se ela pudesse impedir que Gastrell a ouvisse.

— Sinto muito, *pumpkin*. Não temos escolha — o homem lamentou.

— Por que estamos indo para Londres? Não é lá que você é mais conhecido?

— Vamos para Bristol.

— Interior, Papa? — Karma perguntou indignada.

— Vou me esconder no último lugar em que procurariam, embaixo de seus narizes.

— Por que Bristol? — Bárbara questionou.

— É onde nasci — esclareceu ele.

— Vamos conhecer sua família? — quis saber Ira, se inclinando para frente com uma pequena faísca de empolgação.

— Eles não gostam mais de mim, *kiddo*.

— Ah. — Ela se recostou de volta na porta. A faísca se apagou.

Mergulharam no silêncio outra vez. Bárbara se preparava mentalmente para a longa viagem que fariam.

Iriam de Salvador para São Paulo: pouco mais de duas horas; e depois de São Paulo para Londres: levaria mais de onze. Chegando em Londres, ainda iriam para Bristol: mais três horas.

Mesmo no caminho, Karma e Ira insistiram para que Gastrell mudasse de ideia. Bárbara havia se conformado. Não acreditava que a ideia era a melhor, mas o que poderia fazer? Mesmo se ela fosse maior de idade não poderia ficar em Estrada dos Refúgios. Sem Gastrell, as consequências dos crimes que cometera eventualmente as alcançariam.

Além do mais, não poderia deixá-lo sozinho. Nunca.

Andar de avião pela primeira vez tinha sido uma experiência inusitada. Bárbara passou toda a viagem grudada na janela, assim como Ira no assento à sua frente. Karma apertava as mãos ao seu lado. Bárbara esticou o braço para ela em apoio.

Chegaram em São Paulo no fim da tarde, destinados a passarem horas no aeroporto até que o voo internacional decolasse.

O aeroporto internacional de Guarulhos parecia ter uma cidade inteira dentro dele. Tinha mais variedade de restaurantes do que Estrada jamais teria.

Eles pediram comida mexicana no Taco Bell, burritos e nachos com guacamole e *sour cream*. Mais tarde, se entupiram de cafeína no Starbucks, jogando conversa fora. Por um instante, parecia que a bolha estava de volta, mas era só uma ilusão. A mente de Bárbara gritava com ela: *Lembre-se de que estão fugindo da polícia.*

De barriga cheia, sentados nas cadeiras plásticas e desconfortáveis, voltaram ao silêncio preocupante e pesado de antes. Bárbara se pegou imaginando a cidade de São Paulo fora daquele aeroporto movimentado, cheio de pessoas e sotaques diferentes.

Passaram-se algumas horas. O celular de Karma recebia incessantes mensagens que ela se esforçava para ignorar. Ela estava concentrada, lendo um romance e ignorando a vibração do aparelho. Era uma cena que chocava toda a família Gastrell.

Bárbara, por sua vez, não conseguia grudar os olhos em nenhuma leitura. Pela primeira vez em muito tempo não sentia vontade de ler. Lamentava pelos livros que abandonou, repensando a escolha dos que havia trazido consigo.

Seu celular vibrou algumas vezes com mensagens preocupadas de Henrique e indagadoras de Martin. Ele havia procurado por ela.

Não demoraria para que a polícia desconfiasse da família. Era uma questão de tempo para que interrogassem os dois rapazes. Bárbara temia por Henrique – ele sabia de mais coisas do que deveria – e temia por Martin, que ficaria solitário mais uma vez, incapaz de dividir sua dor enquanto se preparava para ajudar a cuidar de uma filha que não era dele e assumir um lugar que não lhe pertencia.

Ela torcia para que ele voltasse para a faculdade e retomasse a sua vida, mas no fundo duvidava que fosse acontecer. De certa forma, elas estragaram as coisas para ele também. Talvez não tivessem destruído sua vida, mas a haviam mudado. Que coisa estranha ter o poder de mudar a vida de uma pessoa desconhecida e só depois tomar conhecimento disso.

Bárbara se deu conta de que jamais conheceriam a filha de Maurício e Viviane. Não poderia protegê-la como havia prometido a si mesma. Andava quebrando muitas promessas feitas para si mesma, tinha começado quando decidiu confiar em Henrique e agora terminava com o abandono da criança que nem havia nascido.

Bárbara e Karma tomaram um comprimido para enjoo assim que se sentaram em suas poltronas. A mais velha encostou a cabeça na janela, admirando o azul escuro do céu antes de cerrar os olhos. Ira, dessa vez ao seu lado, se aconchegou em seu ombro e fechou os olhos. Antes de embarcarem, Gastrell pediu o celular de cada uma delas e sumiu de vista até o momento de entrar no avião.

Entre uma soneca e outra, Bárbara colocou os fones de ouvido, ligou o antigo Ipod e apreciou diversas músicas. Ocorreram mais tentativas falhas de imergir na leitura. Entretanto, Karma se mantinha bem-sucedida em sua concentração.

O céu turvo se misturava com o mar, alternando entre nuvens e luzes dos navios ao longo de oceanos. Bárbara dormiu de novo.

Estava chovendo quando pousaram, dificultando ainda mais o processo de transporte do aeroporto para a estação rodoviária, que foi estressante e exaustivo. A soma de mais duas horas e meia de ônibus contribuiu para o mau humor coletivo da família.

Quando finalmente chegaram, Gastrell chamou um táxi que os deixou na frente de uma casinha pequena de dois andares com porta vermelha e o número 35 pendurado em dourado na frente. Havia também um jardim mixuruca, ensopado pela garoa fina e constante.

— *Welcome to your new home* — *Bem-vindas a sua nova casa*, Gastrell disse, puxando as malas para dentro com dificuldade.

Tudo era diferente em Bristol, até mesmo o ar que respiravam. Bárbara entrou na casa, puxando a mala pelos degraus, sentindo o cheiro da madeira do chão e das paredes recém-pintadas. Havia móveis de aparência conservada na sala: sofá, televisão grande e plana, tapete felpudo. Uma lareira no canto. A cozinha se separava da sala de estar por um balcão de mármore.

— Acreditem ou não, são três quartos lá em cima — ele anunciou com expectativa, esperando que as filhas brigassem pelo quarto individual.

— A Justice pode ficar com o quarto grande — Karma disse, surpreendendo a família mais uma vez. O que estava acontecendo com ela?

Sua expressão estava cansada e sem vida. Ela parecia uma pessoa diferente. Certamente, agia como uma. Bárbara imaginou que seus muros finalmente tinham desmoronado.

Não importa porque vamos embora. Karma havia dito na noite anterior e Bárbara não tinha percebido que a irmã não estava apenas dizendo isso para ela, mas para si mesma.

— Pode ser — Bárbara respondeu baixinho.

— *Don't be sad, my darlings.* Uma vida melhor nos espera aqui. — *Não fiquem tristes, minhas queridas.*

Nenhuma delas respondeu.

Karma pegou uma mala e subiu as escadas primeiro, sem esperar que a seguissem.

— Vão dormir. Amanhã temos um grande dia de arrumação pela frente — Gastrell ordenou. Ele vestia uma fachada de empolgação, forçando um sorriso que não convencia ninguém, nem ele mesmo.

Bárbara vasculhou por lençóis na mala e encontrou um branco de elástico, que teve dificuldade em esticar sobre a cama, mas logo estava deitada nela, ainda de casaco jeans por cima dos dois moletons e das calças também jeans. Ela olhava para o teto e sentia frio. Aconchegou-se numa bola feita com o próprio corpo e tentou dormir. O quarto parecia grande e vazio sem as irmãs e os livros. Sem os desenhos de Ira na parede e os sapatos de Karma espalhados pelo chão.

Ao abrir os olhos, seu corpo esperava encontrar a parede amarelada e o beliche no canto, em vez disso, se deparou com paredes brancas e alvas, refletindo um arco-íris criado pelo sol da tarde que invadia a janela. Estava em Bristol, não em Estrada dos Refúgios. Tomou um choque ao se lembrar.

Quando Bárbara finalmente saiu do quarto, enrolada numa colcha de cama grossa e felpuda que não se lembrava de ter trazido, encontrou sua família reunida na mesa de jantar. Aparentemente, ela não tinha sido a única a dormir até tarde, todos estavam tomando café da manhã apesar da hora exibida no relógio. Um café da manhã típico inglês: fatias de pão, ovos, salsichas e feijão. Ela torceu a boca para a excentricidade de comer feijão no café da manhã.

— Café? — perguntou, ansiando pelo gosto da bebida.

Gastrell apontou para a máquina elétrica, causando mais um torcer de boca de Bárbara. Ele logo começou a falar sobre suas novas vidas enquanto as garotas ouviam em silêncio.

Era época de recesso na Inglaterra, por isso, as garotas não iriam para a escola de imediato. Bárbara não teria que frequentar a sala de aula, Gastrell afirmou que conseguiria os papéis que comprovavam que havia concluído o Ensino Médio.

Isso deveria ser uma notícia boa, mas não era para Bárbara. Ela não se sentia pronta ainda, parecia que ainda faltava muito o que aprender, além disso, todos os seus planos para depois da escola se mantinham no campo dos sonhos e não da realidade. Não havia planejado nada, apenas sonhado.

Em duas semanas suas irmãs iriam para a escola, começariam a estudar em uma escola particular com o mesmo tipo de uniforme formal que usavam no Santa Sofia. E o que ela faria? Quem ela queria ser? Isso importava quando se carregava o sobrenome Gastrell?

— Mais uma coisa, agora somos os Blankley.

As três meninas levantaram o olhar de seus pratos quase intocados para indagar o pai.

— Blankley? — ecoou Ira com desgosto.

— Como assim?

— O nome Gastrell é insustentável. Em breve nos tornaremos procurados e, embora ninguém venha procurar em Bristol, é sempre melhor prevenir.

Bárbara colocou o rosto nas mãos e deu um suspiro alto antes de se retirar da mesa. O som abafado de seus pés subindo as escadas gradualmente se tornou um silêncio pesado. Era informação demais para absorver durante uma refeição.

Depois de algum tempo, Gastrell se agasalhou e saiu de casa, afirmando ter burocracias para resolver. Bárbara imaginava se parte dele queria deixar aquela bagunça para trás, os sentimentos confusos e entristecidos de suas filhas escolhidas.

Bárbara caminhou hesitante até o quarto de Karma, deixando Ira na sala de estar, distraída, navegando na internet. Gastrell havia trazido um novo computador porque os laptops da casa tinham sido destruídos juntos com os celulares. Não haveria como rastreá-los.

A garota bateu de leve na porta, sobrepondo o choro baixinho de Karma que não respondeu. Ela encontrou o quarto escuro e a menina encolhida na cama.

— Eu odeio ficar sozinha — ela murmurou e Bárbara se sentou ao lado dela em silêncio, fazendo cafuné em seus cachos até Karma pegar no sono outra vez.

Quando voltou para o andar de baixo, o ambiente havia escurecido e, por um instante, pensou que o sol havia se posto, mas lembrou-se de que as noites e os dias funcionavam diferente naquela parte do mundo. Ainda era cedo para o cair da noite. Era culpa apenas da chuva forte e das nuvens cinzentas.

Bárbara se aproximou de Ira, que estava de costas, sentada no sofá e não se virou com a chegada da irmã. Bárbara espiou a tela do laptop e viu que Ira pesquisava sobre Mortimer Hayhurd.

Com o cenho franzido, estava prestes a perguntar o porquê quando o próprio Mortimer Hayhurd, em carne e osso, abriu a porta da frente e entrou, vestindo uma capa azul-escura e pingando no tapete de boas-vindas.

— Por que deixou tudo isso para trás, Papa? Você era famoso! — Ira o abordou ainda na entrada.

Ela se levantou do sofá abandonando o computador e os fones de ouvido.

Gastrell uniu as sobrancelhas ralas, demorando a assimilar as palavras da filha mais nova. Ele trocou um olhar sutil com Bárbara ao perceber do que a outra menina estava falando.

— Fama... *fame only gets in the way of success, especially in the homicide business.* — Ele tirou a capa e se sentou no sofá.

"Fama só serve para atrapalhar o sucesso, especialmente no ramo dos homicídios."

Ira se sentou de volta, infeliz com a resposta do pai.

— Vocês precisam praticar o inglês, *my loves*. Precisamos nos aclimatar a nossa nova vida. — Ele tocou o nariz de Ira carinhosamente. — E mais *um* coisa, nada de falar sobre homicídios.

23

A FAMÍLIA BLANKLEY

Todos foram dormir, mas Bárbara permaneceu sentada à mesa de jantar, pensando, preocupando-se com um milhão de coisas. As horas passaram, o céu escureceu e agora voltava a clarear, pintando tudo de rosa e laranja, quando ela decidiu encarar o vento frio da rua. Seus olhos estavam grudados e secos, assim como sua boca. Ela lambeu os lábios rachados e apreciou o céu.

Bárbara se sentou na calçada e abraçou os próprios braços. Sentiu uma presença atrás de si, mas não precisou se virar para saber quem era.

Karma se sentou ao seu lado.

— Tá fazendo o quê? — perguntou baixinho.

Bárbara suspirou e olhou para a irmã, relembrando suas palavras da noite passada.

— Eu gosto de ficar sozinha — respondeu em voz rouca.

Porém Karma não a deixou sozinha e, de algum jeito, ela gostou daquilo também.

O cenário de paz logo se desfez quando o celular novo vibrou no bolso de seu roupão. Ela franziu o cenho e pescou o aparelho. Karma refletia sua expressão confusa.

Ninguém tinha aquele número ainda. Gastrell havia entregado os celulares novos para Ira e ela antes de ir se deitar, todos de modelos parecidos.

— Papa tem um para você também — Bárbara disse, interpretando erroneamente a expressão de Karma que se manteve, mesmo após aquela declaração.

Bárbara olhou o número no visor e reconheceu o código do Brasil e de Estrada dos Refúgios. Só poderia ser uma pessoa...

— Henrique? — Ela atendeu.

A expressão de Karma se suavizou e ela se levantou, rumando para dentro de casa.

Bárbara conteve o impulso de revirar os olhos. O que ela pensava que eles iam falar que ela não poderia ouvir?

— Como sabia? — ele perguntou do outro lado da linha. Sua voz era alta demais para ser um sussurro, mas baixa demais para o seu tom normal.

— Você é a única pessoa para quem Gastrell daria o meu novo número.

Ele ficou em silêncio, mas Bárbara podia ouvir sua respiração ritmada.

— Não é tipo de madrugada aí? — ela perguntou.

— É... desculpe, eu nem pensei nisso. Não sei quantas horas são de diferença.

— Aqui tá amanhecendo... — Estava enrolando, queria evitar ouvir seja lá o que ele tinha ligado para falar.

— É pouco mais de meia-noite aqui.

Bárbara suspirou. Definitivamente eram más notícias se ele tinha esperado a madrugada para telefonar.

— O que aconteceu? — questionou finalmente.

— Desculpe não quebrar a nossa pequena tradição de só aparecer para dar péssimas notícias, mas... eles estão procurando por Karma.

— Por Karma? — Bárbara perguntou alarmada, abaixando o tom de voz.

Agora estava grata pela irmã ter saído.

— Lembra que antes de vocês irem embora, eles fecharam o Lua Morena, né? Então, descobriram um monte de violações na segurança, inclusive a falta de câmeras. Acho que finalmente deram ouvidos à Viviane, que estava procurando por *ele* no Lua desde o começo — Henrique explicou. — A partir daí, pediram que se alguém tivesse informações que entrasse em contato. Uma garota viu Karma com Maurício. Vocês sumiram, daqui e da internet, eles juntaram as peças... Policiais de fora da cidade estão chegando. Tá tudo um caos.

Os olhos de Bárbara arderam com lágrimas. Não pensou que choraria por isso, mas lá estava: ela à beira do choro, tremendo de frio e apertando o celular contra a orelha. Não tinha como voltar daquilo. Nunca mais poderiam retornar à Estrada dos Refúgios. As irmãs Gastrell se tornaram seu pai, eram como O Justiceiro e teriam que fugir para sempre. As irmãs Gastrell eram agora as irmãs Blankley.

— Bárbara? — ele chamou depois de um minuto.

— Obrigada por ligar Henrique. Ninguém sabe sobre você, certo? Está a salvo?

Ele hesitou.

— Acho que sim. Por enquanto...

— Vai ficar tudo bem.

Ela desligou antes que ele pudesse se despedir.

Quando Bárbara voltou para dentro de casa o céu já estava azul-claro e seus dedos dormentes. Gastrell preparava o café da manhã e Karma tinha se agarrado ao novo celular.

— O que Henrique disse? — ela perguntou sem tirar os olhos da tela.

Bárbara trocou um longo olhar com Gastrell que virava uma panqueca na frigideira.

— Eles sabem.

Karma olhou para ela com o cenho franzido.

— Eles sabem que você estava com Maurício naquela noite — finalizou.

A expressão de Karma quase não se alterou. Ela voltou os olhos para o celular outra vez e estava prestes a falar alguma coisa quando a voz de Ira veio das escadas:

— *We are the Blankleys now*. O que a família Gastrell fez não importa mais. — *Somos os Blankley agora.*

Ela terminou de descer os degraus e passou por Bárbara, sentando-se à mesa e afastando os cabelos longos e embaraçados do rosto com um sorriso leve e infantil.

Gastrell se dirigiu à mesa e colocou uma pilha de panquecas na frente da filha mais nova e sentou-se ao seu lado. Era assim que ele concordava com ela.

Mais uma vez, a família caiu num silêncio pesado. Bárbara pegou seu prato de panquecas e foi comer na frente da televisão, passando os canais até encontrar um que lhe agradasse. Não havia muitos disponíveis já que ainda não tinham assinado um plano de TV a cabo.

Ela continuou a assistir sem realmente prestar atenção, mesmo depois que as panquecas esgotaram e os outros membros da família se envolveram em seus próprios afazeres.

Bárbara se sentia alienígena perto deles, eles haviam mudado e ela permanecera igual. A sensação era esquisita, errada.

Sua mente vagou até Martin, se desligando completamente do que passava na TV. Isso também era uma sensação inadequada. Seus sentimentos por ele eram unicamente de preocupação. Ela imaginava o que ele estaria pensando dela agora e sentia um aperto no peito ao pensar que, de certa forma, mais uma pessoa o havia abandonado.

Talvez ela não fosse tão importante para ele quanto imaginava, mas pela última conversa que tiveram, ela era a única pessoa com quem ele podia falar, pelo menos sem ser julgado abertamente.

Estava pensando tão intensamente em Martin Costa que por um segundo achou que tinha imaginado que o seu nome soou da televisão, o sobrenome brasileiro soando esquisito no sotaque britânico da repórter. O foco de Bárbara se voltou para o aparelho, que reproduzia uma entrevista com um homem de aparência bem cuidada, mas sem esconder as marcas dos seus sessenta e poucos anos. Calebe Costa explicava para a entrevistadora sobre o aumento de pessoal na sua empresa e como o seu negócio de tecnologia de informação estava crescendo no mercado.

Bárbara analisou o seu rosto. Não podia ser... podia? Ela se lembrou das palavras amarguradas de Martin sobre a família.

— *E seu pai?*

— *Mora na Inglaterra com outra família.*

Uma rápida pesquisa na internet revelou que a Costa Technologies ficava em Londres, a apenas três horas dali e a empresa estava participando de uma iniciativa que incentivava os jovens recém-formados no colegial a procurar estágio na empresa, na tentativa de encontrar um caminho no ramo da tecnologia antes de entrar na faculdade.

Bárbara havia se perguntado na noite anterior sobre o que faria uma vez que não precisava mais voltar para a escola. Não era conhecedora da área da tecnologia, mas talvez ela estivesse precisando de um estágio. Coincidências, às vezes, eram um empurrãozinho do destino.

Foi deslizando as costas pelo sofá até que estivesse completamente deitada. Imediatamente, passou a planejar o seu trajeto, encontrou um hostel de valor razoável em Londres, comprou passagens para o dia seguinte, organizou tudo sobre a sua pequena viagem deitada no sofá, enquanto o jornal seguia passando na televisão. Mais do que isso, estruturou toda a mentira que contaria, uma vez que não tinha pretensão de realmente conseguir aquele estágio.

Algumas coisas na TV atraíam a atenção parcial de Bárbara: saldão na loja de móveis — ela estava querendo uma estante nova; previsão do tempo da semana — seria importante para sua viagem.

Com o passar do tempo, seus olhos ficaram pesados e ela adormeceu com o celular repousado no peito.

Horas mais tarde, ouviu a porta se abrir devagar, tentou espiar, mas estava presa em seu sono pesado. Depois se questionaria se o barulho não fora apenas fruto de um sonho vívido.

— O que está fazendo? — Gastrell perguntou ao entrar no quarto de Bárbara após uma rápida batida na porta.

A primeira coisa que Bárbara fez naquele dia foi arrumar as suas coisas, pulando a refeição que a família fazia silenciosamente em lugares diferentes da casa. Todos estavam com seus horários biológicos bagunçados, então Gastrell almoçava em silêncio na cozinha enquanto Karma tomava café da manhã em seu quarto e Ira apenas lanchava enquanto rabiscava um novo desenho.

Bárbara arrumava a sua mochila, colocando nela algumas mudas de roupa, um livro e acessórios úteis como fones de ouvido e a carteira. Estava de passagem comprada para ir a Londres naquela mesma tarde.

— Estou indo para uma entrevista de estágio em Londres — informou, forçando indiferença.

Ela havia preenchido o formulário de inscrição no site da Costa Technologies alguns dias depois de Gastrell lhe entregar a pilha de documentos falsos: seus novos documentos, com nomes falsos, RG e CPF e até carteira de motorista, mesmo ela não sabendo dirigir.

— Mas por que em Londres, *kiddo*? — Gastrell se sentou na cama da menina e a analisou.

— Eles vão abrir uma filial em Bristol, Papa. Só a entrevista que é em Londres. — Bárbara evitava o seu olhar, porém o do pai não desgrudava de seu rosto. Ele parecia sentir a mentira emanando seus poros.

— Que empresa *ser* essa mesmo? — questionou, dando uma olhada casual na pilha de documentos.

Bárbara hesitou, tentando pescar um nome em sua mente.

— Marshall Technologies — arriscou.

Gastrell soltou um murmúrio.

— Pelo que vi são novas no mercado…

— *Be careful* — interrompeu ele. *Tenha cuidado*. E lhe entregou um cartão de crédito e dinheiro.

Ainda sem olhar para ele, Bárbara agradeceu, prometendo prudência na viagem. Não compreendia exatamente o que estava fazendo ou o que procurava com o pai de Martin. Respostas para perguntas que não sabia que tinha. Depois de ver o rosto na televisão, mergulhou numa pesquisa aprofundada sobre o homem, que havia chegado na Inglaterra há pouco mais de dez anos com um império já construído no Brasil e a promessa de expandi-lo pela Europa. Havia fotos dele com a esposa atual, mas quase nenhuma com a mãe de Martin e Maurício, a única coisa que havia encontrado sobre a mulher foi num portal de notícias brasileiro, que lamentava a sua morte precoce e desejava forças à família. Causa da morte? "A família preferiu não revelar e respeitamos a privacidade de Calebe Costa." Até parece. O homem deveria ter gastado um bom dinheiro para manter certas informações em sigilo.

Aquilo agravou a curiosidade de Bárbara em graus inquietantes. Não era coincidência demais que a família Costa, assim como Gastrell, transitasse entre a Inglaterra e Estrada dos Refúgios? A maioria das pessoas em Londres jamais ouviu falar daquela cidadezinha no interior da Bahia, assim como a maioria dos habitantes de Estrada dos Refúgios não faria questão de um dia visitar a Inglaterra, não porque não pudessem, mas porque não queriam. Pelo menos era a impressão que Bárbara tinha.

Ela entrou no banheiro e encarou seu reflexo no espelho. A raiz crespa, ondulada e escura do cabelo crescia há algum tempo sem retoque, fazendo contraste com a parte descolorida, que amarelava. Bárbara respirou fundo, partiu o cabelo no meio e passou a tesoura, encontrada na gaveta do banheiro, com dificuldade pelos fios finos, alinhando as pontas dos dois lados na altura do pescoço. Uma boa parte do cabelo ainda estava lisa e clara e a decisão de pintar os fios de castanho-escuros pareceu um caminho óbvio a se seguir. Precisava mudar ainda mais sua aparência. Com os cabelos castanhos ficaria um pouco mais parecida com o que teria sido se permanecesse como Bárbara Silveira, ou talvez aquela fosse a versão Blankley de Bárbara.

A garota prendeu o cabelo num coque bagunçado e sem jeito, ainda sem saber lidar muito bem com o cabelo curto, e correu pelas escadas, saindo de casa em seguida e correndo até a farmácia mais próxima. Teve que dar uma olhada no mapa no celular, só para se certificar de que estava indo pelo caminho certo. Arrependeu-se de não ter pegado o casaco na pressa de sair, pois o vento frio açoitava seus braços e rosto.

Entrou na loja de forma abrupta e, de imediato, se dirigiu até as prateleiras de tintas, recebendo alguns olhares dos clientes que passavam por ela. Ponderou entre os tons de castanho até encontrar o mais próximo de sua cor original. Depois de pagar, voltou para casa ainda correndo, sentindo a adrenalina da mudança em seus poros gelados.

Foi recebida de volta pelo calor do aquecedor que estava ligado. O aquecedor estava *sempre* ligado. Era um consolo morno, quase um colo para o qual voltar. Bárbara tinha consciência de que não estava assim tão frio para a época, os vizinhos usavam roupas leves, de vez em quando cobertas apenas por um casaco fino ou um moletom, mas depois de uma vida inteira mergulhada no clima de calor e umidade, qualquer brisa leve era um prelúdio de nevasca.

Ela se encarou no espelho enquanto aplicava a tinta e algumas horas se passaram até poder encarar o resultado. Levaria algum tempo para se acostumar, para se reconhecer. Por muito tempo, usou os cabelos brancos como uma armadura, idealizando a pessoa que gostaria de ser. Tinha se tornado aquela pessoa, não tinha? Independentemente de como era o seu exterior, no fundo da alma, havia se transformado em Bárbara Justice Gastrell.

A garota terminou de arrumar as coisas, pediu um táxi por telefone e desceu as escadas até a sala de estar, carregando uma mochila em suas costas. A sua família permanecia confusa com a sua vontade repentina de conseguir um estágio numa empresa de tecnologia, mas todos esperavam para se despedir.

— Amei o cabelo — Karma comentou ao abraçá-la. A voz saiu baixa, apenas um fiapo. — Boa sorte.

— Obrigada. — Bárbara sorriu sem jeito, colocando uma mecha atrás da orelha e observou Karma. A irmã do meio usava o cabelo preso em um rabo de cavalo embaraçado e vestia uma camisa comprida e calças de moletom. Nenhuma maquiagem no rosto, nenhuma definição no cabelo.

— Você vai demorar para voltar? — Ira perguntou, chamando sua atenção para ela. Do lado de fora, uma buzina rápida se fez soar. O táxi havia chegado.

— Amanhã eu volto, *meu bichinho* — consolou Bárbara, lhe dando um último beijo na testa antes de abrir a porta da rua.

Gastrell se aproximou, beijou o topo da sua cabeça e, em seguida, abriu a porta do veículo para que a filha mais velha pudesse entrar.

— *To the bus station, please* — ela disse ao motorista que a observava pelo retrovisor. *Para a rodoviária, por favor.*

Bárbara esticou o dedo da mão duas vezes, tentando aliviar a ansiedade que lhe parecia um pressentimento. Se tudo desse errado, pelo menos poderia dizer que tentou arranjar um emprego.

24

A MALDIÇÃO

A viagem de ônibus foi calma e pareceu mais rápida do que o caminho inverso que Bárbara e a família fizeram quando chegaram ao país. Mergulhada na poltrona ao lado da janela, alternou a atenção entre as paisagens e a leitura de um livro de realismo mágico. Ao chegar em Londres, pediu por outro táxi, dessa vez estendendo uma mão para o veículo no meio da rua, e, ao informar o endereço ao motorista, não teve dificuldade em encontrar o hostel em que tinha reservado um quarto particular para ficar por dois dias.

O estabelecimento era como a foto na internet exibia, uma casa pequena com decoração excessiva em estilo vitoriano, um espaço que representava o verdadeiro clichê inglês, prato cheio para os turistas. Havia apenas mais três ou quatro hóspedes e era gerida por um senhor idoso que também atuava como cozinheiro. Bárbara fez uma nota mental para provar a comida mais tarde em vez de sair para jantar.

O Sr. Wilson, o gerente, era um senhor agradável de aparência frágil, que insistiu em levar sua mochila até o quarto antes de lhe entregar as chaves, deixando-a sozinha logo em seguida.

— *Feel at home.* — *Sinta-se em casa*, ele disse numa voz cantarolada e fechou a porta ao sair.

Bárbara tirou um tempo para tomar banho e se vestir em trajes formais para a entrevista. Estava nervosa e esticou os dedos tantas vezes que as juntas começaram a doer.

Ela se olhou no espelho embaçado do banheiro e tentou prender o cabelo em um penteado, mas logo perdeu a paciência e desistiu. Passou a escova pelos fios e os deixou soltos, cobrindo os lados do rosto.

Conforme seu pedido, a mulher de meia-idade na recepção chamou mais um táxi para ela e lhe desejou um bom dia quando a garota saiu pela porta da frente, esticando a jaqueta social.

A *Costa Technologies* ficava a pouco menos de quarenta minutos da pousada, localizada mais perto do centro comercial de Londres. Era um prédio grande com paredes espelhadas e portas de vidro.

Bárbara caminhou pela entrada, ouvindo os saltos emprestados de Karma estalando no chão lustroso em tons de branco e preto. Ao se aproximar, uma moça de cabelos ruivos e olhos verdes, sentada atrás do balcão de mármore na recepção perguntou, com um forte sotaque inglês, para onde ela estava indo. Ela não estava ali para uma entrevista de estágio de verdade, mas tinha criado um plano para chegar até Calebe.

Um grupo de adolescentes se acomodava na sala de espera, conversando em voz baixa entre si. Pareciam crianças brincando de escritório, todos usando ternos ou saias lápis, saltos altos e gravatas, jovens demais para aquele cenário.Bárbara sentia como se não fizesse parte deles, como se a juventude tivesse a abandonado há muito tempo.

Limpou a garganta.

Ela hesitou por um instante, relembrando o plano em sua cabeça. Iria até a sala de entrevistas e encontraria Calebe a partir dali.

A mulher perguntou seu nome e pediu seus documentos, deu as indicações com um sorriso amigável no rosto e lhe entregou um cartão de acesso provisório para que subisse o elevador, entretanto, pediu que ela esperasse com os outros jovens até que chamassem o nome dela.

Bárbara concordou, mas assim que a mulher deu as costas, ela se esgueirou para o corredor no qual ficavam os inúmeros elevadores.

Escolheu um ao acaso e, antes de subir, notou uma enorme placa na parede que indicava o andar que cada departamento ficava. Claro que a diretoria estaria na cobertura. Não precisava ter olhado para saber disso.

Entrou no elevador metálico, escondeu o cartão provisório e pressionou o vigésimo segundo botão, rumo à cobertura, rumo a Calebe Costa.

Quando as portas se abriram, ela desfilou até uma segunda recepção, onde outra ruiva a atendeu, dessa vez mais rispidamente.

— Boa tarde. Quem é você? Não pode subir aqui sem permissão — disse em inglês.

— Diga ao Sr. Costa que sou de Estrada dos Refúgios. Tenho certeza de que ele vai querer me ver — Bárbara solicitou mais confiante do que se sentia, sem nem mesmo se engasgar no inglês.

A mulher hesitou, ponderando.

— *I'm from Brazil, call your boss.* — *Eu sou do Brasil, chame o seu chefe.*

Ela apertou uma tecla no telefone e abafou o microfone do headset com as mãos sussurrando alguma coisa. Bárbara pôde distinguir o nome da cidade, soando estranho no sotaque da mulher.

— *Follow me, please.* — *Me siga, por favor.* A mulher pediu, se levantando e alisando a saia justa.

Bárbara obedeceu e esticou o dedo da mão duas vezes assim que a mulher deu as costas.

Elas andaram pelo corredor criando uma harmonia descompassada com seus saltos, até que a mulher parou abruptamente e bateu em uma porta que sustentava uma placa de metal com o nome de Calebe gravado nela.

Depois do consentimento dele, a secretária abriu a porta, revelando o homem sentado numa cadeira estofada atrás de uma mesa de vidro. Ele usava um terno cinza, elegante, e era praticamente idêntico a como estava na reportagem que Bárbara viu na televisão.

Calebe se levantou e abotoou o terno, esperando a jovem se aproximar.

A secretária abriu espaço para que Bárbara passasse e logo depois se retirou, fechando a porta, deixando-os a sós. Bárbara estava consciente de todas as semelhanças entre ele e os filhos: o nariz fino, os olhos claros...

Era estranho estar ali.

— Calebe Costa. — Ele estendeu a mão para que Bárbara apertasse. — Ouvi dizer que você é de Estrada dos Refúgios. Como se chama? Em que posso te ajudar?

Ele perguntou em português enquanto Bárbara apertava sua mão. Sua expressão era tranquila, amigável. Calebe fez um gesto para que ela se sentasse à sua frente.

Bárbara tomou um segundo a mais para responder. Escolhendo suas palavras cuidadosamente.

— Meu nome é Teresa Batista — mentiu com um sorriso cordial, tentando imitar o tom de voz da repórter que conheceu na Bahia. — Sou uma jornalista de Salvador e estou fazendo uma reportagem com as famílias das possíveis vítimas de Estrada dos Refúgios.

— Vítimas? — ecoou Calebe.

— O seu filho, hum, Maurício Costa — esclareceu, fingindo esquecer o nome do homem.

—- Ah! Maurício não é nenhuma vítima. Pelo que eu saiba, ele só fugiu com alguma vagabunda qualquer — descartou Calebe, fazendo menção para se levantar. Bárbara podia imaginá-lo dirigindo-se até a porta, pedindo para que ela não voltasse a desperdiçar seu tempo.

— Mas o senhor sabe que o caso está sendo investigado como assassinato, não sabe?

— Besteira. Maurício sempre foi bom em enganar as pessoas. Tenho certeza de que ele está bem.

— O seu outro filho discorda. — Ela se manteve sentada, mesmo quando o homem apoiou as mãos na mesa e respirou fundo, impacientemente.

— Martin não conhece Maurício como eu. Eles não se falam desde a puberdade, então se eu fosse a senhorita não confiaria muito no que Martin diz sobre o irmão.

— Ele tentou capturar o olhar dela, mantendo a seriedade e dando ênfase à sua impaciência. — O que você quer realmente saber, senhorita...?

— Teresa — completou Bárbara, oferecendo-lhe o cartão amassado que há muito a própria Teresa a havia entregado e que por sorte o encontrou no fundo da mochila. — Só quero histórias, senhor. Estou falando com todas as famílias... como seus filhos eram quando crianças? Parece que vocês não tinham muito contato.

Calebe balançou a cabeça e voltou a abrir o botão do paletó. Abriu a boca para falar alguma coisa, mas Bárbara o interrompeu de propósito.

— Como está lidando com o fato de que vai ser avô?

— O quê? — Sua expressão de surpresa era exatamente o que Bárbara queria dele. Sabia que ninguém teria se dado ao trabalho de contar, sabia que ele não se importava o suficiente para saber da gravidez de Viviane. Ela conseguiu baixar as guardas dele.

Ele se sentou outra vez, atônito.

— Se importa se eu gravar a nossa conversa? — ela perguntou, colocando o celular em cima da mesa entre os dois.

— Eu não sabia... qual deles? E-eu...

— Viviane, mulher de Maurício, está grávida. É uma menina — disse, disfarçando o amargor na própria voz.

— Aquele *sacana*... desapareceu mesmo sabendo que estaria abandonando um filho. — Calebe balançou a cabeça sem que nenhum fio de seu cabelo acinzentado e esticado para trás saísse do lugar.

— Então, o senhor continua achando que ele só fugiu? — instigou.

— Sim. Entendo que não dei o melhor exemplo para ele, mas pensei que isso mudaria quando tivesse a própria família.

— O que quer dizer, senhor? — estimulou Bárbara.

Ele riu, sem nenhum humor.

— Srta. Teresa, por favor, tenho que pedir que se retire. Tenho muitas coisas para fazer e não estou prestes a contar histórias do meu passado e da minha família para a senhora.

— Eu entendo, Sr. Costa. Também não gostaria que a imprensa ficasse futucando assuntos tão delicados, mas veja, estou lhe dando uma oportunidade.

— Oportunidade? — ecoou, erguendo uma sobrancelha grisalha.

— Sim, de contar a sua versão da história. Até o momento, a sua imagem não está muito boa nessa coisa toda e é por isso que considero tão importante ouvir do senhor o que aconteceu e, mais importante, *por que* aconteceu. — Bárbara cruzou as pernas e se recostou na cadeira, dando a entender que não pretendia se levantar tão cedo.

— Eu imagino que meu filho tenha me colocado como vilão dessa história, mas acredite, eu não fiz nada de errado, só estava buscando o melhor pra todo mundo.

Bárbara tirou um bloquinho da bolsa e fingiu anotar alguma coisa. Ela desenhou uma flor.

— Deve ser difícil ser incompreendido... viver aqui em exílio onde não há espaço para se explicar.

— Não estou em exílio, senhorita. Eu moro aqui, minha família está aqui. — Ele limpou a garganta e folgou a gravata, incomodado.

Buscou por uma garrafa de água num frigobar embaixo da mesa e empurrou uma garrafa na direção de Bárbara por cima da mesma.

Ela tomou um pequeno gole enquanto o homem matava a sede com avidez.

Calebe fechou a tampa e começou a sacudir o dedo enquanto discursava:

— Sabe, a minha primeira família era amaldiçoada, Srta. Teresa. Por isso, depois que a mãe deles se foi, eu quis seguir em frente. No meio de tanta picuinha daqueles dois meninos, fiquei com eles até que estivessem adultos. Cometi deslizes, é claro, mas fiquei lá e depois disso achei que merecia começar uma nova vida, não? Ninguém pode me culpar por isso! — As palavras jorraram dele enquanto seu olhar se perdia para além daquela sala, para memórias que Bárbara não tinha como acessar. — Os meninos estavam crescidos. Eu ainda os ajudo financeiramente, sabia disso? Mesmo quando Martin resolveu se rebelar, continuei ajudando, continuei dando o meu melhor para aquele garoto! Isso ele contou? Aposto que não. É um ingrato mesmo...

Todas as frases saídas de sua boca fizeram a cabeça dela girar. Era muita informação, tanto direta, quanto nas entrelinhas. Do que aquele homem estava falando? E Martin, um rebelde? Ela não conseguia imaginar tal cenário. Mesmo depois de todas as conversas com ele sobre sua família, Bárbara o enxergava mais como um menino magoado do que como um revoltado. Dois lados da mesma moeda, duas versões da mesma história. Exceto que Calebe tinha muito mais a contar do que Martin.

— Então, tudo mudou depois que Irene faleceu, não é? — Bárbara deu ênfase ao nome da mulher para mostrar que estava inteirada da situação. Calebe tremeu ao ouvir aquele som sendo pronunciado. — O que exatamente aconteceu com a sua mulher, Sr. Costa?

— Irene era... gentil, mas frágil. — Ele solta um pigarro. — Realmente não quero falar sobre isso, srta. Teresa. Sinceramente, acho que falar comigo não vai ajudar em nada na sua matéria.

Mais uma vez, o homem estendeu a mão sinalizando a porta. Parecia abalado com a conversa e, dessa vez, não se levantou. Com o rosto vermelho, ele deu mais um gole na água.

— Desculpe, é verdade. Estamos aqui para falar de Maurício e da sua neta. Pretende visitá-la quando nascer?

— Isso é bastante pessoal, senhorita. Eu acabei de ficar sabendo dessa história, nem sei se você está falando a verdade..., Mas de qualquer forma, prefiro pagar para que a mulher de Maurício a traga aqui. Nada no mundo me faria pisar naquela cidade novamente.

— Em Estrada? — ela insistiu, surpresa.

— Aquele lugar está cheio de memórias e infestada de fofoqueiros. Espere só até o meu filho aparecer e logo todos ficarão sabendo que ele é apenas um grande pilantra. Fugindo da responsabilidade de ser pai... Isso eu nunca fiz, bem... As circunstâncias eram outras, entendeu? Foi a melhor escolha na época. E se eu fosse a senhorita também não sairia confiando no que Martin fala. Ele acha que eu sou um monstro, mas eu fiz o que pude por ele, por Maurício, por todos os meus filhos.

A melhor escolha na época? Do que aquele homem estava falando?

Ele parecia quase febril ao falar, por um instante parecia estar se justificando para si mesmo, quase se esquecendo da presença de Bárbara.

— É exatamente por isso que quero que o senhor conte a sua versão dos fatos. Para que quando todos souberem o que aconteceu... *naquela época...* entendam que foi o melhor que podia fazer. — Bárbara forçou um tom de empatia, sentindo nojo de si mesma por tamanha falsidade. Porém, já havia chegado até ali e não sairia sem informações. — O que aconteceu, Sr. Costa?

— Irene, a mãe dos garotos, não estava mais em condições, ela... não queria a menina. Eles estavam mais velhos, eu não podia... — Ele limpou a garganta. Sua expressão estava aturdida e o vermelho do rosto se intensificava. — Não importa o que o meu filho te disse. Ela está melhor sem nós.

— *Ela...* Ah, sim, Martin comentou sobre *ela*. E como o senhor se sente sobre isso? — blefou.

— Não sei onde ela está agora. Sei que poderia tê-la achado se quisesse, mas penso que ela tem uma vida melhor agora, longe de toda a nossa maldição. Martin queria encontrá-la... ele é egoísta demais, assim como Maurício. Infelizmente, eu era como eles quando jovem. Por isso, agi como agi. Apesar de tudo, foi a coisa mais altruísta que fiz por aquela menina. Pode colocar na sua *reportagenzinha* de cidade pequena: fiz o melhor que pude, mas essa família é, e sempre foi, amaldiçoada!

Bárbara engoliu em seco, tentando assimilar a torrente de palavras bruscas ditas por Calebe. A sua conversa sobre maldição soava obsessiva. O seu tom era de um religioso extremista que colocava a culpa de todos os problemas do mundo em cima do diabo.

— Eles realmente acham que não me importo, que nunca me importei... — Seu tom de voz foi diminuindo e ele liberou a pressão que fazia com os dedos ao redor da garrafa de plástico. — Mas a moça do orfanato prometeu que ela ficaria bem, prometeu que encontraria uma família para ela.

— Q-quanto tempo faz isso? — Bárbara perguntou, assimilando o que o homem estava lhe confessando.

— Cerca de treze anos. Eu ainda morava lá.

Eles ficaram em silêncio por alguns instantes, até o homem limpar a garganta e beber mais um gole d'água. Bárbara pegou o celular de cima da mesa de vidro e parou de gravar.

— Obrigada por contar a sua história, Sr. Calebe.

Calebe observou o gesto e ajeitou a gravata bordô, recuperando a compostura.

— Se o que você está falando sobre Maurício é verdade, se ele está mesmo morto, se Viviane está mesmo grávida, não vai demorar para que toda a mídia saiba tudo sobre nossas vidas. Espero que a senhorita pelo menos publique a verdade.

— E vocês não sabem nada sobre ela? A garota...? — Bárbara insistiu.

— Não. Não quis saber, mas foi por isso que Martin ficou no Brasil. Maurício, tudo bem, ele tinha a própria vida quando vim para Londres, mas chamei Martin para vir comigo antes mesmo de ele terminar o Ensino Médio. Ele quis ficar para encontrá-la.

— E encontrou?

— Eu não sei, moça. Ele não fala comigo faz muito tempo, desde que se mudou para Salvador. Usa meu dinheiro, mas não fala mais comigo. — Ele ri com escárnio. — E é por isso que eu não sabia...não sabia que ia ter uma neta.

Bárbara se recostou na cadeira, apreendendo aquelas informações.

— Você está bem? Posso te oferecer alguma coisa? — Ele uniu as sobrancelhas e fez menção para se levantar.

— Não, obrigada. — Bárbara estendeu a mão. — A suas informações foram suficientes. Muito obrigada. — Ela se levantou, arrastando a cadeira e enfiando o celular na bolsa, se atrapalhando com a alça fina.

Foi caminhando em direção à porta e Calebe se apressou em abri-la para que ela pudesse passar.

— Foi um prazer conhecê-la, Teresa. Fale bem de mim para Estrada dos Refúgios e, quem sabe, para o Brasil — disse cordialmente. Bárbara forçou um sorriso sem dentes. — E faça um favor a si mesma: Saia daquela cidade assim que tiver a chance. Talvez minha família não fosse amaldiçoada, mas aquela cidade com certeza é.

25

RECOMEÇO

Como prometido, Bárbara voltou ao hostel para provar o jantar. Após sair da *Costa Technologies*, se esforçou ao máximo para encontrar uma distração e não pensar nas coisas que ficou sabendo. Caminhou pelo centro comercial e observou paisagens de filmes, daqueles lugares de Londres que ela só tinha visto em fotos. Mas não conseguiu apreciá-las como deveria, pois era Estrada dos Refúgios que roubava seu pensamento. Nunca havia pensado tanto na cidade até estar longe dela.

Ainda meio perdida com o horário e o céu que escurecia em horários diferentes do Brasil, chegou atrasada para o jantar no hostel, mas o Sr. Wilson disse que tinha feito uma exceção e guardado o seu prato, já que a garota parecia tão ansiosa para provar sua comida.

A sopa ajudou a se proteger do frio de Londres, mas não do gelo que se alojou em seu estômago depois da conversa com Calebe Costa.

Sr. Wilson perguntou várias vezes se ela estava apreciando a refeição e ela tentou manter um sorriso no rosto. O gentil senhor provavelmente estava confundindo a preocupação dela com falta de gosto pela comida que, na verdade, estava mais gostosa do que ela esperava.

Bárbara agradeceu e afirmou diversas vezes o quanto havia gostado da sopa, incluindo uma promessa de voltar ao local em outras viagens. O senhor beijou as costas de sua mão com uma pequena reverência e se retirou para descansar.

Ela ficou sentada na mesa comprida de madeira na cozinha e decidiu lavar a louça, ainda na tentativa de escapar de seus próprios pensamentos. Logo, uma das ajudantes da casa a encontrou e a repreendeu por fazer o trabalho dela, incentivando amigavelmente que a menina fosse descansar em seu quarto.

Assim que Bárbara se deitou na cama, Ira telefonou e a ligação passou por todos os membros da família.

— Em breve teremos notícias — ela disse a Gastrell quando ele perguntou se ela havia conseguido o estágio.

Suspirou, pensando nas entrelinhas de suas palavras.

Não conseguiu pegar no sono e após algumas horas de tentativa, pegou o celular e colocou o nome "Irene Costa" na barra de pesquisa. Antes, precisou incluir diversas palavras-chave para encontrar matérias relacionadas a Calebe, ela havia pesquisado em inglês nos sites de buscas da Inglaterra, uma estupidez que atrapalhou e muito a descoberta de informações. Insistiu na procura, digitando o nome no site de buscas brasileiro, mas foi só depois de muito pesquisar, vasculhando em vão nos grandes sites, é que conseguiu achar alguma coisa sobre a Irene que procurava num portal de notícias de Estrada dos Refúgios, um blog, na verdade, que não era atualizado há muito tempo. A manchete que encontrou não a surpreendeu: *Esposa de grande investidor de tecnologia é encontrada morta. A polícia suspeita de suicídio.* Em letras menores lia-se: *Seu filho de 7 anos a encontrou desacordada na cozinha ao lado de dois frascos vazios de remédios.*

Martin.

Bárbara seguiu a leitura da matéria com um nó na garganta e seguiu para um link que explicava sobre o Transtorno de Personalidade Limítrofe, distúrbio que, segundo o blog, levou a mãe de Martin e Maurício a diversas internações e, por fim, ao suicídio. Procurou mais informações em outros sites esquecidos por seus escritores, mas não encontrou nada sobre a filha deixada para a adoção, apenas mais relatos tristes sobre a vida da mulher. Aparentemente, Calebe havia sido um marido tão ruim quanto Maurício e, conforme ele ascendia nos negócios, menos privada e mais exposta a vida da família Costa ficava. Mesmo assim, os maiores veículos de mídia pareciam mais interessados nos feitos do empreendedor em relação à área de tecnologia.

Bárbara fechou a aba da internet com o coração pesado e os olhos cheios de lágrimas. Calebe tinha razão quando afirmou que a sua família era amaldiçoada, mas a maldição era o próprio homem e só ele não conseguia ver.

Quando Bárbara pegou no sono, sonhou que era filha de Irene e que Calebe era o seu pai. Assim como na vida real, o marido atirou na esposa e a filha fugiu, chorando, dessa vez, pelas ruas de Londres em vez das de Salvador.

Acordou exausta na manhã seguinte, mas aproveitou bem o café da manhã, fazendo a alegria do Sr. Wilson, que insistiu que ela levasse muffins de banana para casa. Bárbara partiu logo após a refeição com mais um de seus beijos nas costas da mão.

A viagem de volta foi regada pela chuva e um sono bem-vindo e tranquilo. Estava tão exausta que conseguiu afastar os resquícios do pesadelo da mente. Bárbara chegou à Rodoviária de Bristol quando o céu ficou escuro e um carro desconhecido deu uma pequena buzinada para ela. Seu coração deu um salto até o motorista abaixar o vidro da janela e o rosto pálido de Gastrell aparecer.

Bárbara deu um sorrisinho sem graça, enfiou a mochila no banco de trás e, após tirar um rolo de jornal do assento, se sentou no banco do carona, sujando de lama o tapete de camurça.

— De quem é esse carro? — perguntou.

— Nosso. — Gastrell deu um sorriso.

Bárbara notou, pela primeira vez desde que chegaram ao continente europeu, o quanto Gastrell parecia contente, de um jeito que raramente ficava em Estrada dos Refúgios. Aquele tipo de sorriso costumava ser reservado para Ira e suas façanhas infantis.

— Você está mais feliz aqui — comentou, olhando o pai de soslaio.

Ele deu de ombros, mantendo os olhos na estrada. Quando ele voltou a falar foi uma surpresa para Bárbara.

— É estranho, mas me *sentir* mais livre aqui. Em Estrada dos Refúgios parecia que estavam nos observando o tempo *inteira*, eu não sabia o que esperar. Aqui ninguém se importa.

A maioria das pessoas poderia dizer que aquilo era algo ruim. Mas não um fugitivo.

Bárbara podia sentir também. A leveza de poder se sentar na porta de casa às quatro horas da manhã sem que teorias mirabolantes ou boatos surgissem depois.

— *We are starting over.* — Bárbara complementou. *Estamos recomeçando.*

O sorriso de Gastrell se desmanchou assim que o carro adentrou a rua em que ficava a nova casa. Ele diminuiu a velocidade do veículo e checou o celular.

— *Bloody hell…* — xingou.

Havia dois policiais encostados às suas viaturas e outras duas estacionadas do outro lado da rua.

— Eles estão na nossa casa? — Bárbara perguntou. O gelado do estômago se intensificou, fazendo-a passar o braço na barriga e apertá-la.

Ela pegou o celular na bolsa e viu cinco chamadas perdidas vindas do número que Henrique havia ligado antes.

— Não tem ligação das meninas…

— Eles estão monitorando — concluiu Gastrell.

— O que a gente faz? Você tem que fugir! — Bárbara tocou seu braço. O carro continuava a se mover lentamente. — Dê a volta!

Gastrell observou o rosto da filha por apenas alguns segundos antes de aumentar a velocidade e só parar o carro por completo quando estavam em frente à casa.

— Papa, o que tá fazendo?

Assim que Bárbara e Gastrell chegaram, Karma e Ira saíram de dentro de casa, olhando preocupadas da varanda. Havia mais dois policiais com elas, além de uma mulher de meia-idade vestida em um terninho azul-escuro. Eles observavam os recém-chegados.

— Ira! — Karma gritou quando a menina correu, desviando dos policiais até o carro.

— Não posso deixar as minhas meninas — Gastrell disse a Bárbara e saiu do carro, se preparando para o abraço de Ira.

Os policiais sacaram suas armas e não hesitaram em apontar para ele mesmo com Ira em prantos nos seus braços e Bárbara paralisada dentro do carro.

O homem soltou a filha, beijou o topo da sua cabeça e estendeu as mãos para o alto com as palmas viradas para fora.

Bárbara saiu do carro e fez o mesmo.

— *Mortimer Hayhurd, you are under arrest.* — *Você está preso.*

26

LEMBRANCINHAS

O mundo das irmãs Gastrell virou um caos.

Bárbara não conseguia imaginar como as outras pessoas estariam vivendo normalmente, tomando um café ou um chá, pegando seus filhos na escola, postando uma foto nas redes sociais, rindo de uma piada sem graça, enquanto a vida dela, de Karma e de Ira virava de ponta-cabeça.

Depois de vinte e quatro horas que pareceram durar um ano, Bárbara entrou em casa, na casa em Bristol, despiu-se de seu casaco grosso e andou diretamente até a mesa de jantar. Sentou-se e encarou o celular com a tela apagada em cima da mesa. Ao lado do aparelho, estava um jornal de apenas alguns dias atrás, com a seção de crimes aberta e a matéria da primeira página relatava que, não muito longe da casa delas, um corpo havia sido encontrado em um riacho em Leigh Woods. Sem a língua.

A pele do rosto de Bárbara estava rígida de lágrimas secas. Seu coração estava desesperado e solitário. O vento rugia lá fora, ampliando a sensação de vazio na casa.

Ela se levantou num rompante, amassando a folha do jornal e abrindo a tampa do lixo da cozinha para encontrar um outro jornal no topo da pilha de restos de comida. Franziu o cenho e pegou a folha. Um folheto com uma propaganda de TV a cabo caiu no chão. Ela ignorou o anúncio e virou o jornal ainda mais antigo, da semana anterior, e leu a seguinte notícia: *Costa Technologies recruta jovens para estágio remunerado. Confira mais informações durante essa semana no canal 8.*

O celular tocou, desviando sua atenção. Ela enfiou as folhas no lixo e deixou a tampa fechar com um baque surdo. Lavou as mãos displicentemente na pia da cozinha, as secou na camisa e se sentou de volta à mesa. Observou a tela piscar com o código do Brasil. Antes que a ligação caísse, Bárbara atendeu e ficou calada. Uma respiração soava do outro lado.

— Como descobriram? — finalmente, Henrique perguntou num sussurro lamentoso.

— Encontraram um... um corpo... em Bristol. — Bárbara se atrapalhou nas palavras. — A língua estava arrancada… a encontraram aqui em casa. Não foi difícil juntar os pontos com os casos do Brasil.

— Encontraram as línguas na sua casa daqui também. Eu tentei te ligar ontem para avisar que estavam entrando lá, sinto muito.

Eles ficaram em silêncio por um tempo. Bárbara queria responder um "tudo bem", mas não estava tudo bem.

— É verdade, então? — ele perguntou.

— O quê?

— Ele é um famoso *serial killer* da Inglaterra, procurado por anos?

Bárbara suspirou, a verdade lutando para não sair. Depois de uma vida negando tudo sobre o assunto, era difícil colocar para fora. Mas se o próprio Gastrell havia assumido, o que restava para ela fazer?

— É verdade.

— Isso explica muita coisa — refletiu ele.

Não diga coisas demais, Henrique. Podem ter grampeado os telefones.

Bárbara torceu em silêncio para que ele pudesse adivinhar seus pensamentos.

Pelo que parecia aquela era uma grande investigação internacional e ela não duvidava de nada que a polícia pudesse fazer para descobrir mais coisas. Provavelmente era pura paranoia, mas ainda assim...

Ele apenas suspirou.

— Fizeram um retrato falado e tudo, comparando uma foto antiga dele com a descrição que o povo da cidade deu. Apareceu no jornal da noite.

— Aposto que eles estão adorando tudo isso.

— O jornal?

— Também. Mas digo o povo de Estrada. Devem estar dizendo que sempre desconfiaram que havia alo errado com a nossa família.

Bárbara quase podia enxergar Dona Josefa comentando com um monte de senhoras na porta da casa de bolos, atraindo a atenção de meio mundo de gente com muito mais informações que os veículos oficiais de notícias.

— Já num sabe como é, vei? — concordou Henrique. — Mas, vem cá, teoricamente ele não pode responder pelos crimes antigos que cometeu, certo? Não já faz muito tempo?

— As leis aqui funcionam diferente do Brasil. Tem toda uma coisa com a *commom law*, em que o juiz baseia a sentença em casos anteriores similares a esse. O advogado tentou me explicar, mas foram muitas coisas. No Brasil talvez os casos antigos tivessem prescrito por ter cerca de 20 anos. Mas aqui... é diferente.

— Merda...

— Pois é.

Mais um silêncio tomou conta de um minuto até Henrique limpar a garganta.

— Estão o culpando por Maurício também. Acham que ele quis se vingar por ele ter se aproveitado de Karma.

— Eu sei. Ela teve que dar um depoimento...

— Ela confirmou essa história? — Sua voz aumentou de volume, surpresa.

— Sim.

Não diga coisas demais, Henrique.

— E cadê ela? — perguntou.

Um soluço irrompeu pela garganta de Bárbara e ela não pôde conter as lágrimas que molharam seu rosto por cima das antigas.

— Bárbara... — Um espanto deprimido tomou conta da voz de Henrique. Ela quase podia ver o rosto dele: a boca entreaberta, o corte do cabelo se desmanchando por conta dos fios que tinham crescido, as sardas na ponte do nariz achatado.

— Eles as levaram. Tiraram minhas irmãs de mim — chorou. E chorou como não fazia há muitos anos, chorou como ninguém jamais havia visto. Ninguém além de Gastrell.

— Sinto muito, Bárbara — Henrique repetiu em um consolo. — Queria ajudar de alguma forma...

— Você pode ficar com os meus livros? — pediu, arrancando um riso dele.

— Sério? Bem que eu gostaria, mas no momento eles são evidências...

— Claro, claro — ela disse e fungou, passando as costas da mão pelo nariz que escorria.

— Aliás, já ia me esquecendo. Um pacote chegou para você na livraria. Parece um livro, mas não abri. Talvez eu possa ficar com esse — brincou.

Bárbara não lembrava de ter pedido nenhum livro, principalmente com o endereço da Refúgio dos Livros.

— Guarde para mim, tá bem? — pediu, terna.

— Claro!

— Obrigada pela ajuda, Henrique.

— O que vai fazer agora?

— Dormir — respondeu, mesmo sabendo que não era isso que ele queria dizer.

— Te ligo de novo mais tarde. — Henrique aceitou a resposta como se fosse exatamente o que tivesse perguntado.

Os dois ficaram em silêncio por alguns instantes, aproveitando a companhia um do outro em suas próprias solidões. Bárbara desligou sem se despedir e se arrastou até o andar de cima para se deitar no quarto que era unicamente seu, na casa que era apenas sua. E, de fato, ela havia descoberto que Gastrell colocou um monte de coisas no nome dela, inclusive aquela casa.

Na cama, chorou mais, chorou até cansar, chorou até dormir. Mas seu sono foi carregado de consciência, um repouso leve que dividia seu corpo entre o quarto frio e o mundo dos sonhos. Ela ouvia vozes de pessoas que não estavam lá, de Karma, Ira, Henrique e até de Martin. Seu corpo sabia que era um sonho, mas sua mente insistia na ilusão.

Em algum ponto ouviu a voz de Gastrell:

— *Nunca guardei "lembrancinhas" comigo.*

— *Lembrancinhas? — ecoou ela, confusa.*

Era uma memória. A lembrança de uma conversa que os dois tiveram há algum tempo.

— *Sabe como a maioria dos assassinos em série leva algo da vítima e monta uma coleção ou algo do tipo? Eu nunca fiz isso. É burrice guardar evidências dentro da sua própria casa.*

Bárbara engoliu em seco, mas anuiu, em concordância.

Aquele tipo de recordação costumava assombrá-la, agora a alertava.

Bárbara despertou abruptamente. Sentou-se na cama com um movimento rápido e a colcha grossa deslizou de seu tronco.

Gastrell não guardava evidências. Então, o que aquelas línguas estavam fazendo em sua casa?

Lembrou-se do aviso *"I Know Who You Are"* escrito na língua dentro da caixa. A ameaça sangrenta que deu início à fuga, à mudança de vida. *Eu sei quem você é.*

Alguém o estava incriminando..., mas se era assim, por que ele tinha assumido tudo para a polícia?

A campainha tocou. Demorou um instante para Bárbara distinguir se ainda era parte do sonho ou se havia realmente alguém na porta. Parte disso era porque ninguém que ela conhecia sabia seu endereço atual. As irmãs estavam num abrigo e o pai na cadeia.

Desceu as escadas, hesitante. A campainha soou mais uma vez.

Desejou ter um olho mágico para espiar.

— *Who's there?* — perguntou, incerta, ponderando se não deveria ter fingido que não havia ninguém em casa. *Quem está aí?*

A voz que respondeu do outro lado da porta, definitivamente, poderia estar vindo de seus sonhos.

— Sou eu, Bárbara. Martin.

27

RECORDAÇÕES E REVELAÇÕES

Bárbara hesitou, tocando a madeira fria da porta. *Não podia ser.*

Ela abriu a porta devagar, como se duvidasse que ele estivesse mesmo ali. Algo dentro dela mudou quando o viu, na verdade, algo nele parecia ter mudado depois da conversa que ela teve com o seu pai.

Martin abriu um sorriso, deu um passo à frente e a abraçou. Ele cheirava a banho recém-tomado e chuva refrescante ainda que seu corpo estivesse quente.

— Sabia que ia te encontrar — ele disse, mexendo a mandíbula ao lado do rosto dela, ressoando sua voz bem de perto. Até aquilo parecia diferente agora.

— Eu soube que você é bom em encontrar as pessoas… — ela sussurrou de volta.

— O que isso quer dizer? — Ele se afastou para analisar o rosto dela. — Ei, você mudou o cabelo.

Ela abriu um sorriso fraco e fingido. Parte dela estava feliz em vê-lo, mas ele não se parecia mais com ele mesmo.

— Como me encontrou?

Bárbara fez um sinal para que entrasse e Martin rapidamente se livrou do casaco, colocando-o nas costas do sofá.

Ela o seguiu de forma mecânica. Era estranho como parecia que era ele quem a guiava pela casa, que ela era a visitante e não o contrário.

— As notícias voam rápido, sabia? — justificou ele. — Além do mais, nunca foi difícil te encontrar.

Isso não respondia à pergunta dela, apenas trazia mais dúvidas.

Lembrou-se de quando foram ao mercado na cidade vizinha a Estrada dos Refúgios e a coincidência que foi encontrar Martin por lá. *Nunca foi difícil te encontrar.*

Bárbara passou por ele e se sentou no sofá. Ele a acompanhou.

— Você tá bem? Onde estão as suas irmãs?

Martin olhou ao redor, adquirindo uma expressão preocupada.

— E-eu… Martin, o que você tá fazendo aqui?

A cabeça de Bárbara latejava em uma dor pungente. Sua mente gritava que algo estava errado, criando um eco para a dor. Alguma coisa na imagem dele, ali sentado, parecia desacertada.

— Precisava saber se você ficaria bem... — começou ele.

Ela estreitou os olhos com incredulidade.

Chegou à conclusão de que Martin não parecia realmente diferente de antes. A verdade é que ela nunca o havia conhecido.

— Eu conheci seu pai. — Bárbara decidiu revelar. Seu coração deu um salto.

Lembrou-se da vez em que disse que não poderia ir a um encontro com ele e temeu que ele fosse agir como Maurício. Era aquele temor de novo. Foi naquele mesmo dia que alguém havia passado pela casa e deixado a língua sangrenta dentro da caixa. Bárbara uniu as sobrancelhas com a lembrança.

— C-como isso é possível? — Pela primeira vez desde que ele chegou, Bárbara viu sua expressão superior, murchar.

— Isso não importa. Agora sei o verdadeiro motivo pelo qual você estava em Estrada dos Refúgios.

— Eu fui por Maurício, Bárbara.

— Vocês nem se gostavam, Martin! — cuspiu com escárnio.

— Ele ainda era meu irmão — ele argumentou.

— Era...

— Antes do seu pai *serial killer* matá-lo! — declarou com raiva.

Bárbara riu, riu como se realmente achasse graça daquilo tudo.

— O que você fez, Martin? Quis se vingar por um irmão podre que odiava? Não consigo entender! — A última frase foi dita enquanto ela se postava de pé. Passou a mão pelos cabelos e começou a andar de um lado para o outro, tentando arrumar as peças em sua cabeça.

— Do que você tá falando?

— Os assassinatos, as línguas, os recados, tudo depois que você chegou na cidade.

— Mas eu não matei Maurício, Bárbara. *Esse* foi o começo de tudo — ele disse, assumindo outra vez uma calma deliberada.

— Então, você está admitindo que matou os outros?

Bárbara lambeu os lábios que, de repente, pareciam secos demais. Suas axilas suavam de nervoso. Estava acostumada com a presença de assassinos, mas aquilo... era diferente.

— Não! E-eu...

— Então me faça acreditar que não foi você! — Ela se sentou ao lado dele de novo, colocando um joelho no sofá. As mãos foram em direção ao braço dele, querendo tocá-lo, querendo que ele a consolasse, mentisse bem o suficiente para que ela pudesse acreditar.

Bárbara se sentia enjoada.

— Não fui eu... — *Mas só poderia ser.*

— Me conte a verdade — pediu.

— O que meu pai te falou para que achasse que sou um assassino?

— Nada. É só algo que Gastrell disse... — *Ele nunca guardava "lembrancinhas".*

— Ele não fez isso — concluiu Bárbara.

— Ele não confessou? — Havia um tom de sarcasmo na voz dele.

Bárbara balançou a cabeça, não para desmentir Martin, mas para demonstrar a sua incredulidade com os atos de seu pai adotivo. Ele tinha que estar protegendo alguém... era a única explicação.

— Você encontrou a sua irmã? — ela perguntou abruptamente e se afastou. Os detalhes da conversa com Calebe estavam voltando para ela. Talvez tenha sido um erro procurá-lo e fazer perguntas, mas as respostas fizeram valer a pena, eram respostas que forçavam aquele quebra-cabeças a se encaixar.

Nada que ele disse indicava que Martin era um assassino, mas indicavam que, assim como Gastrell, ele queria proteger alguém.

Martin abriu um meio sorriso que quase parecia entretido.

— Ele te contou sobre isso? Não acredito que realmente foi atrás dele, se colocou em risco dessa forma...

— Por que *você* não me contou?

— Você nunca confiou em mim, por que eu deveria confiar em você? Te falei muitas coisas sobre mim. Você nunca me disse nada!

Ele tinha razão, não havia como argumentar. Ele vivia a chamando de misteriosa. Por um lado, ela gostava disso. O mistério dela o atraía.

Percebeu de um jeito amargo que nunca teve sentimentos românticos por Martin, mas gostava da atenção que ele lhe dava. Ele havia sido o primeiro homem a querê-la antes de desejar Karma.

Era um pensamento horrível de se ter, mas era a verdade.

Depois, ele se tornou uma boa companhia, uma boa conversa, um bom colega de *podrão* na praça.

Mas esses sentimentos que tinha por ele não vieram isolados. Andavam de mãos dadas com o medo de saber que ele poderia destruir tudo em um piscar de olhos. E era o que tinha feito.

Martin balançou a cabeça, exausto.

— Respondendo a sua pergunta: sim, encontrei a minha irmã. — Ele ainda confiava mais em Bárbara do que ela jamais confiaria nele. — Estou protegendo ela como meu pai deveria ter feito. Como o seu pai fez.

O estômago de Bárbara atingiu um pico tão alto com a sensação de frieza que ela pensou que vomitaria ali mesmo no sofá. Por um segundo, achou que Martin se referia a ela, a seu pai biológico, ao assassinato e à morte causada por suas próprias mãos.

— O-o que quer dizer?

— Eu a ajudei. Ela é só uma menina... está com raiva, está machucada. Foi criada no meio do caos disfarçado de tranquilidade, viu coisas que ninguém deveria ver, principalmente uma criança.

— O que quer dizer com "como o seu pai fez"?

— Você acabou de dizer que ele não fez as coisas que confessou ter feito. Por que mais ele diria que fez isso se não fosse para proteger alguém?

O peso no peito de Bárbara diminuiu minimamente, apenas o suficiente para perceber o significado por trás de suas palavras.

— Martin, o que você fez?

— Não importa.

— Importa, sim — Bárbara retrucou. — Nossas vidas estão de cabeça para baixo por causa disso!

Ele balançou a cabeça com um sorriso cético.

— Está bem! — disse, por fim.

Bárbara esperou.

— Vou me entregar pelos assassinatos em Estrada dos Refúgios. E talvez até assuma a culpa pelo assassinato mais recente...

— Você já estava aqui em Bristol quando aconteceu?

— Sim. Mas não estava sozinho.

— Com quem você tava?

Martin ficou de pé, deu um beijo no topo da cabeça de Bárbara e acariciou seus cabelos bagunçados.

— Tenha uma boa vida, Bárbara Gastrell.

Ele ficou de pé, dando a chance para Bárbara finalmente ver o que ele estava vestindo: calças *jeans* e uma camisa preta estampada com o traçado de uma flor de lótus.

Os olhos de Bárbara se encheram de lágrimas quando ele pegou o casaco nas costas do sofá, cobriu o desenho da camisa e saiu porta afora. Bárbara não o impediu.

Levantou-se e correu para o banheiro, segurando o vômito na garganta e se apoiando na tampa aberta do vaso sanitário.

Uma recordação não muito distante a alcançou, dando um novo significado a tudo.

28

O DIA DO JULGAMENTO

— O julgamento de Gastrell foi marcado — Bárbara disse às irmãs. As três estavam sentadas nas cadeiras de plástico do pátio do abrigo.

Karma estampava olheiras escuras debaixo dos olhos, a pele pálida e o cabelo amarrado em um coque cheio. Ela fungou e balançou a cabeça concordando.

— O que vai acontecer com ele? — Ira perguntou numa voz chorosa.

Seu cabelo estava solto e bagunçado, parecia não ser penteado há alguns dias. Bárbara analisou o seu rosto com cuidado. A menina parecia ter ficado mais velha nesses últimos dias. Era doloroso olhar para ela, como se a garota fosse apenas uma lembrança distante, alguém que Bárbara um dia conheceu, mas que naquele momento era outra pessoa.

— Eu… — Bárbara começou a dizer, mas Karma a interrompeu:

— Provavelmente ele vai ficar preso para o resto da vida.

Bárbara arregalou os olhos para ela e gesticulou para Ira. Ela encarava os pés com a mandíbula cerrada.

— Desculpe, Ira. Só tô tentando ser honesta…

Ira sacudiu a cabeça, descartando o consolo.

— Sinto muito por tudo isso… — Bárbara disse, desviando os olhos das duas. — Tô tentando tirar vocês daqui, mas é muita burocracia para resolver sozinha.

Ira tinha completado 14 anos há algumas semanas e, no dia, as moças do abrigo deixaram que Bárbara a levasse na sorveteria junto com Karma. O que era para ser um dia feliz, se tornou rapidamente um festival de melancolia regado de memórias de Estrada dos Refúgios.

Bárbara tinha contado a Karma sobre a visita de Martin e a mentira sobre o estágio logo também veio à tona. Mas a irmã do meio havia se tornado uma criatura apática, inabalável diante de qualquer situação. Ela apenas tombou a cabeça para o lado e disse que Martin não podia ser tão diferente de Maurício. Parecia fazer sentido para ela.

Bárbara escondeu a conclusão que havia chegado. Não queria alarmá-la para o caso de não ser verdade. Todas as peças se encaixavam, mas parecia surreal demais para ser verdade.

As meninas estavam caladas, ouvindo algum passarinho cantar ao longe. Não havia mais nada a ser dito.

Além das irmãs, a única pessoa que Bárbara conversava era com Henrique, por telefone. Ele continuava tomando conta da livraria como havia prometido a Gastrell, que havia deixado o estabelecimento em nome das filhas. Apesar de todos os erros de Mortimer Hayhurd, o dinheiro pertencia realmente a ele, por isso, nesse quesito, não havia muito com o que se preocupar.

Meses haviam se passado e Bárbara finalmente havia se acostumado a viver na casa que não lhe pertencia, falando e ouvindo a língua que não lhe pertencia e convivendo com a solidão que sempre lhe pertenceu, mas só então havia tomado forma efetiva em sua vida.

Sua rotina se resumia a ir ao mercado, falar com advogados pelo telefone ou encontrá-los em cafeterias, assinar papéis, visitar as irmãs e conversar com Henrique pelo telefone. Às vezes, sobre assuntos puramente burocráticos relacionados à gestão da livraria, às vezes atualizações sobre o que estava acontecendo na vida um do outro.

— Eu me mudei — contou ele certa noite.

— O quê? Pra onde? — Bárbara perguntou, surpresa, colocando a televisão no mudo e se ajeitando no sofá.

— Uma kitnet aqui perto da livraria. O aluguel é bem baratinho e assim fico mais perto do trabalho.

— Henrique, mas e a faculdade?

— Ainda tô esperando as inscrições do SISU, mas não acho que vou muito bem. Vou estudar mais pro próximo ENEM.

Bárbara estreitou os olhos no escuro como se ele pudesse vê-la.

— Você não tá dizendo isso só por causa da livraria, né? Eu posso contratar alguém, você não precisa...

— Bárbara, eu gosto de trabalhar na livraria. Foi graças a isso que consegui sair da casa de meu pai. Não tô, tipo, te fazendo um favor, tá?

— Acho bom. É demissão certa pra você na hora que entrar na federal — decretou.

— Que otimista! — falou, ironizando.

— É mais fácil ser otimista com a sua vida — comentou, sombria.

— E você? O que vai fazer sobre a faculdade?

— Não tenho nem ideia. Perdi o ENEM, não sei quanto tempo vou ficar em Bristol. Tudo vai depender do resultado do julgamento e, acredite, não estou nem um pouco otimista sobre esse assunto em específico.

O suspiro de Henrique fez chiado no telefone.

— Já marcaram a data? — perguntou ele.

— Daqui a quinze dias.

— É barril, Bárbara.... Sinto muito mesmo. Queria estar aí para ajudar.

— Você tá ajudando cuidando da livraria. Mesmo que não seja um favor, somos muito gratas, viu?

Na mente de Bárbara era possível enxergar nitidamente o sorriso de Henrique se abrindo.

— Pode contar comigo — respondeu.

E por mais estranho que pudesse ser, ela realmente contava.

— Boa noite, Henrique.

Quando o dia do julgamento chegou, ela colocou os sapatos de Karma mais uma vez. Levou uma muda de roupas para as irmãs, penteou os cabelos de Ira e os prendeu em um rabo de cavalo comprido. Seguia adiando o inevitável, reparando em cada gesto e expressão da irmã, imaginando quanto do seu comportamento era falso e quanto era real.

Na entrada do prédio de justiça, com ajuda do advogado de Gastrell, as três desviaram dos jornalistas e das câmeras e subiram as escadas para esperar num salão cheio de pessoas que não conheciam. Elas sussurravam e olhavam para as meninas sem nenhuma discrição.

O salão era decorado em tons de bege e marrom: carpete, bancos de madeira e púlpito. Parecia ter saído diretamente das séries de advogados que Bárbara gostava de assistir. Nos últimos episódios que assistiu, imaginava Gastrell no lugar dos acusados fictícios e chorava com a sentença de cada um.

Aquele dia parecia ficção para ela, pensando bem, toda a sua vida nos últimos meses tinha aquele mesmo tom.

Passou Ira na sua frente, a direcionando até a primeira fila de assentos. Na segunda fileira, avistou cabelos castanhos familiares. Martin se virou e ela não pôde conter um sorriso. Deu um passo à frente para cumprimentá-lo, mas ele balançou a cabeça sutilmente, a impedindo de prosseguir. Nunca tinha visto seu rosto tão sério antes.

Não via Martin há meses e deduziu que ele tivesse se entregado... pelo visto havia se enganado.

A verdade pairava sobre eles quase palpável. Bárbara olhou para a parte de trás da cabeça de Ira, se perguntando quando teria coragem de falar com ela.

Karma deu um toque de leve em suas costas, a fazendo se mover novamente.

— Que merda é essa? — Karma perguntou baixinho se referindo à reação de Bárbara ao ver Martin.

Ela não respondeu. Sentou-se no meio das duas irmãs e elas esperaram. O estômago de Bárbara se tornando gelado, como sempre fazia.

A garota deu mais uma olhada em Martin por cima do ombro. Sua barba estava por fazer, seu rosto estava cansado, sua gravata azul-escura estava torta. Bárbara voltou a virar o rosto para a frente após ouvir uma mulher desconhecida cochichar seu nome para outra pessoa na fileira oposta.

Ela procurou a mão de Karma ao seu lado e a apertou. Isso pareceu surpreendê-la, quebrando a sua máscara de apatia por alguns segundos. Ela apertou a mão de Bárbara de volta.

O burburinho da sala cessou quando o juiz entrou após ser anunciado. Sua Excelência Juiz Wright: um homem em seus sessenta anos, de pele muito branca e enrugada, cabelos também brancos e uma carranca natural traçando o rosto.

— Podem se sentar — ele disse em inglês com um sotaque pesado e grave.

O julgamento prosseguiu num inglês cheio de termos que Bárbara não conhecia. Gastrell foi trazido, causando-lhe um aperto no coração.

Ele parecia infinitamente mais velho e frágil. Ofereceu um sorriso às filhas assim que apertou os olhos na direção delas, estava sem óculos, mas as marcas da armação ainda estavam impressas na epiderme. O cabelo estava raspado e a barriga murcha com o seu emagrecimento brusco.

Karma aumentou a intensidade do aperto na mão de Bárbara.

Termos confusos e acusações a Gastrell foram proferidas, coisas das quais Bárbara nunca tinha ouvido falar antes foram mencionadas. Crimes foram listados. Parecia impossível defendê-lo, mas os advogados tentaram.

— O meu cliente claramente sofre de um distúrbio mental e merece receber tratamento adequado. Comportamento violento, ausência de remorso, narcisismo, fracasso em conformar-se às normas sociais com relação a comportamentos legais. Todos esses são sintomas apresentados por ele.

— Conduta premeditada e planejamento futuro também e esses não são sintomas de transtorno de personalidade antissocial — o advogado de acusação interveio.

— Não é necessariamente preciso apresentar todos os sintomas para se encaixar em um diagnóstico, Sua Excelência — o advogado de defesa prosseguiu, sem se dirigir ao acusador. — Disfunções cerebrais e biológicas ou traumas neurológicos, predisposição genética e traumas sociopsicológicos na infância como abuso emocional, sexual, físico, negligência, violência, conflitos e separação dos pais etc., podem evoluir para o transtorno de personalidade antissocial. Gostaria de chamar Mortimer Hayhurd para depor.

Gastrell se manteve sério e respondeu às perguntas que lhe foram dirigidas de maneira mecânica e desprovida de emoções. Até mesmo perguntas sobre as filhas e o seu próprio passado.

— É verdade, Sr. Hayhurd, que o senhor foi abandonado por sua mãe quando era uma criança crescida o suficiente para se lembrar dela, mas não para se cuidar sozinha?

— É verdade. — Ele fixou sua vista em algum ponto à frente, sem olhar para o advogado ou para mais ninguém.

— E não é verdade também, Sr. Hayhurd, que seu pai lhe infringiu diversos traumas físicos e psicológicos quando ainda era criança, que duraram até a sua adolescência?

— Sim.

— Traumas físicos esses que te causaram danos a ponto de parar no hospital com ossos fraturados?

— Sim.

— E é verdade que seu pai, Keller Hayhurd, foi a sua primeira vítima, tendo o senhor o assassinado, sumido com seu corpo e com todas as evidências do seu homicídio, quando tinha apenas quinze anos de idade?

— É verdade. — Dessa vez seu olhar se pousou em Bárbara apenas por uma fração de segundo.

Lágrimas escorriam livremente pelo rosto dela, embaçando a sua visão, mas não o suficiente para não reparar aquele olhar sutil que significava tanta coisa. A memória corroeu suas entranhas. Ela se curvou, apertando o estômago ansioso.

Nunca questionou por que Gastrell a havia resgatado e ajudado em um dos piores momentos de sua vida – perdia a posição de pior de todos unicamente para o dia em que ouviu a sua mãe morrer. Claro que a pergunta sempre pairou por sua cabeça, especialmente quando era mais nova.

Gastrell se via nela. Ele sempre dizia que não a nomeara Justice à toa. Bárbara deveria ter imaginado.

Karma tocou suas costas por cima do agasalho, indagando se estava tudo bem. Bárbara puxou o ar e esticou o corpo para cima, fingindo recuperar a compostura.

— Tô bem. — Sorriu forçadamente para irmã e voltou a concentração para a corte.

Tentou fisgar mais um olhar de Gastrell. Sem sucesso.

Que bem iria fazer? Saber que eles partiram do mesmo sentimento de violência vinda dos próprios pais. Nenhum. Mas ele deveria ter lhe contado, deveria ter compartilhado isso com ela numa conversa particular, não ali no meio de tantas pessoas que torciam para a morte dele.

— Vejam bem, senhoras e senhores do júri, esse homem conviveu com traumas durante toda a sua vida, abandono, abuso psicológico… e vocês se lembram dos sintomas que descrevi agora há pouco, não? — o advogado disse numa voz didática e amigável, como se todos eles fizessem parte de um programa de perguntas.

Gastrell bufou e revirou os olhos, chamando a atenção de todos. Porém, o homem não disse mais nada e fez sinal para que o advogado prosseguisse.

Ele não queria ser salvo. Não acreditava em nada que o único homem que aceitou defendê-lo dizia. Como um júri poderia pensar diferente?

Ao fim de tudo, depois de horas pesadas de histórias terríveis, procedimentos burocráticos e desgastantes, Gastrell assumiu os assassinatos cometidos na época do Justiceiro, assumiu o homicídio de Maurício e os assassinato em Bristol, mas não as outras mortes em Estrada dos Refúgios. Bárbara se permitiu mais um olhar para Martin quando Gastrell negou os crimes na cidade baiana.

Martin anuiu discretamente, se permitindo também uma troca de olhares com ela.

Gastrell se declarou culpado, gerando um novo burburinho na sala. O advogado passou a mão no cabelo, perturbando os fios úmidos de gel.

— Eu queria um mundo melhor, eliminei as pessoas que eram um câncer para a sociedade e os impedi de matar as suas esposas, estuprar as suas filhas, espancar os seus vizinhos. Vocês não conseguem ver? Fiz justiça por aqueles que não podiam fazer. O mundo ainda é um lugar podre, sempre vai ser, mas tentei melhorá-lo, por mim, por minhas filhas, por todos.

O burburinho aumentou, algumas vaias foram cantadas. Bárbara se lembrou da fita que encontraram no quartinho na qual um jovem Mortimer proferiu palavras muito parecidas com aquelas. Ele não se arrependia de nada e um sorriso em seu rosto, agora idoso, confirmava isso.

Bárbara sentiu vontade de vomitar. Ira assistia a tudo sem piscar. Seu rosto apático e seus olhos secos, sem lágrimas.

— Ira, você tá bem?

Ela piscou e olhou para Bárbara, forçando um sorriso. Balançou a cabeça em afirmativa e voltou a olhar para o pai.

O silêncio se restaurou na corte.

Ao final, o veredicto era previsível, principalmente depois que o advogado de acusação citou casos como "The Blackout Ripper" e "The Rillington Place Strangler"; que foram executados depois dos anos 1900. Ainda assim, ouvir a sentença da boca do juiz atingiu Bárbara como um tiro no peito.

— Mortimer Hayhurd, pelos crimes de fraude e falsa identidade, você é sentenciado a dez anos de prisão e pelo homicídio de mais de quarenta pessoas você é sentenciado à pena de morte por injeção[1].

1 A pena de morte para acusados de homicídio foi abolida na Inglaterra em 1969. A punição ainda ocorre nessa história por motivos unicamente ficcionais.

29

ORFÃS

Ficariam órfãs pela segunda vez. Essa era a única coisa que Bárbara conseguia pensar.

Guardas levaram Gastrell embora enquanto Karma se debatia, impedida pelo advogado de correr até ele.

— Papa! Papa!

Ele deu uma última olhada para trás antes de ser retirado do recinto. O murmurinho na corte era quase ensurdecedor e, por ser um julgamento aberto a mídia, flashes de câmeras disparavam aleatoriamente, desnorteando Bárbara ainda mais.

— *I will find a way for you to say goodbye. Please, calm down, Miss Gastrell* — o advogado disse, segurando Karma pelos ombros, gentilmente. *Vou dar um jeito de vocês se despedirem. Por favor, se acalme.*

Karma finalmente ficou quieta e se sentou outra vez no banco, irrompendo em um choro alto.

Bárbara olhou para ela atônita por sua reação. Karma chorando com o nariz escorrendo, sem se importar com as câmeras, com as pessoas que a observavam e cochichavam sobre ela.

A Karma de Estrada dos Refúgios tinha ficado para trás, ainda assim, Bárbara percebeu que ela nunca havia sido rasa e despreocupada como costumava achar. Era tudo uma fachada, um personagem. Todos ao redor dela fingindo ser algo diferente do que realmente eram.

— O que disse? — ela perguntou a Ira que havia sussurrado alguma coisa ao seu lado.

Seu rosto infantil permanecia impassível, encarando o nada à sua frente.

Todas elas eram personagens.

— Eu vou morrer também? — ela perguntou, desviando o olhar para Bárbara.

— Claro que não! — Ela abraçou a irmã.

— Por que diz isso? — Karma perguntou.

Ira se limitou a balançar a cabeça. Bárbara a abraçou de novo, mas a menina não retribuiu.

Karma encostou no ombro esquerdo dela e Bárbara tirou uma das mãos de Ira para afagar a outra irmã.

Aquele salão cheio de gente, de repente, pareceu vazio. Só havia elas três. E estavam órfãs outra vez.

— O que ele faz aqui? — Ira ficou de pé, de repente, e apontou para Martin que saía na companhia de dois guardas. Ele sustentou o olhar de Ira até sumir de vista.

Karma enxugou o nariz com as costas das mãos e trocou um olhar com Bárbara.

— Deveria ter contado, Ira. Há alguns meses, ele veio me visitar — Bárbara disse com uma coragem recém-adquirida.

Ira olhou para ela e, para a sua surpresa, a menina estava sorrindo.

— Só isso?

— Ele confessou os crimes de Estrada dos Refúgios, as línguas, a ameaça a Gastrell... — explicou, estudando a sua reação.

— O quê? Ele...

— *Come on, girls. Sorry to interrupt, but you can see your father now.* — O advogado as interrompeu, avisando que poderiam ver Gastrell.

Elas deixaram as vozes da corte para trás, seguindo o homem enfiado num terno escuro. Ele puxou Bárbara discretamente, caminhando mais devagar e incentivando as outras duas a irem na frente.

Bárbara hesitou, alarmada.

Em um sussurro que entrava em turbulência com seu sotaque, o advogado disse em inglês:

— Martin Costa pediu para lhe dizer que estava tentando proteger a menina como não pôde fazer pelo irmão ou pela mãe. Não sei o que isso significa, senhorita. Mas achei que poderia ser importante passar o recado. — Ele deu de ombros e deixou Bárbara para trás sem nem avaliar sua reação.

Bárbara observou as irmãs se afastarem antes de voltar a andar, engolindo um sentimento flamejante que inundava seu peito. Como Martin ousava comparar a irmã com o irmão?

Ela chegou por último na salinha reservada que ficava ao fim de um corredor largo. O piso creme do chão era decorado com losangos vermelhos e marrons no cômodo em que adentraram para encontrar Gastrell sentado numa poltrona bege de aparência confortável. Ele ainda estava algemado e, com ajuda de um guarda, ficou de pé ao avistar as filhas.

— *Pumpkins.* — Ele tentou abraçar as três de uma só vez, grudando-se à cabeça de Karma, ao pescoço de Bárbara e deixando Ira agarrada a seu torso.

Depois, fez questão de receber o abraço de cada uma, sossegando o choro de Karma. Deixou o abraço de Bárbara por último e o prolongou para que assim pudesse cochichar perto do ouvido dela:

— Vocês precisam ir embora, rápido! Têm documentos que vão precisar debaixo de uma madeira solta na cozinha. Não importa para onde, só vão. E quando voltar para casa, não se esqueça do livro. Minha condenação vai atrasar a investigação, mas eles ainda podem, e vão, descobrir que foi *ela*.

Ela se afastou atordoada, procurando analisar o rosto dele que havia retornado à tranquilidade, diferente da urgência em sua voz há pouco.

— *Take care, my babies* — ele disse. *Se cuidem, meus bebês.* E Bárbara percebeu que ele falava aquilo, de forma tão dissimulada, mais para que os guardas ouvissem do que para elas.

Seu rosto esquentou de raiva. Aquela era a última vez que iriam se ver e ele ainda estava fingindo, atuando.

Até aquele momento, não tinha realmente tomado consciência de que jamais o veria novamente. Sua fúria se desfez por um instante e percebeu que depois de tantos anos, aquele homem que a havia acolhido – acolhido o seu enorme pecado – não estaria mais ali para resgatá-la. Gastrell não estaria mais ali para sumir com os corpos. Figurativa e literalmente.

— Papa — ela começou e ele notou o tormento em seu olhar —, o que nós vamos fazer?

Sua feição tranquila se contorceu, dando lugar finalmente à tristeza. Nem ele havia apreendido a realidade até aquele momento.

— Vocês vão ser fortes e vão cuidar umas das outras, está bem? Prometam que vão sempre estar juntas.

— *Hey!* — um dos guardas, o mais afastado e mais carrancudo disse, descruzando os braços e intensificando sua careta.

— *Speak english, please* — o guarda que o ajudou a ficar de pé falou, pedindo para que mantivessem a conversa em inglês.

— Eu prometo — as três disseram em uma sincronia bagunçada.

— Sabe quando você deseja reescrever as últimas páginas de uma história mesmo que não seja a sua? É o que desejo.

Elas acenaram, concordando.

— Mais uma coisa…

— *Hey! Don't pretend you're not hearing. English! Now!* — O guarda carrancudo pôs a mão sobre o coldre da arma e fez menção de se aproximar, hesitando apenas quando o outro fez um sinal para que se acalmasse. Exigia que voltassem a falar inglês imediatamente.

— Fujam daqui — Gastrell completou, retomando um sorriso confiante.

Bárbara tentou guardar aquela imagem de seu Papa na memória enquanto os guardas o levavam embora, carregando com ele o último resquício da vida que um dia as irmãs e ela tiveram.

Eram órfãs outra vez.

30

RESPOSTAS

Saíram apressadas do prédio de justiça, lutando para conseguir a atenção de um táxi até um deles parar. Enfiaram-se no veículo em um silêncio tenso.

— Para onde vamos? — Ira perguntou.

— Não sei ainda — Bárbara respondeu, checando o celular. Não havia recados ou ligações, o que significava que Gastrell não conseguira deixar instruções mais detalhadas para Henrique ou a outra pessoa em que confiasse.

Ela era tudo que tinham.

— Por que temos que ir? — Karma murmurou, encostando a cabeça ao vidro.

Parecia exausta, com os olhos inchados.

Bárbara captou o olhar do taxista pelo retrovisor e, mesmo sabendo que ele provavelmente não entendia português, não respondeu à pergunta de Karma e cessou qualquer conversa que as irmãs tentaram iniciar durante todo o caminho até a casa.

A conversa que teve com Martin, com Gastrell, com Calebe... tudo girava na sua cabeça a uma velocidade atordoante, fazendo com que uma dor despontasse em sua têmpora.

A lembrança do advogado de defesa descrevendo os sintomas do transtorno de personalidade antissocial com tanta precisão voltaram à sua mente. Em nenhum momento ela associou aqueles comportamentos a Gastrell. Apesar de ocasionais semelhanças, todos eles se remetiam às ações de outra pessoa, mas seu cérebro tentava negar a opção…

Comportamento violento, ausência de remorso, narcisismo, fracasso em conformar-se às normas sociais diante comportamentos legais. Disfunções cerebrais ou traumas neurológicos, predisposição genética e traumas sociopsicológicos na infância como abuso emocional, sexual, físico, negligência, violência, conflitos e separação dos pais etc., podem evoluir para o transtorno de personalidade antissocial.

Não precisavam ser todos necessariamente. Trauma, genética, violência negligência e abandono na infância...

A imagem da flor de lótus na camisa de Martin se repetia em seu cérebro. Ele pegando o casaco, cobrindo o desenho e saindo pela porta.

— Peguem o que sobrou das suas coisas, só o essencial — ordenou Bárbara quando o táxi parou em frente à casa.

Assim que as duas irmãs saíram, a última pagou o taxista com a adição de uma gorjeta maior que o necessário e, depois de esperar o carro partir, se apressou para dentro.

Ela foi direto para a cozinha e tateou o chão em busca de um piso solto. Encontrou-o com facilidade e resgatou uma caixinha de madeira com vários documentos falsificados. Identidades com fotos de seus rostos, mas não com seus nomes, e passaportes carimbados para lugares que nunca sonharam em pisar.

Agarrou a caixa, subiu os degraus, dois de cada vez, e entrou no quarto que Karma e Ira dividiam antes de partirem forçadamente para o abrigo.

Largou a caixa na cama e pegou Ira pelo braço, a menina arregalou os olhos, assustada, e largou a peça de roupa que estava prestes a enfiar na mochila.

— O que você fez, Ira?

A flor de lótus de Martin se repetia em sua mente, dessa vez, onde tinha visto pela primeira vez: vestida em Ira na festa do lago, grande demais para o seu corpo pequeno. Junto da lembrança, as palavras de Gastrell: *Minha condenação vai atrasar, mas eles ainda podem, e vão, descobrir que foi ela.*

Karma largou um frasco de hidratante em cima da mesinha de cabeceira e se virou para as duas, se aproximando de cenho franzido.

— Justice...?

— Ira, eu não posso te proteger se você não me contar tudo! Se está realmente com medo de morrer, como Papa, você precisa me contar! — ameaçou, desesperada.

A careta assustada da menina lentamente se transformou num sorriso e Bárbara a sacudiu para que falasse enquanto Ira a encarava.

— Assustada? — desdenhou. — Como descobriu? Foi o seu amado, Martin? Meu irmãozinho que te contou, não foi?

Ela se livrou do aperto de Bárbara e berrou as últimas duas frases, fazendo as irmãs congelarem. A voz que saía da boca daquela garota não pertencia a Ira que conheciam, a doce e infantil Ira; a expressão, quase animalesca, não pertencia a Ira, que era sempre tão gentil e sorridente.

Em um piscar de olhos, ela voltou a sorrir e seguiu enfiando peças de roupa na mochila.

— D-do que vocês estão falando? — Karma perguntou num fiapo de voz.

— C-como? Martin, ele... Gastrell sabia, né?

— Acho que ele descobriu... quando me contou que Martin havia confessado... ele deve ter adivinhado.

— Ele sabia que vocês são... o que vocês fizeram exatamente?

— Não foi planejado, eu deveria ter planejado…, mas fiquei com tanto ódio. E Martin estava lá, ele chegou e tive raiva dele pelo que o irmão dele, bom, meu irmão... pelo que ele fez com Karma. Mas Martin falou que era diferente, falou que ia provar, que faria tudo para me proteger, que ele era minha família. Ele me ajudou a esconder tudo no lago. Eu me sujei e ele...

— Te emprestou uma camisa? — completou Bárbara, sentindo o corpo pesado. Queria se deitar e assimilar tudo aquilo. Mesmo tendo juntado as peças há algum tempo, era diferente ouvir a confirmação saindo da boca da irmã mais nova.

Ira não respondeu, seguiu arrumando a mochila como se estivesse distraída.

— De que *merda* vocês estão falando?! — Karma gritou com lágrimas escorrendo pelo rosto.

Ao longe, uma sirene de polícia ressoou, assustando as três ao arrancá-las daquela realidade que cheirava a terra seca e ao ar úmido de Estrada dos Refúgios..

— Você explica no caminho — Bárbara disse, resgatando a caixa de madeira e as chaves do carro. Tentava ao máximo ignorar o estômago gelado e o bolo que se formava na garganta.

Desceu as escadas correndo, esperando que as irmãs a seguissem. Destravou o carro que estava em frente à rua e abriu a porta quando uma viatura policial passou pela rua. Seu coração pareceu parar no peito e ela se manteve imóvel, como se pudesse ficar invisível. Mas os policiais não pararam, seguiram direto sem diminuir a velocidade.

Ela desviou o olhar para Ira, que estava petrificada no batente da porta. Demorou um segundo para ela largar a mochila no chão. O eco do alarde ainda zumbindo em seus ouvidos.

Bárbara ficou encarando até Karma aparecer, carregando uma mala e duas bolsas ao mesmo tempo.

— O que foi?

— Temos que ir. Agora! O pessoal do abrigo deve estar procurando por vocês nesse momento.

As três se apressaram para enfiar os seus pertences mais necessários no carro e partiram, em silêncio.

Karma passou toda a viagem de ônibus e de avião procurando respostas para suas perguntas insistentes.

— Karma, falamos disso em casa — repetiu Bárbara, se controlando ao máximo para não levantar a voz.

— Mas, eu não entendo. Papa... Ira...

Bárbara lhe direcionou um olhar impaciente que a fez calar a boca. Ira segurou um riso que a fez se sentir nauseada. Como ela poderia rir naquela situação?

Karma olhou para ela, transparecendo o seu incômodo, mas aquilo não abalou a menina que, ainda com um meio sorriso, se virou para a janela.

— Vou contar tudo, Karma. Isso se Bárbara já não tiver adivinhado.

— Não sei como aconteceu. Não consigo te imaginar fazendo nada disso....

— Martin não te contou?

— Não exatamente.

Ira suspirou.

Ela abriu a boca para dizer alguma coisa, mas Bárbara a cortou.

— Em casa — decretou.

Sentia-se exausta e, depois de muitas horas entre escalas, faltava pouco tempo para que chegassem em São Paulo. Pela internet, tinha reservado um quarto em um hotel não muito longe do aeroporto. Não queria ir imediatamente para Estrada dos Refúgios, era cansativo demais, perigoso demais. Iria para casa eventualmente, pegar o tal livro que Gastrell havia mencionado, mas como saberia que era seguro? E quando?

As pálpebras de Bárbara pesaram e se fecharam contra sua vontade enquanto ela se esforçava para ficar acordada. Temia mais que tudo tirar os olhos de Ira, mas o cansaço acabou vencendo.

Acordou com o balanço do avião na hora do pouso. Puxou o ar, assustada, atraindo olhares, inclusive o de Karma. Ajeitou-se na poltrona, se certificando de que o cinto estava bem preso e passou as costas da mão na boca, temendo ter babado enquanto dormia. Percebeu, com certo alívio, que a irmã mais nova continuava grudada à janela.

Manteve os olhos nela, sem se importar em disfarçar sua preocupação. Saíram do avião e pegaram as malas. Ira andava devagar e Bárbara não soube dizer se era por pirraça ou para que lhe acompanhasse.

Nenhuma palavra foi dita.

Bárbara lambeu os lábios secos e desejou comprar uma garrafa d'água, mas não se permitiu parar. A ansiedade corria em seu estômago e a paranoia ordenava que saísse do aeroporto o quanto antes.

Após pegar mais um táxi, as três contemplaram uma São Paulo nublada pelas janelas do veículo. Era uma cidade que Bárbara sempre quisera visitar e parecia uma ironia cruel que estivesse lá pela primeira vez em circunstâncias tão terríveis.

O hotel tinha carpete grosso no chão e cheirava a carro novo, aquele aroma artificial e doce que chegava a causar enjoo.

— Olá, vocês têm reserva? — a recepcionista de grande sorriso e cachos bem definidos perguntou de forma amigável.

Bárbara ofereceu os documentos falsos e as três fizeram check-in.

Assim que chegaram ao quarto, com uma cama de casal e uma de solteiro, Karma cruzou os braços e se prostrou na frente da porta, como que para impedi-las de fugir.

— Alguém pode, finalmente, me explicar o que tá acontecendo?

Bárbara e Ira trocaram um olhar. A primeira se sentia exausta.

— Vamos comer primeiro — pediu Ira. Sua voz soava tão casual, como se a conversa que estavam prestes a ter fosse uma discussão normal sobre quem comeu a última broa de milho no café da manhã.

Bárbara estava com fome, não podia negar, mas ao mesmo tempo parecia ridículo pensar em comer. Entretanto, desbloqueou a tela do celular, abrindo o aplicativo de delivery.

— É sério isso? — Karma perguntou, indignada.

— Enquanto a gente espera, eu conto tudo — Bárbara explicou. Ira abriu um sorriso satisfeito.

De forma mecânica, Bárbara pediu refeições para elas. Enquanto aguardavam, explicou para ela todos os motivos que tinha para achar que a irmã delas era uma assassina. Em nenhum momento, Ira contestou, negou ou sequer se mostrou ofendida pelo que estava sendo dito. Apenas preencheu algumas lacunas que Bárbara não podia.

— Eu sabia o que tava fazendo — complementou, quando Bárbara afirmou não entender como uma garota tão pequena e jovem, conseguiu golpear dois adolescentes. — No começo, não entendi, ia fugir, mas percebi que sabia exatamente o que precisava fazer.

— Como assim, Ira? Pelo amor de Deus…

— Estava espiando, escondida nas árvores, me camuflando entre os troncos e os arbustos, enquanto a festa no lago começava e a cada minuto mais pessoas chegavam. Achei que ia ser legal participar da festa, mas aquele povo todo me deixava nervosa, *flashbacks* da festa do Lua Morena passavam pela minha cabeça, as luzes, a sensação da maquiagem pesada no meu rosto. Minhas mãos começaram a tremer.

"Foi aí que ouvi as vozes daqueles dois nojentos. Me escondi e fiquei parada enquanto eles cochichavam, na beira da floresta, não muito longe de mim.

— E aí você falou com ele? — um deles perguntou.

— Falei para aquele nojentinho tirar as queixas de agressão e homofobia contra mim ou eu ia quebrar a cara dele de novo — o garoto troncudo respondeu. Ele era baixinho e musculoso e tinha um topete castanho na cabeça.

O outro tinha cabelos lisos e escuros e gargalhou com o que o primeiro disse.

— E ele?

— Nada. Desligou na mesma hora. Covarde. — O topetudo cuspiu no chão.

— É que nem a idiota da Paola — o de cabelos escuro disse. — Aquela surtada me denunciou e foi embora. Ficava me acusando de ser assediador, mas tinha era medo da família descobrir que ela é uma descarada.

Foi a vez do outro rir.

— Eu deveria ter dormido com ela mais vezes — declarou o primeiro.

— Só que ela não te queria mais, Thiago.

Thiago fechou a cara e deu um empurrão no amigo que riu. Na verdade, os dois estavam rindo e finalmente percebi que estavam bêbados. Tava com tanto nojo deles... consigo me lembrar direitinho de tudo que falaram porque foi isso que me motivou.

— Não me queria? Puro baratino. Eu levava ela para beber e mesmo dizendo que não, ela colocava aquela saia curta rosa e eu sabia que era o sinal de que ela queria ir além.

Lembro de sentir uma bile ácida subindo pela minha boca e eu cuspi com um ruído engasgado, parecia que ia vomitar.

— Quem tá aí? — o tal do Thiago perguntou, se virando na direção da floresta.

Comecei a correr, fazendo barulho e tropeçando nas raízes. Eles vieram atrás de mim se atrapalhando no caminho.

Eu parei. Não queria fugir. Queria enfrentar e cuspir na cara deles. Meu corpo todo tava tremendo na hora. Lembrei de Maurício e todas as coisas que ele falou sobre Karma. Coisas horríveis que ninguém achou que eu tivesse ouvido. Ele tinha o mesmo tom que Thiago usou ao falar da garota da saia rosa.

Eu me virei, cheia de ódio, com o rosto pegando fogo.

— É só uma garotinha — disse o garoto que eu não sabia o nome, mas que depois soube que era Ulisses.

— Ela ouviu coisa demais — argumentou Thiago.

— Vocês me dão nojo — falei, fazendo careta. Os dois riram.

Thiago ficou sério, cambaleou pra cima de mim e me deu um empurrão. Eu gritei e caí de costas e lembrei de novo do dia no Lua Morena, quando Maurício me estapeou para longe como uma mosca.

— Você não vai contar nada do que ouviu, senão... — ele começou a dizer, mas meus dedos tinham encontrado um pedaço de galho grosso e pontudo no chão. Eu apertei bem forte e em um impulso enfiei o galho no pescoço dele com toda a força que consegui. O barulho que fez foi nojento, mas senti uma agitação muito louca.

Thiago gritou e caiu no chão, formando uma poça de sangue ao seu lado.

— O que você tá fazendo? — o amigo dele perguntou alarmado, xingando horrores enquanto vinha na minha direção. Ao avistar a quantidade de sangue, apoiou as mãos nos joelhos e começou a vomitar, fazendo subir um cheiro azedo.

Lembram do canivete que Papa me deu há uns dois anos pra me proteger? Depois do Lua Morena, comecei a andar sempre com ele no bolso. Engatinhei e subi no corpo de Thiago, que se debatia desesperadamente, tentando arrancar o galho da própria pele. Eu fiz isso por ele e o fluxo de sangue aumentou pra caramba.

— Agora, você não vai contar nada do que viu — falei e enfiei a mão na boca dele, buscando por sua língua. Ele tentou me morder, mas já tava fraco, fraco...

Pelo canto do olho vi o outro garoto começar a correr. Levantei para ir atrás dele, mas vi um homem segurando o menino pela camisa, o impedindo de escapar. Era Martin.

A música da festa tava bem alta e não dava pra ouvir os gritos deles. Eu quase tinha me esquecido da festa. Não podia aparecer daquele jeito, suja de terra e sangue, com a impressão de que o cheiro de vômito também tinha se impregnado em mim.

— O que tá acontecendo aqui? — Martin perguntou, olhando de esguelha para o corpo de Thiago no chão.

Andei até ele, abri sua boca e com certa dificuldade, cortei a língua do menino e mostrei a Martin. Eu queria assustar ele, mas sua expressão continuava neutra, curiosa.

— Justiça está sendo feita — falei.

— Então deixa eu ajudar — retrucou, enfiando a própria arma afiada no pescoço do segundo menino que caiu agonizando.

Por aquela eu não esperava. Fiquei com a cara no chão.

— Por que tá fazendo isso? — perguntei.

Martin se abaixou perto do corpo imóvel do menino e pescou a sua língua.

— Porque somos mais parecidos do que você imagina.

Minha raiva tinha passado. A lei do retorno existia e estava do meu lado."

Bárbara olhava para a irmã mais nova com a garganta apertada, mal conseguia acreditar nas palavras que saíram de sua boca, os xingamentos, o ódio tão explícito, o prazer ao citar as partes violentas. Quem era aquela garota? Onde estava a sua irmã? Não podia ser aquela pessoa diante dela. Até suas feições pareceram mudar, era impossível lembrar que ela tinha apenas 14 anos.

Lágrimas escorriam silenciosas pelo rosto de Karma, o único som que ecoava pelo quarto iluminado por luzes amarelas era o fungar de seu nariz e o zumbido do ar-condicionado.

Bárbara lembrou-se do olhar de Ira ao assistir aquela fita de Gastrell jovem, falando sobre fazer justiça com as próprias mãos. Lembrou-se de Ira perguntando por que Gastrell havia parado. Lembrou-se daquela noite no sofá em que, sonolenta, pensou ter ouvido alguém entrar. A noite do assassinato em Bristol.

Era irônico como o afeto podia alterar as suas lembranças. Parando para pensar, Bárbara conseguiu se lembrar até mesmo das birras de Ira quando ela era mais nova; sua introspecção na escola e as advertências das professoras; de como Gastrell cedia a todas as vontades da menina, inclusive quando ela insistiu em tocar fogo numa casa de bonecas novinha. Será que ele sempre soube?

O interfone tocou, quebrando a quietude incrédula do ambiente. Com a boca seca, Bárbara atendeu ao chamado.

— Oi! Sua comida chegou — informou a recepcionista sorridente.

— Obrigada. Já vou descer.

Bárbara colocou o telefone preto de volta no gancho e se virou para as irmãs, deixando as mãos caírem sobre a coxa.

— Vou buscar a comida.

Karma arregalou os olhos, assustada, e abriu a boca como se estivesse prestes a dizer alguma coisa.

— Volto rapidão.

— De boa — Ira respondeu, despreocupada.

Bárbara apertou a mão de Karma, antes de pegar o cartão que abria a porta e sair para o corredor. Será que estava com medo? Karma parecia apavorada.

A mais velha se apressou pelas escadas, sem paciência para esperar o elevador. Eram apenas três andares.

A claridade da recepção, fornecida pelas portas de vidro, cegaram Bárbara por um instante. Ela protegeu o rosto com as mãos e se aproximou da recepção, onde o motoboy aguardava com a bag vermelha em cima do balcão de mármore escuro. Aquilo definitivamente tirava o sorriso da recepcionista.

O rapaz pediu o código e entregou uma sacola de papelão ainda quente para Bárbara.

— Obrigada — disse tanto para ele quanto para a moça no balcão, que de imediato plantou o sorriso de volta quando o homem pegou a bag e colocou nas costas.

Estava prestes a voltar para o quarto, dessa vez a bordo do elevador – pois subir era muito mais cansativo que descer e só de pular os degraus para baixo se sentiu ofegante, o sedentarismo havia se instalado bem rápido em sua vida – quando se deteve ao perceber que uma mulher de terninho preto, cabelos puxados para trás e expressão severa no rosto suave a encarava, enquanto um outro funcionário do hotel lhe murmurava algumas palavras.

Lá fora, viaturas da polícia civil estavam estacionadas no acostamento juntamente com um par de carros pretos.

O estômago de Bárbara gelou.

Ela passou a andar rápido e apertou o botão do elevador, que estava descendo do sétimo andar.

— Srta. Gastrell — a mulher chamou, confirmando todo o terror em seu âmago. Tinha se registrado no hotel com um nome diferente. Se aquela mulher sabia quem ela era... — Srta. Bárbara Gastrell!

O alarme na cabeça de Bárbara apitava, frenético, intensificando a secura da boca e a náusea gelada do estômago.

Bárbara girou nos calcanhares, apertando com força a alça da sacola de comida, e se dirigiu para as escadas. Então se amaldiçoou por não ter levado o celular consigo, por não ter uma forma de avisar a Karma para correr, se esconder, fugir com Ira.

Com o coração martelando nos ouvidos, Bárbara subiu as escadas dois degraus por vez. Não ouvia mais a voz da mulher. O peito doía de adrenalina.

Ao chegar no terceiro andar, deu a volta no corredor e arfou ao ver a mulher parada na porta, esperando de braços cruzados.

— Srta. Gastrell, por favor, não fuja mais. Quero apenas conversar com você e com suas irmãs. — O sotaque da mulher se destacou nas palavras terminadas em "R".

Bárbara engoliu em seco, os olhos se encheram de lágrimas.

Estava tudo perdido. Apesar do sacrifício de Gastrell, o tempo não fora suficiente. A justiça pegaria dois coelhos com uma cajadada só.

— Como souberam onde estávamos?

— Seus rostos estão estampados em jornais do país inteiro, Srta. Gastrell. A recepcionista reconheceu vocês.

Bárbara soltou um xingamento em voz baixa. Ainda segurava a sacola com tanta força que as unhas machucavam as palmas da mão.

— Quem é você? — perguntou, tentando ganhar tempo. Quem sabe se as garotas ouvissem as vozes no corredor...

O cartão de acesso parecia pesar uma tonelada em seu bolso.

— Cecilia Prazeres, Polícia Civil. — Ela estendeu a mão, mas Bárbara não a apertou. Sem nenhum constrangimento, ela recolheu a mão. — Estou na equipe de investigação do caso da sua irmã.

— Caso? — perguntou, fingindo inocência.

— Sua irmã mais nova está sendo acusada de atos infracionais relacionados à morte de três pessoas.

Bárbara balançou a cabeça em negativa, como se fosse utilizar um argumento incontestável, mas a mulher sabia… sabia que ela tinha completa ciência dos atos de Ira.

— Estávamos investigando o seu pai adotivo, Bernard Gastrell, que na verdade se revelou o famoso Mortimer Hayhurd quando algumas coisas em seu depoimento, assim como no de Martin Costa começaram a destoar. — A mulher se aproximou de Bárbara. — E tudo isso levou para uma pessoa que jamais poderíamos ter imaginado.

Bárbara cruzou os braços.

— Abra a porta, por favor, srta. Gastrell. Não torne as coisas mais difíceis.

A garota balançou a cabeça em negativa.

— Não estou com o cartão de acesso. O nosso quarto nem é esse daí — mentiu com uma voz tão fraca que não convenceria nem a si mesma.

A mulher sorriu com pena, sim, *pena*, seus olhos escuros estavam cheios de piedade. Ela se virou e enfiou um cartão magnético na fechadura. Era óbvio que o hotel tinha fornecido um cartão para ela, era uma questão policial.

Bárbara finalmente soltou a sacola de comida e correu para encontrar as irmãs abraçadas na cama de casal. Na verdade, era Karma quem segurava Ira com força agarrada às costas da sua camisa.

— Mãos onde eu possa ver, meninas — a mulher alertou, mas não puxou a pistola do cinto.

— Você disse que queria apenas conversar — Bárbara argumentou, em protesto.

— E você disse que esse não era o seu quarto — rebateu. — Quero que vocês três peguem suas coisas e me acompanhem, por favor, vamos fazer isso de maneira calma e civilizada. Não precisam ficar assustadas.

— Quem é você? — Ira perguntou, baixinho, estendendo as mãos acima dos ombros.

— Meu nome é Cecília. Acham que podem fazer o que eu disse?

— Você vai me prender — Ira disse. Não era uma pergunta, e sim uma afirmação.

— Não. Vou te levar para conversar com algumas pessoas.

— Polícia…

— Ira — Bárbara interrompeu, sentindo-se encurralada. Até que ponto aquela mulher estava disposta a tratá-las com cortesia, ela não queria descobrir. — Vamos fazer o que a moça está dizendo.

— O quê? Justice… — Karma começou.

Bárbara balançou a cabeça, pedindo para que parasse.

— Mas ela é só uma criança… — Karma argumentou.

Treinada. Ela é uma criança treinada. O pensamento tomou conta de Bárbara.

— Estou ciente que ela é menor, srta. Gastrell. Vamos, por favor, vou pedir que alguém suba para pegar as coisas de vocês.

Bárbara olhou para trás e viu que dois policiais estavam no corredor. Eles aguardavam com uma mão sobre seus respectivos coldres.

Ira correu até Bárbara, fazendo a mulher tocar a arma no cinto, mas ao perceber que a menina só segurou a mão da irmã mais velha, ela relaxou.

As três saíram, lado a lado, para o corredor e passaram pela dupla de policiais que acompanhavam seus movimentos com o olhar. Cecília veio logo atrás e apertou o botão que chamava o elevador.

Alguns hóspedes que tentaram sair de seus quartos foram imediatamente interceptados pelos policiais, que pediam com cautela para que esperassem alguns minutos.

— O que está acontecendo? — um homem de meia-idade questionou ao tentar sair do quarto.

— Senhor, por favor, espere no quarto até o nosso aviso.

— Mas vou me atrasar pra minha reunião.

Cecília suspirou alto e impaciente, observando o quadro que indicava o andar do elevador. Ao chegar no terceiro andar e as portas se abrirem, expulsou uma jovem de cabelos compridos e tocou as costas de Bárbara para que seguissem.

Quando as portas se fecharam com as quatro dentro, elas foram engolidas pelo silêncio. Bárbara desejou que o tempo parasse.

As portas de metal se abriram.

Na recepção, ouviram cochichos. Na calçada, do lado de fora, a luz ardia os olhos de Bárbara.

— Bárbara...— Ira sussurrou ao notar as viaturas e carros pretos parados no acostamento. Dezenas de pares de olhos estavam voltados para elas, assim como câmeras e microfones.

— Vai ficar tudo bem — a mulher disse, pedindo que se acalmasse.

Bárbara e Karma se entreolharam.

Cecília ficou de frente para elas, bloqueando parcialmente a visão da rua.

— Ira será levada para a Comunidade de Atendimento Socioeducativa daqui e depois será encaminhada para a de Salvador. Aconselho que arrumem um advogado e vão para lá. Temos uma ordem aqui. — A mulher mostrou um pedaço de papel que Karma tomou de suas mãos de forma brusca. — E uma assistente social está conosco. — Ela apontou para a mulher que estava dentro de um dos carros.

Bárbara não conseguia falar ou se mover. Não podia argumentar com aquela mulher. Tudo que fez foi abraçar a irmã depois de Karma, se agachando para falar perto do ouvido dela.

— Vou te buscar e te levar pra casa, ouviu bem?

Ira fez que sim com a cabeça e se afastou, dando a mão a Cecília, que levou Ira até um dos carros pretos, onde uma outra mulher de roupas sociais a acolheu. Ira não lutou.

O grupo indistinto estava agora no meio da rua enquanto Ira olhava a cena pelo vidro traseiro do carro e um guarda armado vigiava a sua porta. As pessoas que por ali passavam, também pararam para observar, criando uma onda de cochichos.

— Não a machuque — Bárbara pediu em um murmúrio.

— Não vamos machucá-la.

— Justice, não podemos deixar…

Bárbara balançou a cabeça, derrotada. Não havia nada que pudessem fazer.

Karma ficou com a boca entreaberta, a encarando. A viatura e os carros foram se afastaram levando Ira.

Ainda no meio da rua, a porta traseira do carro se abriu e um grito fino se espalhou pela rua de prédios altos. Pelos tênis vermelhos, Bárbara reconheceu as pernas de Ira sacudindo para fora do carro. O veículo freou de forma brusca e Kama, chorando, começou a correr em direção ao caos enquanto Bárbara assistia, paralisada.

Não houve tempo para Karma alcançá-los. As pernas da garota foram puxadas para dentro e seu grito, abafado, enquanto o carro arrastava, levando Ira, levando mais um pedaço da família Gastrell.

31

ESPERANÇA

ALGUNS MESES DEPOIS

Ira sempre fora a preferida de Gastrell.

Era uma menina doce que se esforçava para deixar as coisas mais leves e alegres. Só agora Bárbara percebia o quão narcisista e manipuladora eram suas ações.

Todas as memórias da irmã mais nova se embaralhavam em sua mente e ela não conseguiu parar até encaixar todas num padrão. As atitudes de Ira, tanto no passado quanto no presente, se assemelhavam aos comportamentos antissociais.

No fim de sua vida, Gastrell não queria que justificassem seus atos com o transtorno de personalidade antissocial, por isso, se esforçou tanto para descredibilizar o argumento que o seu advogado de defesa havia construído. Ele queria que acreditassem que o que fez foi pensado, calculado, tudo em prol do que acreditava ser justiça. Gastrell também queria causar uma distração forte o suficiente para ganhar tempo, desviar o foco das investigações, para que assim suas filhas pudessem fugir, para que Ira pudesse fugir. E além de tudo isso, ainda havia um pouco de ego envolvido naquilo. Ele queria morrer como O Justiceiro.

Tudo que Gastrell não desejava para ele, Bárbara queria para Ira. Queria salvá-la, queria criar memórias que não estivessem manchadas pela descoberta do transtorno da irmã, que de fato acabou sendo diagnosticado. Transtorno de conduta, foi o que disseram, e poderia se transformar em transtorno de personalidade antissocial caso a condição não fosse tratada. Por causa disso e da sua idade, Ira não iria para o reformatório. Apesar das evidências que tinham contra ela, as provas que a ligavam à cena do crime e as digitais deixadas para trás, ela não seria presa, mas estava reclusa no Hospital de Custódia e Tratamento por ordens do juiz e lá ficaria por pelo menos doze meses.

Sentada na sala de espera mal iluminada do hospital, Bárbara refletia sobre a vida dela e das irmãs.

No fim das contas, Gastrell havia criado três assassinas. Talvez morresse orgulhoso delas.

Sacudiu a cabeça, afastando tal pensamento doentio.

Estava extremamente quente em Salvador e nem o ar-condicionado forte daquele lugar conseguia abrandar o suor que brotava na testa e nas axilas da jovem. Não tinha certeza se era de calor ou de nervoso. Talvez uma mistura dos dois.

O estômago permanecia gelado como sempre. Aquilo era uma constante que jamais se alterava e que ela teria que aprender a conviver, talvez com ajuda de terapia, agora que estava oficialmente vivendo a vida de uma adulta e prestes a conquistar a tutela da sua irmã mais nova e a conviver com sua irmã do meio outra vez. A ansiedade de resolver problemas e interagir com outras pessoas sempre gelaria o seu estômago, mas não era por esse motivo que Bárbara se sentia gelada por dentro naquele dia.

Era Ira.

Tinha algo nela que aterrorizava Bárbara. A noção de que todo aquele tempo a menina mentiu e fingiu era assustadora demais para ela.

Porém, lembrou-se mais uma vez, *elas não eram tão diferentes assim*. Ela nunca contou às irmãs sobre o pai biológico, nunca contaria. Ela era a única pessoa viva no mundo que sabia disso e assim continuaria.

— Senhorita Bárbara, pode me acompanhar, por favor? — a moça da recepção chamou, interrompendo seus pensamentos.

Não tinha problema, aqueles mesmos questionamentos se repetiriam mais tarde.

Bárbara se levantou e passou as mãos pela calça jeans, sentindo o tecido úmido também de suor.

Inspecionaram sua mochila e seus bolsos. Ela passou por um detector de metais e, só depois de todo o protocolo, adentrou a sala de visitas.

Sentou-se a uma das mesas redondas de plásticos e esperou. Outras pessoas estavam ali em diferentes mesas, a maioria mulheres. Imaginou se esperavam por seus filhos.

Aquele lugar comportava todo tipo de criança com transtornos mentais que podia apresentar comportamento violento severo. Parte dos internos já havia machucado alguém ou pelo menos tentado.

Bárbara viu o grupo distinto se aproximando pelo corredor através de uma janela de vidro. Meia dúzia de funcionários fardados os acompanhavam.

Ira estava crescida, porém mantinha aquela magreza desajeitada da pré-adolescência, fazendo com que as calças e a camisa larga e bege ficassem disformes em seu corpo. Havia cortado o cabelo na altura dos ombros e ele agora estava preso em um rabo de cavalo frouxo. Seu rosto parecia mais velho e se iluminou num sorriso genuíno ao ver Bárbara a esperando.

Ela não a via há pouco mais de um mês devido a toda a burocracia envolvida na ação legal de se tornar responsável por suas ações quando ainda era tão jovem e sem renda própria. O processo de adoção seria longo, mas a lei estava do lado dela, pois as enxergavam como uma família. Apesar de todas as ilegalidades que Gastrell fez, a adoção das três não foi uma delas e o sobrenome, apesar de falso, se tornou legalmente delas.

Ira correu assim que passou pela porta e Bárbara se levantou para recebê-la com um abraço. Ela tinha ficado mais alta.

Bárbara ficou surpresa ao perceber que o abraço ainda carregava a mesma sensação de antes. Parte dela enxergava a menina como uma pessoa completamente diferente e aquela era a primeira vez que percebia que Ira ainda era a mesma.

Seu estômago se aqueceu um pouco.

— É bom te ver. Cadê Karma? — Ela olhou em volta e seu sorriso murchou um pouco.

— Ela queria vir, mas ainda tá no abrigo. Vai sair em breve para vir morar comigo.

— É verdade! O aniversário dela tá chegando.

— Você se lembra.

— Mas é claro! Ano passado o bolo dela tava tão bom…

Aquele aniversário parecia ter acontecido há um milhão de anos.

— Como tão as coisas em Estrada dos Refúgios? — Ira perguntou.

Bárbara engoliu em seco.

— Eu ainda não fui lá.

Não teve coragem de enfrentar todos os fantasmas daquela cidade. Não podia suportar os olhares que eles lhe dariam. Além disso, Henrique tinha parado de ligar. Não havia mais nada lá para ela.

Bárbara alugava um pequeno apartamento de dois quartos na orla de Salvador. A praia a acalmava e fazia companhia junto a uma nova coleção de livros.

— Muitos fantasmas… — Ira sussurrou em um tom ligeiramente sarcástico.

Bárbara desviou o olhar das próprias mãos no colo e voltou a observar a irmã.

— Você tem algum remorso? — questionou, apertando os olhos.

Ira sacudiu a cabeça, fingindo um embaraço que não sentia. O sorriso escondido no canto dos lábios não mentia.

— Como isso pode ser possível, Ira? Você é a criança mais doce que eu conheço.

— Com quem merece. Aqueles caras não mereciam a doçura de ninguém. Gastrell teria…

— Você não é Gastrell! — Bárbara falou alto, chamando a atenção das pessoas ao redor.

Um funcionário deu um passo à frente, cauteloso.

— Tem razão. Não sou Gastrell, mas ainda sou uma Costa. E pelo que Martin me contou, sou muito parecida com a minha mãe.

Seu olhar verde tinha um tom sonhador.

— Isso te deixa feliz? Ser uma Costa? — O gosto amargo do ciúme se fez despontar em sua voz e Ira percebeu.

A lembrança de Martin era ainda mais amarga que o ciúme. Ele estava preso agora, cúmplice dos crimes de Ira.

— Gosto mais de ser uma Gastrell. Você ainda vai me adotar?

Bárbara suavizou a expressão, assim como o tom de voz:

— Se você quiser, vou conseguir a sua tutela, sim.

— Eu quero.

— O juiz deve falar com você sobre isso. Mas, Ira, preciso que você se esforce para melhorar, preciso que você prometa não machucar mais ninguém ainda que você ache que é a coisa certa a se fazer, preciso que tome seus remédios e converse com o seu médico... Se não fizer isso, você não vai sair daqui, talvez vá para um lugar pior, entendeu?

Ira suspirou. O cabelo começava a escapar do rabo de cavalo. Ela brincou com uma mecha.

— Não sei se posso prometer isso.

Bárbara saiu do hospital com o coração doendo quase que literalmente. Continuaria a visitar Ira, mas percebeu que era provável que ela jamais pensasse ou agisse diferente. Jamais seria a garota que achava conhecer.

Tinha esperanças no tratamento. Sempre teria esperança pelas irmãs. Especialmente por Ira. Ira Hope Gastrell. *Hope* que significava esperança em inglês. Ira que sempre havia sido a esperança de Gastrell, traduzida no nome que ele escolheu para ela.

32

EPÍLOGO

1 ANO DEPOIS

Como pode a morte condenada por suas próprias mãos causar dor em sua carne e pesar o seu coração? Como lidar com o choro preso em sua garganta se são suas mãos que o sufocam? É ela quem não respira, mas são seus olhos que piscam manchados de lágrimas que não conseguem rolar. Os dele permanecem petrificados e é como sempre estarão. Para quê falar de justiça em um mundo onde nada justo acontece? Ela, tão jovem, encontrou a solidão da morte que causaram a ela e que ela um dia causaria.

Bárbara ergueu os olhos do caderno e pousou a caneta na boca, refletindo sobre as próprias palavras. Escrever sobre si mesma tinha sido seu refúgio, o que era irônico considerando onde estava sentada naquele momento: na cadeira de praia de Gastrell, observando o lago que foi seu companheiro por toda a vida naquela cidade. Estava em Estrada dos Refúgios, fazendo as pazes com a cidade e tudo que ela representava.

Recebeu olhares de julgamento e curiosidade assim que voltou, mas descobriu que parte da população também sentia empatia por ela e por tudo que havia acontecido com sua família. Pessoas estranhas a paravam na rua para dizer um "sinto muito" ou perguntar como estavam as suas irmãs. Apesar da hostilidade de uns, Bárbara se surpreendeu ao encontrar um senso de comunidade em outros e descobriu que a percepção que tinha da cidade poderia ser bem diferente uma vez vista fora dos muros da escola e da crueldade adolescente.

As palavras de Gastrell – deixadas numa carta dentro do livro que havia enviado para ela na livraria há mais de um ano – eram bem claras: *Quando puder, e se puder, volte para casa. Faça as pazes com o seu passado, com o passado das suas irmãs, proteja o seu futuro.*

No pedaço de papel amarelado, Gastrell havia explicado tudo que havia descoberto sobre Ira e que seu plano sempre foi assumir a culpa por ela, afinal, sentia-se de fato culpado por quem a menina havia se tornado. Porém, parte dele sabia que poderia não ser suficiente, que eventualmente as investigações poderiam continuar e chegar até a garota.

Na época, o pai das garotas pretendia ir a Salvador investigar o recém-chegado, Martin, mas a primeira vítima de Ira interrompeu os seus planos, o trazendo de volta à Estrada dos Refúgios, mas não antes de descobrir o nome de sua mãe, o mesmo da mãe de Ira.

Bárbara passou muito tempo se perguntando por que ele não contou nada antes e não chegou a nenhuma conclusão satisfatória. Ele se autodestruiu pela filha. Essa era a única coisa que sabia.

Ela piscou com força, espantando a lembrança e tentando voltar o foco para a própria escrita.

Uma movimentação do outro lado do lago chamou sua atenção. Uma mulher saiu de dentro da única casa da rua 38, com um bebê serelepe no colo, batendo os bracinhos rechonchudos com a empolgação de brincar do lado de fora.

Viviane conversava com o bebê e apontava para o lago.

Ela viu Bárbara e acenou. Bárbara acenou de volta, engolindo a confusão de sentimentos que a invadia ao ver aquela mulher e o bebê: Maria, a filha de Maurício.

Ultimamente, os sentimentos bons superavam os ruins. Ser vizinha das duas durante as férias de verão a curou de uma maneira inesperada, colocando panos quentes no pesar que ela e Karma carregavam por aquela menininha.

Quando a bebê sorria, a culpa ia embora.

Viviane fora uma das grandes surpresas naquela cidade. Rebatia qualquer um que falasse mal das irmãs Gastrell e, certa vez, disse a Bárbara que, teoricamente, elas eram família já que Ira era tia biológica de sua filha. Era impressionante a força que aquele laço representava para a jovem mãe. Ela não quis saber do passado de Karma e seu marido, dos crimes de Ira ou de Gastrell, ela apenas abriu suas portas e confiou no desejo que todas elas tinham em comum de fazer o bem por aquela criança. Maria era uma nova fonte de esperança.

Bárbara fechou o caderno e foi para casa. Escondeu o objeto embaixo do banco do carro, trazido de Bristol até lá, custando taxas absurdas e burocracias loucas.

Dirigiu até a cidade, sentiu o chão mudar de terra batida para pedras grandes, passou pelo Lua Morena que agora estava abandonado, se tornando apenas um prédio vazio, fonte de histórias assombradas com verdades; parou na frente da livraria e observou Karma e Henrique arrumando as prateleiras, rindo de algo que ela não podia ouvir. Ele passou o braço pelos ombros de Karma e beijou sua testa.

Henrique parecia mais velho, adulto, o cabelo permanecia com o mesmo corte, rente nas laterais, e as sardas ainda emolduravam o nariz, mas assim como ela e as irmãs, o crescimento se forçou sobre ele.

Karma apertou sua mão rapidamente e sumiu para o escritório que ficava nos fundos. Henrique seguiu arrumando as prateleiras até sentir que estava sendo observado. Olhou ao redor e viu Bárbara dentro do carro através das paredes de vidro da livraria e as janelas abertas do veículo.

Acenou. Ela acenou de volta.

Tinha sentimentos misturados em relação a ele também. Todos bons. Henrique era parte da família e isso era algo que ela deveria ter previsto desde o primeiro dia quando ele as protegeu sem questionar. Ele era um presente de Estrada.

A livraria pertencia a eles. Henrique e Karma trabalhavam lá enquanto Bárbara estava em Salvador, na faculdade.

Psicologia havia sido sua escolha, afinal. Talvez numa tentativa de resgatar Ira, mas ainda gostaria – e planejava – cursar Letras em seguida, numa tentativa eterna de resgatar a si mesma nas palavras.

Uma batidinha na janela do carona a arrancou de seus pensamentos. Ela se virou e viu Karma sinalizando para que abrisse a trava. Bárbara abriu a porta para ela.

— Vamos? — perguntou, sentando-se com a mochila pesada no colo.

— São só dois dias. Quantas coisas está trazendo?

— Só o essencial.

— Uma paleta de quarenta e oito cores de sombra não faz parte do essencial.

— Só se for para você. Mas, você bem que poderia usar uma sombra dourada. — Ela se aproximou, analisando o rosto de Bárbara.

Ela empurrou a testa de Karma para longe, fazendo brotar uma risada na garota. Era um som reconfortante.

Karma se ajeitou no banco, incomodada e tirou de debaixo do corpo um saco plástico com duas pequenas caixas de papelão dentro.

— O que é isso? — Sacudiu os itens.

— Ah! São os remédios de Ira. — Bárbara arrancou o saco da mão dela e o enfiou no porta-luvas. O sorriso de Karma murchou. — Ela precisa tomar esses daí e continuar fazendo terapia.

Bárbara evitou olhá-la e deu partida no carro.

— Ela vai ficar bem, né?

Bárbara respirou fundo, desligou o carro e se recostou no banco.

— Vai — disse, virando-se para Karma. — Nós vamos cuidar dela.

Karma anuiu com os lábios apertados, parecia prestes a chorar. Bárbara estendeu a mão para a irmã e ela a apertou.

Quando estavam saindo da cidade, Bárbara não se conteve em comentar:

— Eu vi a Viviane no lago hoje. A bebê está tão grande! — exclamou, tentando ler a expressão de Karma pelo canto do olho.

Karma sorriu e apertou as mãos no colo de maneira nervosa.

— Está mesmo... — divagou superficialmente.

— O que foi? — Bárbara perguntou, lutando contra o impulso de tirar os olhos da estrada para analisar a irmã.

Karma suspirou.

— Semana passada, tomei conta da Maria todo o final de semana para que Viviane fosse visitar Martin — soltou.

O coração de Bárbara apertou no peito.

— Ah... — resumiu a responder.

— Você já foi visitar ele? — quis saber Karma.

— Eu... — Bárbara ponderou se deveria contar a verdade.

Com isso, revistou a lembrança do choque em seu rosto ao ver Martin de cabeça raspada de forma negligente, barba por fazer, o rosto magro com as maçãs do rosto protuberantes. Até a cor de seus olhos pareciam ter enfraquecido.

Ele tinha sido extraditado para o Brasil e aguardava por seu julgamento na penitenciária com a acusação de cumplicidade nos assassinatos cometidos por Ira no país. Era provável que não ficasse muito mais tempo na cadeia, graças a um advogado famoso enviado por Calebe Costa.

Quando chegou na sala de visitas da penitenciária, Martin leu a expressão de Bárbara antes que ela pudesse fazer qualquer pergunta.

— Ele não vai tomar Ira de você — disse, se referindo a Calebe. — Ela é só um problema que ele não quer resolver.

— Ela não é um problema — Bárbara se irritou, de maneira irracional.

— Não para você, ou para mim. Nós a amamos, ele não a conhece.

Bárbara queria ter raiva de Martin, queria culpá-lo por tirar dela a Ira inocente e infantil. Mas, a verdade era que ele não tinha culpa. Martin tinha feito de tudo para protegê-la. Bárbara teria feito o mesmo, ou coisa pior.

— E...? — Karma perguntou, a puxando de volta para o presente.

— Devem chamar a gente para depor em breve — respondeu, apertando o volante, se forçando a esquecer Martin.

Bárbara dirigiu por quatro horas até Salvador, embalada pela *playlist* acústica que Karma havia feito especialmente para aquele dia. Ela não parou no apartamento para que Karma pudesse se acomodar, foi direto até o Hospital de Custódia e, após um processo burocrático ao qual já estavam acostumadas, voltou para o carro acompanhada de Ira.

Seu cabelo estava grande outra vez e ela tagarelava sobre como sentia falta de suas roupas favoritas enquanto abraçava o próprio corpo e a sua antiga camisa de surf que agora lhe cabia perfeitamente.

Karma explodiu para fora do veículo assim que viu as irmãs se aproximando. Ela abraçou Ira por um tempo e Bárbara ouviu o fungar de seu choro.

— Você cresceu tanto! — exclamou.

Ira estava agora mais alta do que Karma, mas não tão alta quanto Bárbara. Ela sorriu sem jeito e tocou um cacho de Karma.

— Seu cabelo cresceu tanto — imitou o tom dela e as três riram em harmonia.

O silêncio pairou sobre elas.

Entraram outra vez no carro e logo a orla surgiu diante de suas vistas. O sol se punha ao longe e, pelo retrovisor, Bárbara viu Ira com o rosto grudado no vidro no banco de trás.

— Feliz aniversário — disse a ela, conduzindo seu olhar sorridente também para o espelho.

Ela estacionou perto da ciclovia da orla e acionou o alarme do carro. As três correram do asfalto para a areia morna. As ondas rugiam e o suor escorria por suas costas.

Riram sem motivo, assim como corriam sem motivo.

Ficaram na praia até o anoitecer e construíram uma fogueira improvisada com galhos e pedras encontradas ao redor da praia.

Enquanto Karma e Ira brincavam na água, sem passar da área de arrebentação das ondas, Bárbara voltou ao carro e pegou seu caderno e a cadeira de Gastrell.

Retornou à areia e se sentou. Passou as páginas do caderno com um cuidado quase maternal. Em seguida, o jogou no fogo com cautela e o observou queimar.

Não guarde lembrancinhas. A voz de Gastrell soou outra vez em sua cabeça.

Não era o primeiro diário que ela queimava.

Não seria o último.

Pensou no significado de punição e justiça.

Não sabia se era correto sair impune pelos crimes que cometeu, se é que poderia se considerar impune depois de tudo o que houve..

Bárbara cresceu ouvindo o pai dizer que o carma era a ira da justiça e, se fosse verdade, talvez um dia ela fosse presa ou punida numa próxima reencarnação, se outras vidas existissem.

Entretanto, ali, naquele pequeno fragmento de uma vida inteira, enquanto observava as irmãs seguras, sorrindo, felizes, pelo que parecia a primeira vez em um bom tempo, Bárbara Justice sentiu que a vida poderia ser justa com aqueles que sabiam apreciar as pequenas coisas.

Dentro das barreiras das possibilidades, Bárbara Justice permitiu se sentir em paz.

AGRADECIMENTOS

São muitas pessoas a quem agradecer, então já vou começar pedindo desculpas se esqueci de alguém! Para minha sorte na vida, e azar nos agradecimentos, eu tenho muitos amigos que eu amo demais.

Quero agradecer às minhas agentes Mari, que também foi minha orientadora de escrita, Alba e as meninas da Increasy Consultoria Literária por me acolherem e acreditarem em mim e na minha escrita.

Obrigada a Bianca Jung por ter me colocado na porta da Qualis Editora e a Simone Fraga por ter aberto essa porta. *Estrada dos Refúgios* evoluiu muito num curto período graças aos incentivos e sugestões de vocês.

Obrigada a minha família, a minha mãe, a meu avô, meu irmão e, em especial a mainha, minha vó, que apesar de não gostar de suspense e histórias com assassinatos nunca deixou de apoiar a minha decisão de me tornar escritora.

Obrigada a meu amor, Matheus, que sempre está do meu lado, segurando a minha mão. Se não fosse por você e seu espaço seguro, talvez eu nunca tivesse finalizado a primeira versão dessa história lá em 2019.

Às minhas primeiras betas, Stefany e Sabrina, as primeiras a lerem esse livro em 2021, as primeiras a surtar, a corrigir e a abraçar essa história. Assim como a minha última beta que, aos quarenta e cinco do segundo tempo, conseguiu ajudar a polir Estrada para a sua versão final. Obrigada.

Obrigada Glau Kemp por ter topado escrever o blurb para a capa. Sinto-me extremamente honrada!

Obrigada Nanna por sua leitura sensível como psicóloga e suas orientações sobre como escrever sobre saúde mental com o cuidado necessário.

Não posso deixar de agradecer também a Ana por ter dado vida às minhas meninas nessa capa de beleza surreal. O seu trabalho é simplesmente tudo!

E agradeço também a todo mundo do editorial que ajudou o livro a se tornar esse produto tão magnifico.

Um obrigada mais do que especial a todo mundo que me acompanha nas redes sociais, principalmente no Instagram, e está sempre na torcida por mim. A Internet, apesar de tudo, me deu um verdadeiro presente, que é essa comunidade que a gente criou.

E, mais do que tudo, obrigada aos meus leitores, tanto aos Transmorfás quanto aqueles que estão chegando agora. Nada disso seria possível sem vocês.

[illegible]

[illegible]

[illegible]

[illegible]

[illegible]

[illegible]

[illegible]